Nick Hornby

尼克·霍恩比 | 作品

A Long Way Down

[英] 尼克·霍恩比 著

张坤 译

自杀俱乐部

上海译文出版社

致阿曼达

“治疗不幸只有一个办法，就是幸福，别人怎么说我不管。”

伊丽莎白·麦克拉肯*，《重历尼亚加拉瀑布》

* 美国女作家，1966 年生，曾获新英格兰笔会奖。

第一部

马　丁

我能讲清楚自己干吗要从幢高楼顶上跳下去吗？当然我能讲清楚自己干吗要从幢高楼顶上跳下去。我又不是什么倒霉白痴。我能讲清楚，这事一点不难讲：这是经过妥当的逻辑思考之后做出的决定。甚至用不着什么严肃思考就能想明白的事。不是说我心血来潮突发奇想——我的意思是说，这不是什么特难做出的决定，不需要经过痛苦的思考。我这么说吧：好比说，你就是……我也不知道……比如你在吉尔福德[①]一家银行当经理助理。你一直在考虑要移民。这时候有人要你到悉尼一家银行去当经理。当然了，虽然说事情显而易见，你还是得经过一番思考衡量，对不对？至少你得想明白，自己愿意不愿意搬家，舍不舍得把朋友同事们都扔在身后，老婆孩子一家人全盘端到一个陌生地方吃不吃得消。你可能坐下来找张纸，把移民的优势劣势列个单子。你知道的，就像这样：

劣势——父母年迈，朋友，高尔夫俱乐部。

优势——钱更多，生活质量更高（带游泳池、烧烤架什么的房子），大海，阳光，没有什么左翼议员下令禁止“咩咩小黑羊”②，没有欧盟长官下令禁止英国香肠，等等。

这不是一目了然吗？高尔夫俱乐部！快得了吧。当然年迈的父母可能会让你有点犹豫，不过肯定犹豫不了多一会，最多也就是犹豫一下下，只是一下下而已。不出十分钟你肯定马上打电话给旅行社订机票去了。

你瞧，我就是这么决定的，没多少遗憾后悔，想跳下去的理由倒有一箩筐。我的“劣势”单子上只有一条，就是孩子们，不过话说回来，我想辛迪也不会允许我再见孩子们了。我没有年迈的父母，也不打高尔夫。自杀就是我的悉尼。我这么说绝对不是对悉尼的好人们有意冒犯。

莫　琳

我告诉他说我要去参加新年派对。我十月份就告诉他了。我也不知道人们是不是十月里就把新年派对的请柬发出去，很可能没那么早。（我怎么知道？从1984年以来我一次派对都没参加过。马路对面的茱恩和布莱恩那年办了个派对，完了马上就搬走了。就是那一回我也只是趁他睡着了以后溜出去，总共待了一个来钟头。）可是我等不及了。自从五六月份我就开始考虑这件事，我特别想告诉他知道。真是蠢啊。他根本不明白，我肯定他不明白。他们老跟我说

① 英格兰东南部一城市，位于伦敦西南。
② 一首传统英国儿歌，因为唱的是小“黑”羊而被政治敏感者认为有种族歧视嫌疑。

要跟他讲话,可你看得出来压根什么变化也没有。而且这种事有什么好忙不迭要告诉他的呢！说出来只是显得我就这么点盼头,难道不是吗?

我一开口跟他说完,马上就想去忏悔。我说谎了不是吗?我对自己的亲生儿子撒谎。哎,这只是个小小小小的谎言:我提前好几个月就告诉他说我要去参加派对,派对是我编出来的,我编得还挺像。我跟他讲派对是谁办的,人家为什么要请我,我为什么要去,还有别的什么人会去参加。(是布里琪特办的派对,就是教堂里那个布里琪特。她请我是因为她姐姐从科克郡来了,先前她姐姐好多次写信都问候我来着。我想去是因为布里琪特的姐姐曾经带她婆婆去过卢尔德①,我想跟她问问卢尔德什么样,将来我还可以带马蒂去。)但是忏悔根本不可能,因为我知道,去忏悔的话我只能继续说谎,重复我的罪恶,一遍又一遍一直说到年底。我不光对马蒂说谎,还得跟护理中心的人说谎,还有……其实算算也没别人了。也许再加上教堂里的什么人,商店里的什么人。仔细想想其实挺滑稽的。如果你没日没夜地照顾个病孩子,你压根没空犯罪,我都好多年没干过什么值得忏悔的事情了,然后我就一步飞跃,犯下这么严重的罪行,连神甫都不敢告诉,因为我打算一直犯罪犯罪,直到我死的那一天,那天我还会犯下世上最大的罪孽。(可凭什么说自杀是最严重的罪孽呢?从小到大人家都对你说,你故去以后,会来到这么一个神奇美妙的地方。只有一个办法能让你提前一点来到这个地方,可你一旦用了这个办法,就永远失去了去这个地方的权利。哦,我明白这样做有点插队的嫌疑。可是比如说了,在邮局里有人插队的话,大家嘘他两声也

① 法国西南部一城镇,是著名的天主教圣地。

就算了，可能有人会说：“对不起，我先来的。”人们决不会说：“你将在地狱的烈火中永远地煎熬。”这就未免太过严厉了吧。）但是这些并没有阻止我去教堂。因为我若是突然不去了，人们会觉得不对劲，所以我才照常去。

日子越来越近了，我不断地跟他说起我了解到的新情况。每个星期天我都假装说我又知道了点新东西，因为我总是在星期天才会看到布里琪特。“布里琪特说她会请大家跳舞。”“布里琪特担心不是人人都喜欢红酒和啤酒，所以她要准备些烈酒。”“布里琪特想知道有多少人是吃好了饭才来参加派对。”如果马蒂能懂点事，肯定会觉得这个布里琪特女人是个神经病，为这么点儿大个派对小题大做，絮叨个没完。在教堂里我每次见到布里琪特都要脸红。当然我很想知道她守岁夜到底有什么安排，可我从来没有开口问过她。因为如果她真是打算办个派对，我问的话她可能觉得不请我过意不去。

现在回想起来，我觉得很惭愧，倒不是因为我撒谎——到如今我撒谎都撒习惯了。不，我惭愧是因为觉得自己实在太可怜了。有个星期天，我突然意识到自己在跟马蒂说布里琪特打算去哪里买做三明治的火腿肉。其实我把一切都放在心上，当然是说守岁夜的计划，用这种办法我就可以提到那天的安排，却不必吐露真情。慢慢地我大概也开始有点相信真有这么个派对什么的，就好像你相信书里的故事一样。时不时地我会想象一番，我会穿什么衣服，喝多少酒，待多长时间才走，要不要打车回家，诸如此类的事情。搞到最后就好像我已经去过这个派对了一样。可是，即便在我的想象中，在派对上我也不曾跟任何人说过话，而且总是很高兴可以离开。

洁 丝

我在楼下空屋子里举办的一个派对上。派对很烂，一群糟老头子坐在地板上，喝苹果酒，抽大卷的大麻，听莫名其妙的怪胎雷鬼音乐。半夜的时候，有个家伙冷嘲热讽地拍了拍手，另外几个笑了几声，这就算完了——也祝你新年快乐。哪怕你是全伦敦最快活的人，参加了这个派对，12 点过五分你也会想从楼顶上跳下去。何况我也算不上是全伦敦最快活的人，显而易见。

我去这个派对纯粹是因为学校里有人告诉我说查斯会去，可他根本没来。我上万亿次打他的手机，他还是没开机。我们刚分手那会，他说我跟踪他。可我觉得他用词太过了，说我“跟踪”他，你说是不是？我只不过给他打电话，写信，发邮件，敲他家的门，我觉得这算不上是跟踪。而且他工作的地方我只去过两次，算上圣诞节的派对也才三次，我觉得那次不能算，因为他原来说要带我去参加他们的圣诞节派对来着。人家去商店，去度假干吗的时候都跟着，这才能算是跟踪呢，你说对吧。我可是什么商店都不靠近。再说了，要是别人欠你个解释，我觉得这就不算是跟踪。被人家欠你个解释就好像人家欠你钱一样，而且不是五块十块这种小钱，至少是五六百块钱。要是人家欠你至少五六百块钱，还躲着你，你当然得半夜里去敲他们家门，因为你知道这时候他肯定在家。这么大数目的钱一般人都得当回事。一般人会去找讨债专家，打断他的腿，可我没那么过分。我还是很有节制的。

因此，尽管我一来就发现他不在，我还是待了一阵。我还有什么地方可去呢？我很为自己难过。我都 18 岁了，守岁夜却没地方可去，只有这么个烂地方，烂派对，来的人我一个也不认识。说起来我应付得还不错。我年年都能应付过去。我很容易交上朋友，可是马上就把他们惹烦了。这点我还看得出来，虽然说我也搞不清楚我为什么怎么就把人惹烦了。然后朋友啊派对啊什么的就全都消失不见了。

我把珍惹烦了。我肯定是这么回事。她就消失不见了，跟别人一样。

马　丁

前面几个月我一直在网上搜自杀调查的资料，纯属好奇。几乎每次验尸官的话都大同小异："他精神失衡，结束了自己的生命。"你接着往下读读这个混蛋的故事：他老婆跟他最好的朋友睡觉，他失业，闺女几个月前车祸身亡……嘿，验尸官先生？有人在家吗？抱歉打扰，可这里没什么精神失衡，我的朋友。我得说他脑子挺正常的。坏事一桩接一桩再来一桩，直到人再也承受不住了，然后你就开着辆家用掀背汽车来到最近的多层停车场，弄根橡皮管子用尾气熏死自己了事。这还不公道吗？显然验尸官的调查报告应该这么写："经过严肃慎重的考虑，他看清自己过得猪狗不如，因此结束了自己的生命。"

从来没有一次，我看报纸的时候，真心相信死者是精神出问题才自杀的。你知道的："曼联队前锋，跟当今瑞典小姐有婚约在身，最近成功勇夺两冠，获得足协杯和奥斯卡最佳男演员奖，成为同年获得这两项大奖的史上第一人。他的小说处女作刚刚被大导演史蒂芬·斯皮尔伯格购买版权，具体价格未经透露。他的一名雇员发现他在自家马厩的房梁上吊自尽。”瞧，像这样的验尸报告我是从来没见过。如果当真有什么幸福成功有才气的人自杀了，你倒大可以安全得出结论，此人的确是精神出问题了。我倒不是说跟瑞典小姐订婚、在曼联队踢球、得奥斯卡奖你就终身免疫不会害抑郁症了——我肯定这些不管用。我只是说这些东西能让人好过些。我们来看看数据好了。刚离婚的人比较容易自杀，或者生厌食症的，失业的，还有妓女，或者上战场打过仗的，遭强奸的，失去亲人的……有许多因素会把人推上绝路，没有一样不让你痛不欲生。

这要是在两年前，马丁·夏普绝对不会大半夜跑到一块水泥护栏坐着，俯视一百多英尺下面的水泥路面，琢磨摔下去的时候能不能听见自己骨头撞碎的声音。不过两年前的马丁·夏普跟如今不同。那时候我有工作，有老婆，没睡那个15岁的姑娘，没进过监狱，不需要跟我两个小女儿解释小报上的报道，头版大标题“下流坯！”下面配了张照片，是我躺在伦敦一家著名的夜店门外人行道上。（我要是死了新闻标题会怎么写？“下流坯送命！”再不然就是“夏普的下场！”）说句公道话，这些事情发生之前，我坐到水泥护栏上的理由确实要少得多。所以，别跟我说什么我精神失衡，根本不是那么回事。（再说了，什么“精神失衡”，这么说有严格的科学根据吗？人的精神难道真像什么鱼鳞一样，在脑袋里晃来晃去？人越傻晃得越厉害？）我想自杀是在系列的不幸事件将我的生活搞得不堪忍受之后做出的理智反应。哎，我明白心理医生肯定会说他们可以帮忙，可是这个倒霉国家大半的麻烦都是这样，不是吗？人人都不愿意承担责任。总是别人的错。哈哈哈。我碰巧属于那极少数勇敢的人，我很明白当年爹地妈咪干了什么跟我搞15岁姑娘之间没什么关系。我碰巧明白自己当初是不是母乳喂养都会去跟那姑娘睡，现在是时候我该面对自己干的事了。

我干的就是：我把自己的生活给毁了[1]，丝毫不差。倒也不是按字面上的意思，说我把自己的生活搞成了尿，存在膀胱里如何如何。可我觉得我就像败家子花钱一样，把自己的生活给毁了。当初我的生活里有老婆有孩子有工作什么都有，可我却把它搞丢了。不，这么说不对。我知道自己的生活哪去了，败家子知道钱都花哪去了。我不是把生活搞丢了，我把生活乱搞搞没了，我跟十来岁的姑娘乱搞，在夜总会乱搞，把老婆孩子工作全搞没了：这样乱搞是要付出代价的，而我乐意支付，可是突然一下子我的生活全没了。我生前身后还有什么？在这个守岁夜，我觉得自己仿佛在跟一点模糊的良心，还有自己不大好的消化功能说再见——这些勉强算是我活着的表示，可是除此之外，我一点自己的生活都没有。我也并非特别难过，只是觉得自己蠢，还很愤怒。

我坐在这里并非是因为自己突然理智觉醒了。我坐在这里是因为这个夜晚跟其他的一切一样，也成了一团糟。我他妈的连跳楼都跳不利索，非得把什么都搞砸了才算完。

莫　琳

守岁夜里，护理中心派了救护车来接他。叫救护车要多付钱的，可我不在乎。我还有什么好在乎的？到最后马蒂花他们的肯定比花我的钱多了去了。我只是付个过夜的费用，他的下半辈子都得他们管了。

① piss，按照字面上的意思解释为“撒尿”，piss away 意为“胡闹，损毁”。

我想过要不要把马蒂的东西收起一些，免得教他们看见觉得奇怪，不过没人告诉他们那些都是他的东西。他们可能以为我有好多孩子，所以我就由着东西摆在外头。大概6点钟他们来了，两个小伙子用轮椅把马蒂推出了门。他走的时候我还不能哭，怕给两个小伙子看出不对劲；他们以为我第二天上午11点左右会去接马蒂。我只是在他前额上亲了一下，对他说在护理中心要乖，我一直坚持到他们都出了门，然后我就放声大哭，哭啊哭，一直哭了一个钟头。他的确毁了我的生活，可他还是我的儿子，我以后再也见不到他了，可我甚至连个像样的告别都做不到。然后我看了一会电视，喝了两杯雪利酒，因为我知道外面肯定会很冷。

我在公交站头等了10分钟左右，随后决定自己走着去。想清楚自己要去死以后，走夜路就没那么可怕了。我可是做梦也没想过自己会这么大半夜里走这老远的路，何况现在街上到处都是醉鬼，可是又有什么关系呢？当然了，我还是忍不住担惊受怕，怕有人袭击，却不弄死我，那样我还不如死了的好。要是那样的话，我肯定会给送到医院里，人家会知道我是谁，还会发现马蒂，我这好几个月来的计划就全泡汤了，等我出了院，又会欠护理中心一大笔钱，那可要我怎么还？不过路上没人袭击我。有几个人祝我新年快乐，仅此而已。外面其实没什么可怕的。我会记得，在自己一生的最后一个夜晚我终于发现了这一点，我这辈子其余的时间光顾着担惊受怕了。

我以前从来没到过顶层大厦，只是坐公车经过一两回。我都不清楚如今你还能不能上到楼顶，但是大门开着，于是我就沿着楼梯往上爬，一直爬到走不动了为止。我也不知道自己怎么就没想到，人不是说想从哪儿往下跳就可以随便跳，可我一到顶就发现，人家不会让你随便跳的。他们搭了很高的一道网,上头有道蜿蜒的栏杆,栏杆上都装着尖刺……我这才慌了神。我个子不高,不算壮,也不如以往年轻了。我想不明白自己怎么才能过得了这一关,可我又非得今晚就做,因为马蒂在护理中心等等等等。我开始想有没有其他办法,可似乎都行不通。我不想死在自家客厅里,早晚我认识的什么人会发现我的尸体,我想让不认识的人发现我。我也不想卧轨,因为我看过一档电视节目,那些驾驶员很可怜的,自杀的人会让他们很难过。我又没车,不能开车来到个寂静角落,放尾气把自己熏死……

这时我看到了马丁,他就在屋顶的另一边。我躲在黑影里,看着他。我看得出他准备得可够充分:他带了一个小梯子,还有剪铁丝的钳子,他就是用了这些东西才爬到对面去的。他就坐在护栏上,腿晃荡着,眼睛看着下面,随身带着个小酒瓶,不时喝上一口,还抽烟,一边想心事。我就在旁边等着。他抽了一根烟又抽一根,我就等了又等,到最后我实在等不及了。我知道梯子是他的,可我得借用一下,反正东西对他也没什么用了。

我没动手去推他。我没那么壮,一下就能把个成年男人推下楼去。反正不管怎么我也不会去推推看。这样做是不对的;该由他自己来决定跳还是不跳。我只是走上前去,把手伸过铁丝网,拍了拍他的肩膀。我只想问问他看,他还要多久。

洁 丝

去那个倒霉派对之前,我根本没想过要到楼顶去。说实在的,在跟这家伙说话之前我压根把顶层大厦什么的全忘了。我觉得这家伙看上我了,这么说一点不过分,一群人里 30 岁以下的女人还站得起来的就剩我一个了。他给了我根烟，说他叫帮[1]，我问他为什么叫帮，他回答说因为他老用水烟枪抽大麻。然后我就说了，那是不是说这里其他人都叫“抽一口”？可他却说，不，看见没，那边那个叫神经迈克，那边那个叫泥巴仔，那边那个叫臭尼克，等等等等，直到他把屋里能认过来的都介绍了一遍。

但是，就是我跟帮讲话的那10分钟造就了历史。我说的历史不是什么公元前55年或者1939年什么的，不是历史学的历史，除非是我们中的一个后来发明时间机器或者阻止基地组织侵略英国什么的。但是，如果不是这个小帮看上我了，谁知道我们几个会发生什么事？本来要不是他跟我聊天，我打算回家的，马丁和莫琳可能已经死了，很有可能，还有……总之一切会大不相同。

帮报完了他的名单以后，看了看我，又说，你该不是想到楼顶上去吧？我心想，你个石头脑瓜，你倒是想。他又说，因为我发现你眼睛里满是痛苦和绝望。我当时已经不大行了，现在回想一下，他当时在我眼睛里看到的大概有7瓶百加得冰锐酒，还有两罐特调酒。我就说，哦，真的吗？他又说，是啊，你瞧，我负责在这儿看着想自杀的人，我专在这儿看着，怕有人上这儿来，专门上楼顶去。我就说了，楼上有什么？他笑了，说，你开玩笑吧，是不是？这可是顶层大厦，伙计。这可是个自杀圣地。他要是没说这个话我可想不到这上头。这样一下子一切都明白了。因为我前面虽然说想回家，却想不出回家去干吗，也想不出一觉醒来还能怎样。我想要查斯，可他不想要我。这时我突然明白了，眼下我最该做的就是让自己快点没命，能多快就多快。我差点笑出来，这倒不错：我想短命，我来顶层大厦参加派

[1] Bong，意为“水烟枪”，一种用部分盛液体的瓶或垂直管和一根接在木球上的小管做成的盛水管，经常用来吸麻醉物品。

对，这也太巧了，简直就是上帝的旨意嘛。当然了，要是上帝给我的旨意就只是这么一句：找个楼顶跳下去吧，那也挺让人失望的。可我也不能怪他。跟我他还能有什么话说？

那时候，我能够感觉到一切的分量——孤独，所有的错误。我上楼，快走到楼顶的时候，觉得自己拖着这么重的分量一路走上来，很英雄。唯一能够摆脱这些负重的办法似乎只有跳下去了事，跳下去一切就对了，不会再跟我对着干了；我觉得非常沉重，觉得自己马上就能一头扎到大街上去，我跳楼肯定能跳出个世界记录来。

马　丁

要不是她想害死我，我肯定已经死了。但是人类都有求生本能对不对？哪怕你想自杀的时候求生本能照样会起作用。我只知道感觉背后有人推我，我转身一把抓住栏杆，张嘴开始大叫。我当时已经喝醉了。我从随身扁瓶里已经喝了不少，出来之前也喝了不少。（我知道，我知道，我不该开车，可我不能带着那倒霉梯子上公交车呀。）所以，我可能的确是说了几个脏字。如果我早知道碰我的是莫琳，如果我早知道莫琳是什么人，我可能会收敛一点，可我当时没有；我可能连 B 字都骂出来了，我后来跟她道过歉。可你得承认，当时情况非常特殊。

我站起身，小心地回过头去，因为我不想不小心掉下去，然后就冲她破口大骂，她只是瞪眼看着我。

“我认识你。”她说。

“怎么会？”我脑子反应不过来。饭店里商场里剧院里停车场小便池边，全英国整天有人走到我面前来跟我说“我认识你”。可是他们统统压根不认识我，他们的意思是："我不认识你，可我在电视上见过你。"然后他们就跟我要签名，或者跟我聊两句，问潘妮·钱伯斯生活中到底长什么样。可是那天晚上，我是真没料到。这些东西似乎都有点不着边际，都是生活另一面的东西。

"电视上。"

"噢，我的天哪，我是来自杀的，不过没关系，给个签名的时间还是有的，你有笔吗？纸呢？不劳你费心问了，她就是个不折不扣的婊子，见什么都烦，见人就上。可你在这儿干吗？"

"我……我也是来跳楼的。我想借你的梯子用。"

到这里凡事才落到实处，顺梯子下来了，打个比方而已，中东和平进程可不能顺梯子下来就解决了，金融市场也不会顺梯子下来。凭我做节目采访的经验，生活就好像是 Airfix① 模型，再大的题目都会落实到最小的细节上。我曾经听过一位宗教领袖说，他的信仰源自一个花园棚屋的坏锁（他小的时候被锁在里面过了一整夜，是上帝指引他度过了那黑暗中的时光）；我还听一个被绑架的人质讲他是怎么脱身的，就因为抓他的人里有一个很喜欢他钱包里一张伦敦动物园的家庭打折卡。你要谈的是大事，但就是这些小细节，花园棚屋里的锁，还有伦敦动物园卡片这些东西，给你提供了落脚点；没有这些东西你就无从开始。至少主持"潘妮和马丁的早安秀"是如此。我和莫琳都不能说我们俩都是如何如何不幸，为什么想让自己脑浆迸裂，像麦当劳的奶昔一样撒在水泥地上，所以我们只好谈谈梯子。

"尽管用好了。"

"我还是等你……我还是等等吧。"

---

① Airfix 是英国一家著名的玩具模型制造公司。

“那你就打算站在一边看着?”

“不,当然不。你肯定希望一个人做,我猜。”

“你猜得没错。”

“我到那边去。”她指了指屋顶另外一边。

“我下去的时候喊你一声。”

说完我乐了,可她没笑。

“嘿,就眼下说说,这话够俏皮了。”

“我没情绪,夏普先生。”

我觉得她不是有意要逗乐,可我听了她的话更乐了。莫琳走到屋顶另外一边,靠着对面的墙坐了下来。我转过身,重新在房檐上坐下来。可我集中不起精神,那一刻已经过去了。你可能会想了,要跳楼就跳楼呗,哪里需要集中什么精神?这你就不懂了。莫琳来之前我的情绪已经到位了;在那种精神状态下我很容易就能纵身一跃。我满脑子想的都是自己如何沦落到这里来的;我想得清清楚楚,要想再回到地面上,重拾自己的生活是完全不可能的。但是跟她的一番对话让我分了心,又把我拖回到人世中来,我又感觉到冷风拂面,听到七层楼下低音贝斯发出的噪声。我的情绪回不来了;这就像是我跟辛迪刚开始做爱的时候孩子突然醒了。不是说我改主意了,我明白自己早晚还是得跳,可我知道接下来的 5 分钟里我肯定是跳不下去了。

我叫了莫琳一声。

“嘿,你想跟我换换吗?试试感觉如何?”我说完又乐了。我觉得自己像在演喜剧片一样,有够醉,有够神经,我觉得自己说什么话都可乐。

莫琳走出阴影,小心翼翼地靠近了铁丝网裂口的位置。

“我也想一个人做。”她说。

“行啊，我给你 20 分钟，然后我把位置要回来。”

“可你打算怎么回这边来？”

这我倒没想到。只有一边有梯子：我这边的栏杆太窄了，摆不开梯子。

“你帮我抓住梯子。”

“你什么意思？”

“你从顶上把梯子递给我。我把梯子竖直摆在栏杆上，你从对面帮我抓牢。”

“我绝对抓不牢的。你太沉了。”

她太瘦，个子又小，身上一点肉都没有；我猜她想自杀是不是因为患了什么绝症，她不想长时间受罪，宁肯一死了之。

“那你就得容忍我在这儿看着你跳。”

反正我也不确定自己到底想不想再爬到对面去。栏杆好像一道界限：过了这道线就是房顶，房顶顺楼梯下去就是大街，顺大街往回走我就回到辛迪那里，还有孩子们，丹妮尔，还有她爸，这些东西形成一股气旋，忽悠忽悠把我像个破袋子一样，吹到了这楼上。还是坐在护栏上比较安全。这里没有羞辱遗憾——若说羞辱和遗憾，也无非就是新年守岁夜你一个人，没地方可去，坐在个护栏上。

“你可以挪到屋顶另外一边去啊。”

“你干吗不挪？这可是我的梯子。”

“你可真不像位绅士。”

“我他妈的本来就不是什么正人君子。所以我才上这儿来的。你不看报纸吗？”

“有时候看看本地报纸。”

“你知道我些什么?”

“你上过电视。”

“就这点?”

“我就知道这个。”她想了想。“你是不是娶了阿巴乐队①的什么人?”

“不是。”

“要不就是别的歌星。”

“不是。”

“哦,你喜欢吃蘑菇,这个我知道。”

“蘑菇?”

“你自己说的,我记得。你们节目请了个厨师,他给你尝什么东西,你就说:‘嗯,我喜欢蘑菇,整天吃我都不会烦。’是你说的吧?”

“大概是。可你想半天就这么点?”

“是的。”

“那你以为我为什么想自杀?”

“我不知道。”

“你丫逗我玩呢吧。”

“你可不可以不讲脏话?我听得很难受。”

“对不起。”

可我真是不能相信。我不相信竟然还能碰到一个人不知道这事。我进监狱之前有段时间,早上一起床就有小报记者堵在门口。我跟经纪人还有电视台的主管开过危机处理会议。似乎全英国没人对我干下的勾当不感兴趣,大概我生活的这个世界除了这档子事就

---

① 成立于1972年的瑞典流行组合,乐队名称ABBA来自四名成员的姓名首字母的缩写组合。

没别的要紧事了。也许莫琳一直就生活在屋顶上，我想。在这屋顶上大概很容易跟世界脱节。

“你的腰带怎么样？”她冲我的腰部点头示意。对莫琳来说，这可能是她活在世上的最后时分，她可不想花时间谈论我对蘑菇的热爱（我恐怕这种热爱很可能是我为了做节目硬造出来的）。她想谈点正经事。

“我腰带怎么了？”

“你把腰带解下来，系到梯子上，从你那一侧把栏杆绑起来。”

我这才明白她的意思，看出这办法能行，接下来的几分钟里，我们俩默默地合作；她把梯子从栏杆顶上递过来，我把腰带解下来，穿过梯子和栏杆，拉紧系好，晃晃看稳不稳。我可不想一头栽到后头掉下去摔死。我重新爬回来，两人合力把腰带解下来，又把梯子放回原处。

我刚想让莫琳一个人安安静静跳下去，突然有个疯子呼啸而来。

洁　丝

我真不该弄出那么大动静。这是我的错。我是说，我自己找死这是我的错。我本可以沉着冷静、快步走到马丁剪断铁丝网的地方，爬梯子过去跳下去。可我没有。我大叫了句“都给我滚开，你们这帮废物！”，然后像印第安战士那样呜呜叫了几声，就像做游戏一样——当时在我看来，确实有点像游戏——没等我凑到跟前，马丁做了个橄榄球动作，把我扑倒在地，随后他用膝盖把我顶在地上，把我的脑袋按在屋顶的沙石地面上。那一刻我是真心想死了。

我当时不知道那是马丁。我什么也看不见，后来他把我鼻子按到地上，我只能看到地上的沙土。但是我一上到屋顶就知道这俩人是在干吗。这点事用不着什么天才脑瓜就能看出来。所以，他一屁股把我坐在下面的时候我说，凭什么你们俩就有权利自杀，我倒没有？他说，你年纪太轻了。我们操蛋日子过够了，你还没呢。我又说，你怎么知道我还没？他说，就你这把年纪，谁也来不及把个操蛋日子过够。我又说，要是我杀了十个人呢，包括我父母，还有，比方说，我的一对双胞胎孩子？他说，那你杀了吗？我说，没错，我杀了。（我没杀过人，就想听听他怎么接这个茬。）他又说，你既然能上这儿来，说明没人来抓你。要我是你肯定立马上飞机逃到巴西去。我又说，要是我想为自己干的事赎罪呢？他说，闭嘴。

马　丁

我把洁丝制服，按倒在地之后，第一个念头就是，可不能让莫琳趁机一个人偷偷跳下去了。并不是说我想救她的命；如果她利用我分心的时机跳下去了，我肯定要气死了。哎，反正怎么都没道理；两分钟以前我还想亲自伺候她过去呢。可我觉得既然制止洁丝是我的责任，凭什么莫琳就没份，而且我大老远把梯子背上来，凭什么给她用。因此我的动机基本上说是出于自私；这算不上什么新闻，辛迪一直说我自私。

我和洁丝那段关于她杀了 N 多人的白痴对话讲完之后，我大声叫莫琳过来帮忙。她看上去非常惊恐，可还是晃荡过来了。

“你他妈倒是搭把手啊。”

“你想让我干吗？”

“坐到她身上。”

莫琳坐到洁丝屁股上，我跪压在她胳膊上。

"快放开我,你们两个混账老变态。你们觉得这样很刺激是不是?啊?"

经过了最近的事,显然这话比较伤人。有一会我觉得洁丝可能知道我是谁了,可我还没惊弓之鸟到这个地步。换了是你,大半夜刚要跳楼的时候冷不丁被人按倒在地,那会儿你脑子里想的肯定不会是什么早餐时段电视节目主持人。(这么说可能大多数的早餐节目主持人会蛮吃惊的,这帮人坚信人们除了早餐午餐晚餐之外什么都不想。)我是足够成熟了,思想高度足以超越洁丝的辱骂,可我还是想掰断她的胳膊了事。

"我们要是放了你,你会乖乖的?"

"是。"

于是莫琳站起身来,非常烦人但又不出所料,洁丝一爬起来又往梯子那边跑,我只好又把她制服放倒。

"现在怎么办?"莫琳说,好像我是个身经百战的专家,必定懂行一样。

"我他妈不知道。"

说来我不知道,为什么我们中的任何一个都没有料到,这个著名的自杀胜地守岁夜竟会像皮卡迪利广场一样热门,但是,事已至此,我只能接受现实:我们正在把一个严肃私密的时刻变成一场万人空巷的闹剧。

就在我决定认命的那一刹那,我们仨变成了四个人。有人礼貌地咳嗽了一声,我们转头去看,但见来人身材高挑,长相不赖,留一头长发,大概比我年轻个十岁左右。他一边胳膊下面夹着个头盔,另一边夹着一个大保温袋。

"你们谁叫的比萨饼?"他说。

莫　琳

我以前没碰到过美国人,我想没有。我也说不准他就是,后来他们开口说了些什么我才想到。没料到美国人送比萨,见过没?我确实没碰到过美国人送比萨的,不过也许是因为我脱离社会的缘故。我不常叫比萨吃,仅有的那几回送比萨的人都不讲英文。送货的工作美国人不做,店员售票员这种工作他们也不做。我猜在美国这些工作大概都是美国人做,但在这里不是,马蒂去看病的那家医院里有好多印度人、印第安人,还有澳大利亚人,但是没见过美国人。所以刚开始我们可能都觉得他大概脑子有点毛病。只有这一个解释。他头发那么长,看起来是有点发疯。而且他还觉得我们这群人站在顶层大厦楼顶上还会叫比萨吃。

"我们怎么会叫比萨呢?"洁丝问他。我们俩坐在她身上,所以她讲话的声音听起来怪怪的。

"打手机叫的。"他说。

"什么手机?"

"OK,就是移动电话,随你们怎么叫。"

说句公道话,我们的确可以打手机叫比萨。

"你是美国人吗?"洁丝问他。

"没错。"

"你怎么会送比萨呢?"

"你们怎么会坐在她脑袋上呢?"

"他们坐在我脑袋上是因为这个国家不自由,"洁丝说,"你不能想干吗就干吗。"

“你想干吗?”

她没回答。

“她想跳楼。”马丁说。

“你也是!”

他没接茬。

“你们大家都想跳楼?”送比萨的问道。

我们都没接茬。

“他妈的——”他说。

“他妈的什么?”洁丝问。

“这是句美国式缩略语,”马丁说,“‘他妈的——’意思就是‘他妈的为什么?’美国人太忙了,顾不上说‘为什么’。”

“可不可以请你们不要老说脏话?”我对他们说,“并非人人都跟你们一样,在猪圈里长大的。”

送比萨的家伙一屁股坐到房顶上,大摇其头。我以为他是替我们觉得难过呢,可他后来却告诉我们说不是这么回事。

“OK,”过了一阵,他说,“放开她吧。”

我们都没动。

“嘿,说你呢。你他妈的听见没?难道非要我过来逼你们听话不成?”他站起身,朝我们走过来。

“我想她没事了,莫琳。”马丁说,好像他决定起身完全是自己的主意,而不是因为那个美国人要打他。他站起身,我也站了起来,洁丝也站起来,一边整理身上的衣服,一边破口大骂。然后她突然盯着马丁看。

“你就是那个混蛋,”她说,“早间电视上那个混蛋。就是睡了个15岁姑娘的那个混蛋。马丁·夏普!他妈的!马丁·夏普刚才就坐在我脑袋上。你个老变态。”

当然了,我压根没听过15岁姑娘什么的这些事。我不看这种小报,除非是上理发店的时候,或者是别人扔了一份在公交车上,我捡来看看。

“你开玩笑吧?”那个送比萨的家伙说,“就是进监狱的那小子?我看过他的新闻。”

马丁发出一声呻吟。“现在连美国全国上下都知道了?”他说。

“没错,”送比萨的说,“我在《纽约时报》上看到你的报道的。”

“我的天哪。”马丁说,可谁都看得出来,他其实挺得意。

“我逗你玩呢,”送比萨的说,“你原来在英国主持一档早晨电视节目。美国没人听过你的名字,现实点吧。”

“那给我们点比萨吧,”洁丝说,“你有什么馅的?”

“我不知道。”送比萨的说。

“那让我看看。”洁丝说。

“不行,我说……比萨不是我的,你明白吗?”

“得了吧,别傻叉了。”洁丝说。(千真万确,她就是这么说的,我一点听不明白。)她斜着身子,抢过他的包,把装比萨的袋子抽了出来,随后打开袋子,一块块地戳比萨。

“这个是辣肠。可这个我看不出是什么馅的。蔬菜。”

“素食比萨。”比萨小子说。

“管他呢,”洁丝说,“谁要吃哪样?”

我要了素食比萨。辣肠好像不大适合我。

JJ

我后来跟几个人说起过那天晚上的事情,最奇怪的是,自杀的那部分大家都能理解，可他们不明白比萨那部分。我猜，可能大部分人都想过自杀；也许这种想法藏在内心深处，但是人人生命中可能都有过这样的时刻，认真地考虑第二天早上我是不是还想醒来面对这个世界。自杀的想法看来似乎正是生活的一个组成部分。无论如何，我跟别人说起新年守岁夜那天的事情，从来没有人说："什么？你想要自杀？"相反，大家都是一副司空见惯的模样："哦，OK，你的乐队完蛋了，你这辈子就想做一件事，就是搞音乐，但是你的音乐创作进了死胡同，**再加上**你跟女朋友掰了，你起先就是为了她才跑到这个倒霉国家来的……我当然能理解你为什么会跑到楼顶上去。"可是仿佛不出一秒钟，他们就追着问，像我这么个人，怎么会跑去送什么鬼比萨？

OK，你们并不了解我，所以我说我不蠢你们只能权且相信。我是手边拿到什么书都能一口气读完的人。我喜欢福克纳、狄更斯、冯内古特、布兰登·贝汉，还有迪伦·托马斯。那个星期前头几天——准确说是圣诞节，我刚看完了理查德·耶茨的《革命之路》，那本小说实在是了不起。我真想跳楼的时候揣上一本，倒不光是因为这样做会很酷，能为我的死增添一点神秘感，更是因为我觉得这可能是个好办法，能让更多的人来读这本书。但是事已至此，我根本没时间准备，还把书落家里了。话又说回来，我不建议你大冷天待在陌生城市的一间一居室里，在圣诞节读完这本书。结果可能让我自我感觉更糟了，你明白我意思吧，那结局实在太令人沮丧了。

无论如何，我要说的是，是人都看得出，守岁夜拿最低收入骑辆小破摩托车绕着伦敦北城跑来跑去的家伙，绝对是个窝囊废，毫无疑问是这个四人组所缺少的那个反串角色。OK，我们注定了都是窝囊废，因为送比萨这活就是给窝囊废干的。可我们并非全都是蠢蛋。

事实上，就算我通读福克纳、狄更斯，可能我还得算是干活的地方中最蠢的一个，至少也是学历最低的。我们里面有非洲的博士，阿尔巴尼亚的律师，伊拉克的药剂师……我是唯一一个没有大学文凭的。（我真是想不明白，我们的社会里怎么会没有太多跟比萨相关的暴力事件。想想看吧：比如说，你是津巴布韦最顶尖的人才，脑外科医生什么的，后来因为你们国家的法西斯政府想把你屁股钉到树上搞死你，所以你被迫来到英国，结果却在凌晨3点跑去招呼些个烂醉如泥、飘飘欲仙的十来岁小杂碎，送比萨去给他大吃大嚼……我说，难道你不认为你完全有权利一拳打碎他的混账下巴吗？）话说回来，要当个窝囊废办法不止一个。各有各的窝囊法。

我可以这么说，我送比萨是因为英国这个国家操蛋，具体地说就是，英国姑娘操蛋，我不能找个合法的正经工作是因为我不是英国人，不是意大利人、西班牙人，连他妈的芬兰人都不是。所以我只能找到什么活就干什么；好洛威大道上这家路易吉比萨店的老板，立陶宛人伊万不在乎我是从赫尔辛基来的还是芝加哥来的。换句话来解释就是什么狗屁事都有，人倒霉了地方再小再黑再不透气再绝望，都能钻进去。

我们这一代人的麻烦就在于，我们都认为自己是他妈的天才。对我们来说，制作什么东西算不了什么，卖东西也算不了什么，做什么事都不算什么；我们得扬名立万。这是我们作为21世纪的人不可剥夺的权利。如果拉丁天后克里丝蒂娜·阿奎莱拉能行，小甜甜布莱妮还有什么“美国偶像”节目上的怪胎都能成名，凭什么我就不行？天生我材必有用对不对？OK，所以我们组了个乐队，我们的现场演出是酒吧里最棒的，我们还出了两张专辑，好多乐评都大赞，可没多少人买。但是，仅有天才并不能让人幸福，是不是？我是说，天才本该令人幸福，因为你天赋异禀，应该为此感谢上帝，可我不。我有天才却赚不到钱，这简直气得我要死，我连《滚石》杂志的封面都上不了。

奥斯卡·王尔德曾经说过，人真正的生活常常不在现实中。哎，这话说得真他妈太对了，奥斯卡。我真正的生活应该是在温布利球场和麦迪逊广场花园领衔演出，发白金唱片，上格莱美，而不是我现在过的这种日子，所以我觉得大可以把现在这种生活扔了了事。现在这种生活让我成不了……我也说不清，就是成不了我想当的那种人。这种生活搞得我连腰都直不起来。感觉就好像走在隧道里，隧道越来越窄，越来越黑，还开始渗水了，我弯腰驼背，前面挡着一块大石头，我什么工具都没有，只有手指甲。也许人人都有过这样的感受，可我没必要一直耗在这里头。无论如何，那个守岁夜，我实在是受够了。我的手指甲都挖没了，手指都破了，实在是挖不动了。我的乐队解散了，只有一个办法表达我自己，就是看看我那非现实的生活：我要像超人一样从他妈的屋顶上飞跃而下。当然了，唯一的问题就是，结果并不是那么回事。

死了的人，太敏感而活不下去的人里有：西尔维亚·普拉斯，凡·高，弗吉尼亚·伍尔夫，杰克逊·波洛克，普里莫·莱维①，当然还有科特·库本。活人有：乔治·W. 布什，阿诺·施瓦辛格，奥萨马·本·拉登。哪些人你愿意和他坐下来喝一杯，在名字旁边画个叉，看看你是愿意跟这些活人一起还是死人一起。没错，你可能要说单子是我列的，我作弊，我的“活人”单子上缺了几个名字，几个诗人音乐家什么的，有了他们我的说法就站不住脚了。你还可以说希特

① 普里莫·莱维（1919—1987），犹太科学家，德国奥斯威辛集中营幸存者。

勒之流不算什么好东西，而他们也都不在人世了。您就别跟我抬杠了：您知道我意思。心灵敏感的人总是活得艰难。

所以说，我发现莫琳、洁丝还有马丁·夏普打算学文森特·凡·高的样，主动离开人世，我真是大吃一惊。（多谢提醒，我知道文森特不是从伦敦北部一幢高层住宅楼顶上跳楼自杀的。）一个中年妇女，活像是谁家的女佣，一个半大孩子神经病，还有一个脱口秀节目主持人，长了张橙子脸……这都是群什么人哪。自杀可不是为这么群人发明的。自杀是为了弗吉尼亚·伍尔夫和尼克·德雷克这种人发明的，还有我。自杀应该很酷才对。

守岁夜属于那些多愁善感的窝囊废。都怪我自己没想到。当然，这么个热门时段楼顶上肯定挤着一堆差劲的家伙。我该选个有点格调的日子——比如3月28日，就是弗吉尼亚·伍尔夫跳河自杀的日子，或者11月25日，尼克·德雷克自杀的日子。如果这两天夜里屋顶上还有人，那很可能也是跟我心灵相近的人，不会是这么一群毫无希望的废物，不知道怎么就觉得一年的最后一天是个什么了不起的日子。我只是碰巧有顶层大厦的住户订比萨，机会这么好，不容拒绝。我本来打算到顶上兜一圈，往四下里看看，找找感觉，下楼把比萨送下，然后办事。

于是突然之间我就跟这么三个企图自杀者在一起，他们大嚼人家订的比萨，眼睛齐刷刷盯着我。他们显然都期待我发表一通葛底斯堡演说什么的，讲讲为什么他们一塌糊涂毫无意义的生活还值得过下去。说实在的，这太讽刺了，他们跳不跳我他妈根本不在乎。我压根都不认识他们，他们随便哪一个貌似都不能为人类的成就做出任何贡献。

“那么，”我说，“不错。比萨。算是这样一个夜晚的一件小小的好事。”典出雷蒙德·卡佛，你大概听说过，可说给这帮人听真是对牛弹琴。

“现在怎么办？”洁丝说。

“我们吃比萨。”

“然后呢？”

“等上半个小时，OK？然后我们再考虑该怎么办。”我也不知道这话是哪儿蹦出来的。为什么半个小时呢？半小时之后又会发生什么呢？

“每个人都需要时间喘口气。在我看来我们这里情形实在是有失尊严。那就半小时？同意吗？”

他们一个个耸耸肩，点点头，于是大家重又沉默下来，大嚼比萨。这是我头一回吃伊万做的比萨。实在太难吃了，甚至可能有毒。

“我他妈不打算在这儿坐上半个钟头看你们这些倒霉的苦瓜脸。”洁丝说。

“你刚一分钟以前才同意这么做的。”马丁提醒她道。

“那又怎么样？”

“你答应了的事却不做，这有什么意思呢？”

“没意思。”洁丝承认自己不讲理，却显然不以为意。

“没想象力的人才会拿逻辑一致当救命稻草。”我说，典故还是出自王尔德。我忍不住掉书袋。

洁丝使劲瞪着我。

“人家帮你说话呢。”马丁说。

“反正什么都没意思，有意思吗？”洁丝说，“所以我们才跑到这里来。”

瞧，这就出来一种比较有趣的哲学论题。洁丝的意思就是，只要我们待在房顶上，我们就都是无政府主义者。什么协议都不用理会，什么规矩都不用遵守。我们大可以互相强奸谋杀，没人会在意。

“不遵纪守法的人才得诚实。”我说。

“你他妈到底什么意思？”洁丝说。

你明白的，跟你说实在的，我从来也没明白这话到底他妈的什么意思。是鲍勃·迪伦说的，不是我，我总以为这话听上去不赖。这是我头一回有机会用上这句话，可我看得出这话不管用。我们现在就不遵纪守法，我们想什么时候撒谎张嘴就随便来，我看不出凭什么我们就不能撒谎。

“没意思。”我说。

“那就给我闭嘴，美国佬。”

我遵命闭嘴。接下来我们还剩下大约28分钟。

洁　丝

很久以前，我大约八九岁的时候，看过一档电视节目，讲披头士的历史。珍很喜欢披头士，是她让我看的，可我也没反对。（很可能我当时跟她说我不想看来着，我很可能大闹一场，把她惹烦了。）总之，林戈加入披头士的时候，你仿佛能感到一阵激动，因为就在那时，四个人齐了，他们马上就要出发，成为历史上最著名的乐队。JJ夹着比萨出现在屋顶上的时候，我的感觉就是这样。我知道你会觉得我这么说是为了好听，但其实不是。真的，我知道。他的模样确实像个摇滚明星，长头发，皮夹克什么的，但我的感觉跟音乐一点关系都没有；我的意思只是说，我觉得我们需要JJ，所以他一出现，一切都好像很对劲。可他其实不像林戈，他更像保罗。莫琳像林戈，可她一点也不搞笑。我应该是乔治，可我不害羞，也没那么讲究灵性。马丁应该是约翰·列侬，可他既没天分又不酷。这么想想的话，也许我们不像披头士，而是别的什么四人组。

反正吧，感觉就好像什么有劲的事情可能会发生，所以我才搞不懂，我们干吗干坐着吃比萨。于是我就说，也许我们该聊聊，马丁就说，聊什么啊，分享我们的痛苦？然后他还做个鬼脸，好像我说了什么蠢话，所以我就骂他操蛋，莫琳听了转头问我，是不是在家里也这么说话（没错，我在家也满口脏话），所以我就骂她是要饭婆，马丁就骂我是个愚蠢又恶毒的小丫头，所以我就冲他吐口水，我真不该冲他吐口水，顺便说一句，如今我也不常这么啐人了。于是马丁冲上来作势要掐死我，于是 JJ 跳到我们两人中间，这对马丁来说是件好事，因为我觉得他不会当真出手打我，可我要是逮到机会，肯定会打他咬他抓他，来套全武行。这么一小段活动骚乱过后，我们都坐在地上大口喘气，心里头都恨恨的。

后来大家都平静下来，JJ 说，我觉得吧，大家聊聊自己的经历应该也不会有什么害处。他大意如此，原话比我这句美国腔调更重些。马丁就说，谁会对你的经历感兴趣？你的经历就是送比萨呗。JJ 就说，那我的就算了，聊聊你们的经历好了。可他说得晚了一点，听他说到聊聊自己的经历这个话我就猜出来了，他上这里来的目的跟我们几个完全一样。于是我说，你是上来跳楼的，对不对？马丁和莫琳都盯着他看，可他什么也没说。马丁冷不丁地说，你就打算夹着比萨跳下去吗？比萨是人家叫的呢。虽然说马丁是开玩笑，JJ 却似乎觉得自己的职业自尊心受到了伤害，他告诉我们说，他这次只想上来侦察一下，然后下楼把比萨送到再上来。于是我说，可是比萨现在都被我们吃了。马丁说，天哪，你看上去可真不像个想跳楼的。JJ 说，要是想跳楼的都像你们这德性,我也没什么好遗憾的。想必你也看得出,空气中敌意很重。

于是我又说,得,咱们还是聊聊吧。分担彼此的痛苦什么的就算了,就说说自己姓甚名谁,为什么会上这儿来的。可能聊聊会挺有趣呢。我们可能学到点什么,可能会找到出路什么的。我得坦白,我其实有那么点小心思。我的小心思是,也许他们会帮我找到查斯,我和查斯能重归于好,我就没事了。

可他们让我等着,因为大家决定让莫琳先说。

莫 琳

我想他们挑中我先说是因为我之前基本什么话都没说过,也不曾惹毛了谁。而且,也许是因为我比他们更神秘。马丁的事看来人人都从报纸上看到过。洁丝,上帝保佑她……我们半小时前才刚认识她,谁都看得出这是个问题少女。虽然我对 JJ 一无所知,凭我的感觉,我猜他可能是同性恋,因为他留长发,讲话还一口美国口音。美国有好多同性恋,对不对?我知道同性恋不是他们发明的,因为他们说同性恋是希腊人发明的。但是美国人重新把同性恋变成了件时髦事。同性恋这东西有点像奥运会:古代的时候它消失了,到了 20 世纪他们又把它恢复了。甭管怎么说,我对同性恋是一无所知,我就猜想他们大概都很不开心,想自杀。可我……人们单是看到我的话,一点也猜不出我是怎么回事,所以我猜他们是好奇心发作。

我不介意聊聊,因为我知道用不了我说很多他们就会受不了。这些人谁也不想像我这么生活。我疑心他们都不能理解这样的生活我怎么能忍受了这么多年。每次我一说到收拾大小便的事人们都受不了。从前每当我需要抱怨一下——比如说，我需要医生给我开抗抑郁药的时候——我总会提到，几乎每天我都得帮马蒂收拾大小便。这样说有点搞笑，因为这事我早就习惯了，可我习惯不了这种想法：我的人生就这么完了，毫无意义，一点色彩、希望都没有，这么苦；收拾脏物我现在已经不以为苦，可是每次我一说到这里，医生都会忙不迭地拿笔给我开药方。

“嗯，我明白了，”我说完后洁丝说，“无脑儿。千万别改主意，只会让你后悔。”

“可有的人能应付。”马丁说。

“谁？”洁丝说。

“我们节目里来过一个女人，她老公昏迷了25年。”

“然后她就得到这么点奖赏？上早餐档电视节目？”

“不，我就这么一说。”

“你说的什么呀？”

“我就是说这种事能熬过去。”

“可你没说为什么她得这么熬过去，对不对？”

“也许她爱他。”

他们说得很快，马丁、洁丝和JJ三个，就像肥皂剧里的人物一样，梆梆梆，你一句我一句，像是早知道自己的台词。我可说不了那么快，至少当时说不来。这一场景让我意识到，我这二十几年来，几乎都不大说话，我跟他说话最多的那个人从来都不能跟我对话。

“有什么可爱的呢？”洁丝在说，“他是个植物人。甚至不是棵醒着的植物。他是昏迷的植物人。”

“如果不昏迷他就不是植物人了，你说是不是？”马丁说。

“我爱我儿子。”我说。我不想让他们认为我不爱马蒂。

"对，"马丁说，"你当然爱他。我们也没说你不爱他。"

"你想让我们替你弄死他吗？"洁丝说，"你要的话我今天晚上可以去一次，就我自杀之前好了。我倒不介意。我觉得没什么大不了的。反正他活着也没啥意思，你说对吧？如果他能讲话，他可能还会谢谢我呢，可怜的家伙。"

我眼睛里充满了泪水，JJ 留意到了。

"你他妈的怎么回事？你白痴啊你，"他对洁丝说，"看看你干的好事。"

"对不起，"洁丝说，"我就这么一说啊。"

可我哭并不是为了这个。我哭是因为，全世界我最想要的，唯一能让我愿意活下去的，就是让马蒂死掉。想明白我为什么哭反倒让我哭得更厉害了。

马　丁

他妈的是个人都知道我那点破事，所以我觉得来这套没意思，我就这么对他们说了。

"咳，得了，伙计。"JJ 拽着一口烦死个人的美国腔说。我发现，要不了多长时间美国佬就能把人惹烦。我知道他们是朋友什么的，还有他们那边尊重成功人士，不像这个倒霉国家里这些不知感激的家伙，整天就知道吃薯条，可他这种酷不拉叽的架势搞得我不胜其烦。我是说，你要是亲眼见到这家伙，准会以为他到楼顶不是跳楼来的，敢情是为自己的最新影片做宣传来的。你绝对想不到原来他整天在拱门区①

① 伦敦伊斯灵顿区的一处居住区，以其维多利亚风格的房屋和新建的公寓街区而闻名。好洛威大道正位于此区。

晃荡送比萨。

“我们只想听听你自己的说法。”洁丝说。

“我没啥说法。我他妈的就是个大蠢蛋，做了蠢事该付出代价。”

“那你就不打算为自己辩护了吗？你现在是在朋友们中间。”JJ说。

“她刚才啐我，”我说，“这算哪门子朋友？”

“得了，别跟小破孩似的，”洁丝说，“我的朋友整天啐我，我从来不当真。”

“也许你该当真。也许你的朋友啐你就想让你当真呢。”

洁丝哼了一声。“要是我当真恼了，我早就什么朋友都没了。”

这话一出，没人答腔。

“那你们想知道什么？还有什么你们不知道的？”

“任何事都有两面嘛，”洁丝说，“我们只知道坏的一面。”

“我当初不知道她才15，”我说，“她跟我说她18。她看上去也像18岁。”事实就是这样。这就是事情好的一面。

“那就是说，如果她再大那么半岁，你就不会弄到这儿来了？”

“我想不会。因为那样的话我就没犯法。就不会进监狱。不会丢了工作。我老婆也不会发现……”

“那就是说你只是运气不好。”

“应该说我还是有一定程度的过失。”不消说，我这话显然是轻描淡写，试图掩盖自己的罪过；我却不知道，洁丝最喜欢拿这种显而易见的状况说事。

“就因为你他妈的吞了一本大词典，也不能说明你就没错。”她说。

“‘过失’就是这个……”

“因为甭管她几岁，有些结了婚的男人都决不会搞她的。而且你还有孩子，对不对？”

“没错，我是有孩子。”

“所以说这跟运气没关系。”

“我靠，你这个弱智，你以为我干吗来了？我跑到这上头来坐在栏杆上晃荡着玩的？我搞砸了。我没打算给自己找借口。我觉得糟透了，所以我想死。”

“我觉得你该死。”

“谢谢。顺便谢谢你提议做这种游戏。真有帮助，真是‘疗效卓著’。”

我又说了个多音节的大词①，她又恶狠狠看了我一眼。

“有一点我比较感兴趣。”JJ说。

“说吧。”

“为什么你宁肯跳楼却不愿意面对自己做过的事情呢？”

“我这就是面对自己做下的事情。”

“老有人扔下老婆孩子去搞小姑娘。也不是人人都跳楼了呀。”

“确实。不过照洁丝说的，也许他们都该死。”

“真的吗？你认为犯下这样的错误人就该死吗？哇塞，这可太狠了点。”

我真这么认为吗？也许是，也许我从前这么想来着。也许你们有人知道，我先前在报纸上写文章说过类似这样的话。当然那都是我颜面扫地之前的事。比如说，我曾经呼吁恢复死刑。也曾呼吁过实行诸如化学阉割、长期监禁、公开羞辱的惩罚。也许我写稿子的时

① 上文的“过失”(culpability)和“疗效卓著”(curative)皆为多音节词。

候当真是这么想的,我认为管不住自己老二的人应该受到……事实上,我记不起自己当初认为怎么惩罚这些奸夫淫贼才算恰当。我得查查剪报才能知道。但是关键问题在于,我做的正是当初自己抨击贬斥的行径。我没能把自家老二乖乖锁在裤裆里,所以如今只好跳楼。我恰恰是被自己的逻辑给坑了。如果你在小报上写专栏,却不慎越过了自己划定的道德底线,你就得付出代价。

“不是犯了错都得如此下场。但也许这个错误必须如此。”

“耶稣啊,”JJ 说,“你对自己太狠了。”

“也不全是因为这些个。还有公众影响什么的。这种羞辱。羞辱给大家带来的娱乐。还有有线电视台只有三个观众的电视节目。所有这一切。我……我一点生存的空间都没有了。我是进退维谷。”

一阵若有所思的沉默,持续了大概 10 秒钟。

“哦,”洁丝说,“该我了。”

洁 丝

轮到我讲。我就说了,我叫洁丝,18 岁,我到这儿来是因为有些家庭问题,用不着细说。后来我跟这个叫查斯的家伙分了手。他欠我个解释。因为他什么也没说,就不见了。我想,如果他给我个解释我大概能感觉好一点,因为他伤透了我的心。可我找不到他。我到楼下的派对去找他,可他不在,所以我就上这儿来了。

马丁满口嘲讽地说,就因为查斯没参加这个派对所以你打算自杀?耶稣啊。

可我从来没说过这话,我这么对他说了。于是他说,OK,那么你上这儿来是因为他欠你个解释。这该没错了吧?

他就是想让我显得很傻，可这不公平，因为我们人人都能这么做，比如说，哎哟喂，就因为他们不让我继续上早餐电视节目了。哎哟喂，就因为我儿子是植物人我连个说话的人都没有还得天天给他收拾……得，OK，怎么说莫琳都不能算蠢。可我觉得现在不是互相取笑的时候。你尽可以嘲弄我们四个，你可以尽情嘲弄任何一个不幸福的人，只要你心够狠。

所以我说：我没那么说，我说的是，他要是给我个解释也许我就不想跳了。我可没说我就为这个才上来的，我说过没有？就好比说，我们可以用手铐把你锁在那边的栏杆上，那样可能你就没办法跳楼了。可你上来并不是因为没人把你锁在栏杆上，对不对？

我这么一说他才闭上了嘴，我挺高兴的。

JJ 比较好心。他看得出我想找查斯，我哼了一声算是回答，可我哼完又后悔了，因为他是同情我才那么说的，可我哼一声却是嘲讽的意思，是这意思，没错吧？可他没理会我那一声，问我查斯在哪里，我说我不知道，也许在某个派对上，他又说，那你干吗不去找他，在这儿晃荡个鬼啊。我回答说我已经用尽了力气，希望全无，说这话的时候，我知道自己没撒谎。

我不认识你。关于你我只知道你在看这本书。我不知道你过得幸福不幸福，不知道你年纪大小。我有点希望你是年轻又不幸福。如果你又老又幸福，我能想象得出，你听到我说“他伤透了我的心”可能会自己微笑起来，你会记起曾经有人伤过你的心，你心里会想：哦，是的，我记得伤心的感觉。可你根本不记得，你个自鸣得意的老废物。哦，你可能会记得那种有一点点甜蜜的忧伤。你可能记得在自己房间里听着音乐吃巧克力，或者是一个人走在河堤上，裹着大衣，觉得自己好孤单，好勇敢。可你记不记得你吃的每一口食物都好像在咀嚼自己胃的那种感觉？你记不记得喝下去的红酒又翻腾上来，对着马桶呕吐的滋味？你记不记得每天晚上都梦到你们还在一起，他对你轻声细语，爱抚着你，每天早上醒来你又得把一切重新回想一遍？你记不记得把他名字的首字母用菜刀刻在自己手臂上？你记不记得站在地铁月台边缘，差一点掉下去的地方？没有？那你他妈就给我闭嘴。趁早把你那笑脸贴到你个老奄拉屁股上，爱怎么乐怎么乐去吧。

JJ

我本打算一吐为快，把他们该知道的都说出来——大黄乐队，丽兹，我们的音乐。根本没必要撒谎。我猜我是听别人的事听得有点心慌，因为他们想跳楼的理由听起来都很充分。耶稣啊，人人都看得出，莫琳过的那真不是人过的日子。当然还有马丁，这家伙有点自掘坟墓，尽管如此，那些羞辱……换了我是他，我都怀疑自己能不能坚持像他忍受那么久。还有洁丝，她非常非常不快乐，还疯疯癫癫的。其实大家也不是在比谁更不幸，但确实有一定程度的……怎么说呢……是不是有点像动物撒尿标注领地？也许我觉得有点不安是因为我那点领地都被马丁尿满了。我本来是那个蒙羞受辱的小子，可跟他一比我那点羞辱显得有那么点苍白。他因为跟个15岁姑娘睡觉进了监狱，小报上铺天盖地都在骂他；我只是被姑娘甩了，我的乐队不行了。多大点破事。

可这时我还是没想要撒谎，直到我的名字惹出点麻烦。洁丝他妈的太烦了，我突然就发作了。

“那么，”我说，“OK，我是JJ……”

“JJ 是什么的缩写？”

经常有人问我这俩字母代表什么，我从来都不讲，因为我讨厌自己的名字。其实是这样的，我爹是个自学成才的家伙，他非常崇拜BBC，所以窝在自己房间里用短波收音机花了好多时间听 BBC 的全球广播节目，他曾经非常喜欢 60 年代 BBC 的一个广播节目主持人，叫约翰·裘力斯·诺威奇，这家伙还是个爵士什么的，还写了千把本书，都是说教堂什么的。所以说，我他妈的就叫约翰·裘力斯了。那我有没有当上爵士呢？我是不是广播节目主持人呢？我连他妈的英国人都不是。我有没有退学玩乐队呢？没错。约翰·裘力斯这名字一个高中辍学的小子叫合适不合适呢？显然不。JJ 就 OK 了。JJ 比较酷。

“你甭管了，这是我的私事。我是 JJ，我到这里来是因为……”

“我会查出你真名叫什么的。”

“怎么查？”

“我会跑到你家里乱翻一气，找到线索为止，比如翻出你的护照、银行存折什么的。要是我还找不到，我就偷你样心爱的东西，你老实交代我才把东西还你。”

耶稣基督啊。这姑娘什么毛病啊？

“你宁肯搞这套也不肯叫我 JJ？”

“当然，我讨厌有东西我不知道。”

“虽说我对你了解不多，”马丁说，“但是，如果你真的为自己的无知感到苦恼，在下以为你所不知的东西，总有那么一两样，比 JJ 的名字更要紧些。”

“你这话什么意思？”

“你知道财政大臣是谁？你知道《白鲸》是谁写的？”

“不，”洁丝说，“我当然不知道。”听她那口气，仿佛知道这些东西的都是怪胎一样。“可这些都不是秘密，对不对？我讨厌有秘密瞒着我。别的这些我要想知道什么时候去查都能查得到，只是我现在不想而已。”

“如果他不想告诉我们，他就是不想说。你的朋友都管你叫JJ吗？”

“没错。”

“那我们也叫就成了。”

“我觉得不成。”洁丝说。

“你给我闭嘴听他讲。”马丁说。

可对我来说，那一刻已经过去了，那倾诉衷肠的一刻，哈哈。我看得出，他们才不会认真听我说呢；洁丝和马丁两个都在散发出憎恨的气场，敌意四散开来。

我瞪着大家，待了一分钟。

“怎么了？”洁丝说，“你忘记自己为什么要上来跳楼了还是怎么的？”

“我当然没忘。”我说。

“那你他妈赶紧说啊。”

“我快死了。”我说。

我压根没想过以后还会见到这几个人。我当时很有把握地认为，要不了多久我们就会握握手，祝你快乐然后分道扬镳，或者嘿咻嘿咻走下楼梯去，或者从他妈的楼顶上跳下去，全看大家情绪如何，性格怎样，问题多严重，诸如此类。我可是从来没想到有一天这些话会绕一圈回来产生后果，就像巨无霸汉堡里的腌黄瓜在嘴里留下的余味。

"嗯,你看上去是不大好,"洁丝说,"你得的什么病?艾滋吗?"

艾滋病确实说得过去。人人都知道你得了艾滋还能好好地晃荡几个月;人人都知道这病没得治。可是……我曾经有几个朋友死在这病上,这种事情可不好拿来开玩笑。我知道艾滋这毛病我还是不提它为好。可是——所有这些在洁丝的问话之后三十秒内在我脑子里迅速飞转——究竟说哪种不治之症才合适呢?白血病?艾博拉病毒?哪一样也不像是在说:"嘿,伙计,挑我吧,咱就是一冷笑话杀手,没那么严重,不会冒犯到谁。"

"我生了一种脑瘤,叫CCR。"这CCR其实是Creedence Clearwater Revival(克里登斯清水复兴),我平生最喜欢的乐队之一,我的许多重大灵感都来自这支乐队。我觉得他们个个都不像是克里登斯的粉丝。洁丝年纪太轻,莫琳我根本不用担心,马丁这种家伙,只有我说自己得了种叫阿巴的不治之症他才能觉察出不对来。

"全名叫Cranial Corno什么的。"我编出个"cranial(头盖骨的)"自己挺满意。听起来挺像那么回事。可我得承认,这个什么corno确实比较弱。

"没有治疗办法吗?"莫琳说。

"哦,不对,"洁丝说,"吃药能治这毛病,他就是不肯,哼。"

"他们说这病是因为滥用药物引起的。吸毒,酗酒。所以说我他妈活该。"

"你肯定觉得自己挺二的。"洁丝说。

"是,"我说,"如果'二'跟傻逼是一个意思就对了。"

"嗯。甭管怎么说吧,算你赢。"

这么一说我更加觉得,这里头确实有点攀比的意思了。

"是吗?"我听了挺高兴。

“哦,没错。要死的人哎。我靠,就像……方块、黑桃、王啊什么的……拿到这种牌你就赢定了。你赢了,伙计。”

“我得说患上个不治之症只有在这个比赛中才有点好处,”马丁说,“这个‘比比谁他妈的更倒霉更痛苦’的比赛。别处恐怕都没什么用。”

“你还有多久?”洁丝问。

“我不知道。”

“大概呢,你想还有多久?”

“闭嘴,洁丝。”马丁说。

“我说什么了？我是想知道我们要对付的是什么玩意。”

“对付这玩意的不是我们大家,是我一个人。”我说。

“干得可不算好。”洁丝说。

“是吗？说这话的姑娘连被男朋友甩了都应付不来。”

大家在憎恶中沉默下来。

“那么,”马丁说,“那咱就这么着吧。”

“怎么着?”洁丝说。

“首先,你得回家。”马丁说。

“我靠,凭什么我得回家?”

“因为我们会把你押回家。”

“除非你们答应我个条件,我才肯回。”

“说吧。”

“你们先帮我找查斯。”

“大家都去找?”

“对。不然我就真去自杀。我太小,还不该死,你说的。”

“现在回想起来,这话说得对不对,我也没把握了,”马丁说,“你的智慧超出了年龄,我现在看出来了。”

“那就是说我可以过去了?”她边说边往楼顶边缘位置走去。

“快回来。”我说。

“我他妈的才不管呢,你知道的,”她说,“我跳楼也行,我们去找查斯也行,反正在我都一样。”

一切就是这样了,我们别无选择,因为我们相信她的话。也许换了别人,换另外一个夜晚就不会相信她,可那天晚上,我们三个人,却毫不犹豫。并不是说我们就认定她是真想自杀;只不过当时的感觉,这丫头什么时候都会为所欲为。她若是想从楼顶上跳下去,试试是个什么滋味,她就会去跳跳试试。一旦你看明白了这一点,接下来就看你在乎不在乎了。

“可你不需要我们帮忙,”我说,“我们不知道上哪儿找查斯。只有你能找得到他。”

“对,可我一个人会犯迷糊,想不明白。就这么着我才跑到这楼上来的。”

“你们觉得呢?”马丁问我们俩。

“我哪儿都不去,”莫琳说,“我决不离开楼顶,我也绝对不会改主意。”

“没问题,我们也没要你改。”

“因为他们会来找我的。”

“谁要找你?”

“护理中心的人。”

“那又怎样?”洁丝说,“他们找不到你会怎么办?”

“他们会把马蒂送到个糟糕的地方。”

“你说的是植物人马蒂吗?把他送到哪儿他会介意吗?”

莫琳无助地看着马丁。

“是因为钱吗?”马丁问,“所以你天亮之前必须得死?”

洁丝哼了一声,可我明白马丁为什么会这么问。

“我只付了一晚上的钱。”莫琳说。

“你还有钱再多付一天吗?”

“当然有。”马丁这么问,仿佛暗示莫琳会缺钱用,莫琳听了似乎有点上火,恼火,也许。

“那就给他们打个电话,让马蒂多住一天就是了。”

莫琳又无助地看着他,问:“为什么?”

“因为所以,”洁丝说,“反正我们这儿忙着呢,事多着呢,对吧?”

马丁似笑非笑。

“是不是啊?”洁丝问。

“我想不出有什么好忙的,”马丁说,“除了最明显的。”

“哦,那个,”洁丝说,“算了吧。那一阵过去了,我能感觉得到。所以说我们得找点别的事来做。”

“即便你说得没错,那一阵已经过去了,”我说,“为什么我们非得一起去干点什么呢?为什么我们不能各自回家看电视呢?”

“因为我一个人会犯迷糊,我跟你说过的。”

“我们干吗要管你?半小时前我们根本都不认识你。你一个人爱怎么犯迷糊迷糊去呗,我他妈才不在乎呢。”

“就是说你没觉得我们这点共同的经历把我们几个团结在一起了。”

“没有。”

“你会看到的。我感觉得到,到老我们几个还是朋友。”

大家报以沉默。显然她的预言没人赞同。

莫　琳

我不喜欢他们那么说话，好像我手头紧巴巴的。这事跟钱没关系。我需要一晚上，所以我付了一晚上的钱。完了就得别人付钱，可我就不用知道了。

可他们不理解。我觉察得到。我是说，他们能理解我不幸。可他们不理解这里头的逻辑。照他们的想法：如果我死了，马蒂就会被送到福利院什么的地方去。那我干吗不直接把他送到福利院去，自己就不用死了。那又有什么区别呢？可这种想法恰恰说明他们不了解我，不了解马蒂、安东尼神甫，还有教堂里那些人。我认识的那些人都不会这么想。

可是这些人，马丁、JJ 和洁丝，他们跟我认识的人都不一样。他们更像电视上的人，像《东区人》什么的那些节目里的人物一样，讲话很快，直来直去的。我不是说他们不好。我是说他们不同。如果马蒂是他们的孩子，他们不会这么操心。他们没有我这么重的责任感。他们没有教堂。他们只消说一句："这有什么不同呢？"就由它去了，也许他们是对的，可他们毕竟不是我，我不知道怎么跟他们说清楚这一点。

他们不是我，可我却希望自己是他们。也许不是他们几个，毕竟他们也不幸福。可我希望自己是那些人中的一个，知道怎么说话，看不出事情有何不同。因为在我看来，如果你像那样，日子可能更容易过下去。

因此，当马丁问我是不是真的想死的时候，我不知道怎么回答。最显而易见的答案是，当然，我当然想，你个傻瓜，不然我干吗爬这么老长的楼梯上来，为什么跟个听不见的孩子——我的上帝啊，他已经成年了——瞎编出个新年派对，东拉西扯。可是还有另一个答案，不是吗？另一个答案是：不，我当然不想死，你个傻瓜。求你制止我吧。求你帮帮我。让我变成那种想要活下去的人，哪怕让我缺点什么呢。让我成为那种人，能够理直气壮地说：我该得到更多、更好的生活。我也不需要很多，让生活充实点就够了，不需要太丰富。我就是因此才上来的——生活里没有足够多的东西能留住我。

“那么，”马丁说，“你准备等到明天晚上吗？”

“我跟护理中心的人怎么解释呢？”

“你有他们电话吗？”

“现在打电话太晚了。”

“有人值班的。把号码给我。”他从口袋里掏出个很小巧的手机，开了机，铃声响起，他揿了一个键，然后把电话举到耳边。我猜想他是在听人家的留言。

“有人爱你呢。”洁丝说，可他没理会。

我把地址电话都写在我的小纸条上了。我把纸条从兜里掏出来，可是周围太黑，我看不见。

“给我。”马丁说。

我很不好意思。这是我的小纸条，我的信，我不想别人当着我的面读它，可我说不出口，可是不等我明白过来，马丁伸手过来一把抓了过去。

“哎，我的天哪。”他看了之后叫出声来。我感到自己脸红了。“这就是你的绝笔信？”

“好酷，念出来听听，”洁丝说，“我的那些都很烂，不过我猜她的更烂。”

“你的那些都很烂?”JJ 说,“难道你写了好几百封?”

“我老写,写了好多呢。”洁丝说。她说起这个好像还挺开心的。两个男孩看着她,可谁也没说话,但你猜得出他们在想什么。

“什么?”洁丝说。

“我猜我们中的大多数人都只写了一封。”马丁说。

“我老改主意,”洁丝说,“这没什么错啊。这可是个重大决定。”

“确实重大,”马丁说,“绝对排得进前十名。”他这样的人吧,有时候像是说笑话,其实不是,有时候他其实在说笑话,大家却又当了真。

“甭管怎么说。这封信我就不念了。”他眯起眼睛看纸上写的号码,然后照着拨出去。不出几秒钟的工夫就搞定了。电话通了以后,他先是道歉这么晚打过来,然后告诉对方说因为有点事情,所以马蒂要多住一天,就完了。他讲话的方式就好像他知道对方不会追问他别的问题了。若是我来打这个电话,我肯定会长篇大套地解释一通,为什么我非得凌晨 4 点打电话过来,我得提前好几个月想好理由才成,可他们还是会一眼看穿我,最后我只能跟他们坦白,最后不是推迟一天,而是提前好几个小时把马蒂接回来。

“那就是说,”JJ 说,“莫琳 OK 了。那就只剩你一个人了,马丁。你要参加吗?”

“可这个查斯在什么地方?”马丁说。

“我不知道,”洁丝说,“可能在某个派对上。他在哪儿重要吗?你去不去就取决于这个?”

“没错,我他妈的宁肯死也不愿意凌晨 4 点乘着出租车跑到伦敦南城去。”马丁说。

“南城他谁也不认识。”洁丝说。

“那敢情好。”马丁说。他说话间，你能感觉到，我们这群人都不会自杀，而是要从楼顶下来，去找洁丝的男朋友，或者别的什么人。这实在算不上什么计划。可我们只能想到这个，所以大家只能试试看，这样成不成。

“把手机给我，我要打几个电话。”洁丝说。

于是马丁把电话给她，她走到了屋顶另外一头，不让大家听见她讲电话。我们在一旁等着她回来告诉我们该到哪里去。

马　丁

我知道你在想什么，你们这帮明白人聪明人，整天看《卫报》逛水石①，既不会荒唐到去给自家孩子买香烟来抽，也不会一大早看电视。你会想了，哦，这家伙肯定不是真心想死。他只是想让个小报摄影师拍到他无言的求助声，好跟《太阳报》签个独家约稿，写写“我的自杀地狱”“夏普的下流出路”。而且我也能理解你为什么会这么想，朋友们。我爬楼梯上来，把脚垂在房檐上坐着，拿个扁酒壶喝了几口威士忌，随后有个昏丫头来请我帮忙去什么派对找她的前男朋友，于是我就耸耸肩膀跟着她晃荡下楼去了。这算哪门子自杀？

首先，我要告诉你，我做阿伦·T. 贝克的自杀指数测验得分很高。我敢打赌，你听都没听说过有这么个测验，对不对？可的确有，满分 30 我得了大概有 21 分，我为此还挺高兴，这个你可以想象。是，准备自杀前我考虑了三个小时以上。是，即便能得到医疗救护

① Waterstones，英国最大的图书零售商。

我也肯定自己能死得成：这顶层大厦有15层高，据说10层以上跳楼成功率就是百分之百。是，自杀前我做了充分的准备：梯子，钳子，等等。射门得分。只有头两个问题，我不能得最高分。这两个问题都是关于阿伦·T.贝克所谓的独处和时机问题。“附近无人可见，也无人通话”的话，就可以得高分，还有一条“极少可能有人干预”。你可能会说了，我们选了最热门自杀时段守岁夜，又选了伦敦北城最热门的自杀地点，这干预几乎是不可避免的；可我得反驳一句，这纯粹是因为我们犯糊涂。糊涂也好，太过自我中心也好，随你怎么想了。

而且，当然了，如果没有楼上挤了这一群人，我今天也不会还活在这世上，所以也许老贝克不纯粹是骗钱来的。我们可能都没指望谁来救我们，但是当我们碰到一起，就产生了这么一种集体欲望——这种欲望首先来自尴尬——那就是把自杀的想法暂时搁置，至少过了这个晚上再说。我们没有一个人在下楼的时候会觉得人生美好，值得珍惜；如果一定要问有什么感觉，我们下楼的时候比上楼的时候或许还更痛苦了，因为我们为各自困境找的共同出路已经行不通了，至少暂时是行不通。在楼顶上，我们还有一种奇怪的紧张和兴奋感；在过去的几个钟头里，我们仿佛生活在某种独立王国里，在那上面，俗世的法律都管不到我们。虽说我们都是被各自的麻烦赶到了楼上，可这些麻烦事就像戴立克①，仿佛不会爬楼梯。如今我们又要走下楼去，重新面对它们。可是看来我们别无选择。虽然说我们除了这一点之外别无共同之处，可这一点就足以让我们觉得，其他的一切——金钱，地位，教育，年龄，兴趣爱好——所有这些的差异都无足

① 20世纪60年代英国广播公司科幻电视节目中的邪恶机器人，一种只能在平地移动的机器人。

轻重;突然之间,在短短几个钟头里,我们已经创建了一个国度,而眼下,我们只想跟这一国的同胞在一起。我跟莫琳几乎没说过什么话,我连她姓什么都不知道;可她对我的理解,比我太太在我们婚姻的最后五年里加在一起的还要多。因为我们相遇的地点特殊,莫琳知道我不快乐,也就是说,她了解我最重要的那一部分,而辛迪却总是说,我说的话,我做的事情,让她弄不懂。

如果我爱上莫琳倒是不错,对不对?我仿佛能看到报纸的头条标题:"夏普改邪归正!"下面的稿子里就要说说这个老淫棍如何发现了自己的错误,决定跟一位大龄朴素善良女性成家,停止追逐女学生和隆过胸的三级片女演员了。嗯,不错,做我的白日梦吧。

JJ

洁丝给她认识的人挨个打电话,问查斯在什么地方,我靠在墙上,透过铁丝网看着下面的城市,试图想想看,如果我有个 iPod 或者随身听,在这样的场景,我应该听什么样的音乐。我首先想到的是乔纳森·里奇曼①的《市场上有个丑雪人》,也许因为这音乐甜腻而且傻乎乎的,让我想起自己生活中也曾过得起那样的日子。随后我又哼起了酷儿乐队②的《中间的日子》,这个歌总算比较合时宜。既非今天也非明天,既非去年也非明年,总之这楼顶上的一出就有点像天堂地狱之间的边缘,因为我们都不曾拿定主意,我们不朽的灵魂要往哪边去。

洁丝花了十分钟跟查斯的朋友讲电话,回头来跟我们说,最大的

---

① 乔纳森·里奇曼(1951—),美国朋克乐手,词曲作家,吉他手。
② 英国一支摇滚乐队。

可能是查斯会在肖迪奇一个派对上。我们走下十五段楼梯，吧嗒吧嗒穿过一片尿骚气，重新回到了街上，几个人哆哆嗦嗦地站在寒风里等出租车。大家都没怎么说话，只有洁丝一个人在讲个不停。她告诉大家派对是谁办的，什么人可能会在那儿。

"泰莎谁的那批人。"

"哦，"马丁说，"那批家伙。"

"还有阿尔非、塔碧莎，还有周末去大洋俱乐部的那帮子人。还有嗑药鬼皮特他们那帮搞平面设计的家伙。"

马丁咕哝一声；莫琳一脸晕船的样儿。

一个年轻的黑人小子开着辆破烂福特车过来。他把乘客座边的车窗摇了下来，身子斜靠过来。

"你们要去哪儿？"

"去肖迪奇。"

"30 镑。"

"滚。"洁丝说。

"闭嘴，"马丁边说边坐进前面的位子，"我请。"他说。

我们几个坐到后座上。

"新年好啊。"司机说。

大家谁也没接茬。

"去派对？"司机说。

"你认识嗑药鬼皮特吗？"马丁问他，"我们希望能碰到他。应该挺爽的。"

"还爽呢，"洁丝哼道，"你发什么神经？"你要想跟洁丝开玩笑，讲反话，得预先跟她通报清楚才行。

现在是凌晨 4 点 30 分左右，街上开车的坐出租的走路的，到处都是人。人人似乎都是一伙一伙的。有时候人们向我们挥手，洁丝也向人家挥手致意。

“你怎么样？”洁丝对司机说，“整夜都得上班吗？还是说你打算送下我们，然后找个地方喝几杯？”

“干通宵，”司机说，“整夜工作。”

“够倒霉的。”洁丝说。

司机苦笑道。

“没错，是够倒霉的。”

“你那位介意吗？”

“什么？”

“你那位，你女人。你整夜都上班，她介意吗？”

“不，她不会介意的。现在不会。她现在没法介意了。”

只要你有情感触角，一定能觉察到，车里的气氛变得非常沉重。只要你有点人生经历，一定能觉察到，这是个有故事的人，而且这个故事不论怎么讲，都不会让大家开开心心去派对。只要你有点理智，一定会就此打住，不再追问下去了。

“哦，”洁丝说，“是个坏女人，对不？”

我不觉皱眉，相信其他人也都一样。大嘴小姐再次出击。

“不是坏女人，她死了。”他说得很平淡，仿佛只是纠正她哪个字说错了——仿佛这是他日常工作的一部分，“坏”和“死”只不过是人们经常搞混的两个地址。

“哦。”

“没错，她被坏人杀了。杀了她，她妈妈，她爸爸。”

“哦。”

“没错，在我的祖国。”

“对的。”

洁丝就选择在这个节骨眼停了下来：此时的沉默正好暴露了她的想法。于是我们各怀心事，继续前行。我敢赌一百万，此时我们几个心里，多少都在想同样的问题：为什么我们在楼上没碰到他呢？或者说他曾经上去，又下来了？他怎么会变得如此的……坚强？

我们到了要去的地方，马丁给了他一笔不小的小费，他很高兴，很感激，管我们叫朋友。我们倒是蛮喜欢跟他做朋友，就怕他知道我们这帮家伙的底细之后，就不会这么喜欢我们了。

莫琳不想跟我们进去，可我们带她进了门，上楼梯，进了一个我到这里以来见过的最像纽约艺术家工作室的地方。若这地方在纽约，得值一大笔钱呢，在伦敦，那就是一大笔钱再加上个30%。虽说现在已经是凌晨4点，这里还是挤满了人，挤满了我最不喜欢的人：都是他妈的艺术系学生。我知道，洁丝预先警告过我们，可真到跟前还是吓人一跳。好多羊毛帽子，缺了一小块的小胡子，新做的文身还有脚上的塑料鞋……我说，我是个自由主义者，我不想让布什去炸伊拉克，我跟旁边那小子一样，也喜欢来一口什么的，可一看到这帮家伙，我还是打心底里发怵，觉得讨厌，多半是因为我料到这帮家伙根本不会喜欢我的乐队。当初我们到大学城去演出，一出场看到这么一群人，就知道我们要惨了。他们不喜欢真正的音乐，这帮家伙。他们不喜欢雷蒙斯①，或者诱惑②或者'Mats③，他们喜欢DJ还有他那愚蠢的哔哔声。再不然他们就装出一副牛架势，听唱妓女手枪什么的

① 1970年代成立于纽约的一支朋克乐队。
② 成立于1961年的一支美国灵魂乐团。
③ 即The Replacements，一支美国另类朋克乐队。

嘻哈音乐。

所以,我一进门情绪就不好。我担心自己会跟人打起来,我连为什么打都算计好了:我要捍卫马丁或者莫琳,不许哪个狗娘养的山羊胡小子或者小胡子娘们嘲笑他们俩。可事情并不是这样。奇怪的是,马丁这么穿套西装,一脸假冒的日晒色,莫琳穿件风雨衣,整整齐齐的鞋子,俩人倒是挺顺当地融入了派对。他们都眼光直视前方,看来与众不同。马丁那个电视发型有点像 Kraftwerk①,而莫琳,活像是"地下丝绒"里面的莫琳·塔克②真人诡异版。而我,身着一条褪色黑牛仔裤,皮夹克,里面衬件旧 Gitanes③T 恤衫,我觉得自己就像个他妈的怪胎。

只有一件小事,让我觉得我可能得敲破谁的鼻子才成。马丁站在那儿,就着个瓶子直接喝红酒,有两个人盯着他看。

"马丁·夏普!认识吧,早晨电视上那家伙!"

我畏缩了。我从没跟名人一起出来晃荡过,压根也没想到这一点,长着马丁这么张脸跑到派对上,就好像光屁股进场一样:哪怕是艺术系学生也会留意到的。可情况比较复杂,不单是被人认出这么简单。

"噢耶!不错嘛!"另外那个回答。

"嗨,下流普!"

马丁对他们露出愉快的笑容。

"肯定老有人这么叫你。"一个说。

"什么?"

---

① 一支 1970 年代德国电子音乐乐团。
② 著名乐队"地下丝绒"的女鼓手。
③ 一个著名法国香烟牌子,也是音乐厂牌名。

“你知道的。嗨，下流普什么的。”

“嗯，的确，”马丁说，“是这么回事。”

“你可够倒霉的。电视台那么多人，你最后落得这么个傻逼相。”

马丁乐呵呵地对他们耸耸肩，貌似“由他去呗，我能怎么着呢”，随后转身向我。

“你没事吧？”

“这就是生活嘛。”他看着我说。他似乎赋予了这种老套说法新的深义。

与此同时，莫琳整个给吓呆了。无论是谁哈哈大笑一声，骂句脏话，或者打破了什么东西，她都要惊恐地跳起来。她看着这群派对动物，仿佛是看到IMAX巨幕上投射出黛安·阿布丝① 50英尺宽的大照片。

“你要喝点东西吗？”

“洁丝哪去了？”

“找查斯去了。”

“然后我们就可以走了？”

“当然。”

“那就好。我在这儿很不自在。”

“我也不。”

“你觉得我们下面会去哪里？”

“我不知道。”

“可我们还会一起，你说是不是？”

“我猜会。当初说好的，对吗？得找到那家伙才算完。”

---

① 黛安·阿布丝(1923—1971)，一位备受争议的美国女摄影家。

“我希望我们找不到他，”莫琳说，“至少别这么快。我想来杯雪利酒，劳驾你，要是找得到的话。”

“你知道吗？我觉得这里未必有多少雪利酒。我觉得这帮家伙不大像喝雪利酒的。”

“那白葡萄酒呢？他们会有吗？”

我找到两个纸杯，还有一瓶半空的酒。

“干杯。”

“干杯。”

“年年岁岁花相似，哈？”

“你什么意思？”

“你知道的。温不拉叽的白葡萄酒，满场混账白痴的烂派对。今年我跟自己保证，说会过得与众不同。”

“去年这个时间你在哪里？”

“我在家开派对。跟丽兹，我前女朋友一起。”

“还不错？”

“还可以，你呢？”

“我在家，跟马蒂一起。”

“对的。你觉不觉得，一年前……”

“对，”她飞快地回答，“哦，对。”

“没错。”我真不知道怎么接茬了，于是我们静静地啜着杯中酒，观察这群笨蛋。

莫　琳

住在这么幢不分房间的屋子里肯定不卫生。哪怕是住一室户的人也能用上像样的浴室,有房门有墙有窗户。这个地方,开派对的这个地方,连这些个都没有。这里就像火车站的厕所,只不过连男女厕都不分,只有一面很小的墙把厕所和浴室隔开来,所以,虽说我需要上厕所也不敢用。随便什么人绕过墙就能看见我在干吗。况且,不消我说,这肯定非常不健康。我妈从前老说,臭味就像是细菌毒气;甭管这房子是谁的,他家里肯定到处都是细菌。反正那厕所可不是人人都能用的。我找到厕所的时候,发现有个人跪在地板上,在闻马桶盖子。我是想不通为什么有人会特意跑去闻马桶盖(旁边还有别人看着!你能想象得到吗?)不过我想,人们可能某方面都有点变态,方式不同而已。刚才我走进来的时候,听到这里的喧闹声,看到这帮家伙的模样,就有点想到了;如果有人问我,我觉得这样的人在厕所里会干吗,我可能会说,他们会闻马桶盖。

我回去时,发现洁丝站在那里掉眼泪,派对上的人们站得远远的,给我们几个腾出了块地方。有个男孩子告诉她说查斯已经走了,是跟派对上碰到的什么人一起走的,是个姑娘。洁丝想让我们大家一起去那姑娘家,JJ 想说服她那可不是什么好主意。

"没事的,"洁丝说,"我认识她。大概是有什么误会。她可能不知道我和查斯的事。"

"她要是知道怎么办?"JJ 问。

"那样的话,"洁丝说,"我可饶不了他们,你说是不是?"

"你什么意思?"

"我不会杀了她。我还没那么疯。可我得让她吃点苦头,给她放点血什么的。"

当初弗兰克跟我解除婚约的时候,我觉得我肯定撑不过去了。我自己难受,可也为他难过,因为我把他折腾得够受。我们当时在安姆伯勒阿姆斯，现在当然不叫这名字了，我们俩坐在水果机①旁边的角落里，后来店主走到我们桌边，请弗兰克送我回家去，因为我在那里大哭大叫，骂骂咧咧，搞得别人都不敢往水果机里投钱了。平时晚上安静的时候，那机器能给他们赚不少钱呢。

我当时差一点想不开——我肯定考虑过自杀。可我想我能熬过去，我觉得情况会好起来。当初我要是下手，那该省了多少麻烦！我当时就能了结了我们俩，我和马蒂，当然话说回来，我那时候根本不知道有马蒂。

洁丝说的那些放血啊什么的蠢话我压根没往心里去。当初弗兰克跟我分手的时候，我也说过很多蠢话；我跟人家说是我要弗兰克走的，说他脑子有病，说他酗酒，还打我。其实根本没那些事。弗兰克是个好人，他的罪过就是爱我爱得不够，因为这实在算不了什么罪过，所以我只好给他编出些更严重的来。

“你们订婚了吗？”我问洁丝，话一出口我就后悔了。

“订婚？”洁丝说，“订婚？哪儿跟哪儿啊？我们这儿演他妈的《傲慢与偏见》呢？‘噢，亲爱的臭屁达西先生。听我说说心里话可好？’‘噢，当然，亲爱的榆木脑袋自大小姐，我定会深受感动。’”最后这句话她说得很夸张，装傻卖呆的，不过你可能早猜到她会这样。

“现在仍然有人要订婚的，”马丁说，“这么问合情合理。”

“什么人订婚？”

“我订过。”我说，可我说话声音太低了，因为我怕她，结果她又让我说了一遍。

“你订过婚？真的吗？OK，可是活人有谁订婚的？我对诺亚方

---

① 一种英国酒吧常见的赌博机，角子机。

舟外头的人不感兴趣。我对这种穿鞋穿风雨衣的人没兴趣。”我倒想问问她看，不穿鞋我们该穿什么，可我学乖了。

“你他妈跟什么人订过婚？”

我真是受不了了。你想出手帮忙，却遭到这种对待，实在是不公道。

“你跟他搞了吗？我敢打赌你们搞过。他觉得你怎么样？狗狗式搞的，那样他就不用看着你的脸了？”

听到这里，马丁抓住她，把她拖到了外面街上。

洁　丝

马丁把我拖出去，我突然来了感觉，想要改头换面，重新做人。我感觉上来，很容易有这种想法。有时候突然发现自己情绪失控，难道别人不也一样吗？你知道的：你对自己说，OK，我要做个读书人，于是你就跑到图书馆里，借些书出来，抱上一阵子。或者，OK，我要当个嗑药的，于是就跑去多多地吸大麻。就像这样，总之能让你感觉很不同。就像你借别人的衣服穿，借别人的兴趣爱好、别人的话语，你就可以把自己放下，休息一会，我发现。

现在就是需要这样不同感觉的时候。我不知道自己为什么会跟莫琳说那些话；平时我说的话一大半我都不知道怎么会说的。我知道刚才我是过分了，可我收不住。我怒了，这就像突然犯恶心，我吐啊吐，吐人家一身，可不到我吐空了就停不下来。我挺高兴马丁把我拖出来，我需要停下来，我太需要停下来了。于是我对自己说，从那一刻起，我要做个老式的人。我发誓再也不骂脏话，不赌咒发誓，哈哈，不啐别人；我发誓决不再抓住一点坏心都没有而且多少应该算处女的老太太，追问人家是不是用狗狗式嘿咻。

马丁冲我发火，骂我是贱人、是白痴，问我莫琳可曾有什么地方对不住我，我要这样对她。我就老实认罪，是先生，没有，先生，我很抱歉，先生，眼睛低头看着地板，不抬头看他，就想让他知道，我是真心后悔了，最后我屈膝行礼，我是有心要礼貌一下。他却说，你他妈的这算怎么回事？是先生没有先生，搞什么鬼呢？于是我告诉他，我决定不做自己了，改头换面重新做人，再也不让人们看到从前的我。这下他不知道怎么回答才好了。我就是不想让他们受够了我，烦了我。我注意到了，人们经常会烦了我。比如查斯，他就烦我。我是真心不再想要发生这种事了，要不然我身边就什么人都剩不下了。跟查斯的事我觉得是搞得有点太过分；我发作得太厉害，劲头来得太快。把他吓到了。就拿泰特现代艺术馆那事来说吧，那绝对是个错误。里面那个气场……OK，里面有些东西是很怪很强悍，可也不能因为展览的作品怪异强悍，我就得怪异强悍地发作一气。珍可能会说，那种行为很不合时宜。我应该等到出了门，看完了那些画和装置作品之后再发作。

我觉得珍也烦了我了。

再说电影院里那事，现在回头看看，那事可能搞得他终于忍无可忍了。当时我的行为也很不合时宜。不过也许那种行为不能算是不合时宜，因为那番话我们早晚也要说的，可当时地点不对（在好洛威的欧迪恩电影院里），时间也不对（电影演到一半），音量也不合适（很大声）。那天晚上查斯争论的要点之一就是，我不够成熟，不能当个称职的母亲，现在我得承认，《红磨坊》看到一半的时候我在那儿扯着嗓子大嚷说要小孩的事，简直是对他的话最大的辅证。

总之，马丁跟我发了一阵火，后来就有点蔫了，他就像个气球，突然被人戳破了。“怎么了,好先生?”我说,可他只是摇头,可我已经看明白了。我明白了,大半夜的,他站在一个派对门外,里面的人他都不认识,他在门外跟一个几小时前刚认识的人吵吵,就在几个小时前,他还坐在房顶上想要自杀。还有,他老婆孩子都恨他。要是换个场景,我可能会说他是突然丧失了生命的意志。我走过去,把手搭在他肩膀上,他心平气和地看着我,眼睛里没有了愤怒,那一刹那对我们简直是意义非凡——不是那种浪漫的刹那,像《六人行》里罗斯和瑞秋尔那种,而是达成理解和共识的刹那。可后来有人打扰,那一刻就过去了。

JJ

我想跟你们讲讲我原来的乐队——我猜是因为我开始把这几个家伙当成是我的新乐队成员的缘故。我们有四个人,叫作“大黄”。我们一开始是叫“大粉红”来着,名字为纪念我们的乐队专辑,可是后来人人都以为我们是同性恋,所以我们就换了个颜色。乐队是我和艾迪高中时候创建的,我们一起写歌,像兄弟一样,就这么一直到了后来,直到我们都不再像从前那样。鼓手叫比利,杰西是贝斯手,还有……靠,你才不理会这些呢,对不?你只需要知道,我们曾经分享过一些别人绝对没有的东西。也许在我们之前——滚石,Clash①,Who②,他们曾经有过,可我见过的人谁都没有过。我希望你来看过我们的演出,那样你就能知道我不是吹牛。可我现在这么说,你只能

① 一支英国摇滚乐队,是历史上第一支在歌中加入 Rap 的英国乐队,也是第一支进入牙买加音乐名人堂的白人乐队。

② 一支 1960 年代的英国摇滚乐队,四个成员个性风格迥异。

姑且相信：演出气氛好的时候，我们能一口把观众吞进去，然后一炮轰到20英里以外。我现在还是挺喜欢我们录的专辑，可我们的现场演出才真正值得人们记住；有的乐队演出就只是把歌唱快一点，唱大声一点，可我们不一样，我们另有高招；我们有时速度加快，有时放慢，有时候我们翻唱自己喜欢的金曲老歌，因为我们知道来听我们演唱的人肯定也喜欢这些歌，这样，我们的演出开始具备了一些特别的意义，如今演出所不具备的意义。大黄乐队演出的现场，就好像是圣灵降临节的宗教庆典，没有掌声呼哨和叫嚣，而是眼泪，咬牙切齿还有忘情呓语。我们拯救人们的灵魂。如果你喜欢摇滚，从头至尾都喜欢，比如从猫王到詹姆斯·布朗直到白条乐队①，那你就会想辞掉工作住到我们的电吉他里，听到耳朵掉下来才算过瘾。那些演出就是我活下去的理由。现在我才认识到，我这么说并不夸张。

我希望我是在自我蒙蔽。真的，那样的话我还能好过些。我们网站上有个留言板，我隔阵子就会上去看看，我看得出，人们跟我们的感觉一样；我也看过别人的留言板，他们的粉丝跟我们的就不一样。我是说，人人都有粉丝，喜欢他们做的音乐，不然就不算粉丝了，对不对？可我通过看我们的留言板发现，我们的粉丝离开我们演唱会的时候，感觉很不一般。我们能感觉得到，他们能感觉得到。唯一的问题就是他们人数不够多，我猜是这么回事，反正。

洁丝冲她发作一通以后，莫琳有点犯晕，可这怎么能怪她呢？耶稣啊，要是洁丝跟我也来这么一通，我肯定也得需要坐下来歇会才

---

① 一支美国摇滚乐队。

成，以前我曾经来过这地方几次，于是我带她出来，到了屋顶的小露台上，这露台一年到头一天到头啥时候都晒不到太阳，可还是摆了个野餐桌子，还有个小烧烤架。英国到处都是这种小烧烤架，是不是？在我看来，这东西代表了逆境中的希望，你只要透过连绵的雨雾往窗外瞥一眼看到它们，就能明白我的意思。野餐桌边坐着几个人，但他们看到莫琳好像不舒服，就站起来回屋里去了，于是我们就坐了下来。我说要去给她倒杯水，她说不要，于是我们就在那儿干坐了一阵。后来我们俩都听到有个嘶嘶的声音，从烧烤架旁边远一点的角落里传出来，再后来我们俩都觉得，那里是有个人。他很年轻，长头发，留着欠扁的小胡子，盘腿坐在角落里，想弄出点动静来吸引我们注意。

“劳驾。”他尽量大着胆子嘟囔道。

“你要跟我们讲话就到这边来。”

“我不能到有亮光的地方。”

“不然会怎样？”

“有个神经病会来杀我。”

“这里只有我和莫琳。”

“这个神经病无所不在。”

“像上帝一样嘛。”我说。

我走到露台边上，在他身边蹲下来。

“要我帮忙吗？”

“你是美国人？”

“对。”

“噢，好啊，伙计。”就这点事他就觉得挺可乐了，这家伙是个什么人，你也就清楚了。“听我说，你能不能回派对上看看，那个神经病走了没有？”

“他长什么样？”

“是个女的。我知道我胆小，我知道，可她真的很可怕。一个哥们先看见她，就让我上这里来躲着，等她走了我再出来。我跟她约会过一次。不是说从前好过，就那么一回。可我跟她分了，因为她脑子有毛病，她还……”

这可太妙了。

“你叫查斯对吗？”

“你怎么知道？”

“我是洁丝的朋友。”

哎呀伙计，真希望当时你能看到他那副表情。他慌忙站起来，企图夺路而逃，一直跑到墙边上。我当时真以为他想像松鼠一样顺墙爬上去跑掉呢。

“靠，”他说，“妈的。我很抱歉。我靠。你能帮我爬过去吗？”

“不。我希望你过来，去跟她谈谈。她刚刚，她刚刚度过了一个很难过的夜晚，也许聊一聊能帮她平静下来。”

查斯笑了，笑声空洞绝望，显然这个人知道，要想让洁丝平静下来，足够麻倒好几头大象的镇定剂肯定比聊天效果来得好些。

“你知道吧，自从我们俩约会那天晚上以后，我一次都没做过爱，你知道吗？”

“这我倒不知道，查斯，我真不知道。我怎么会知道呢？我从哪里看得到这条消息？”

“我吓坏了。我再也不能犯这种错误了。我再也不能搞个在电影院里冲我大吵大嚷的女人了。这么一比，我一辈子不做爱都不介意。最好如此。我说啊，我才 22，可能到你 60 岁的时候感觉就不一样了，对不？所以就只有 40 年要熬吗，可能还不到 40 年呢。这样我也能活。女人都是他妈的疯子啊，伙计。”

“你不会真心这么想吧，伙计。你这次只不过是运气差了点。”

我这么说纯粹是因为我觉得该这么说，并非我自己的经验告诉我女人就不是疯子。当然，说女人都是疯子肯定不对，女人肯定不全是疯子——只有我跟查斯睡过的女人是疯子。

“听着。如果你出去了，跟她聊聊，还会发生什么更坏的事吗？”

“她两次试图杀死我，还害我被捕了一次。还有，三个酒吧禁止我进入，还有两个画廊，一家电影院。还有，我还收到正式禁令……”

“OK，OK。那你的意思是说，更坏的事情可能发生，就是你会死得很惨很痛苦。可我得告诉你，朋友，死也要死得像个男人，死也比像老鼠一样躲在烧烤架下头强些。”

这时莫琳早站起身，来到了我们这个黑暗的烧烤角落。

“要我是洁丝，我会想杀了你的。”她平静地说——她讲得非常平静，你会觉得她怯弱的声音跟这么暴力的用词很不搭调。

“你瞧，谁都饶不了你。”

“这他妈的又是谁？”

“我是莫琳，”莫琳说，“凭什么放过你？”

“放过我什么啊？我什么也没干。”

“我好像听你说你跟她做爱了，”莫琳说，“可能你原话不是这么说的。可你刚才说你从她以后就没做过爱。所以我认为你是跟她睡过。”

“没错，我们是睡过一次。可我那时候不知道她是个他妈的疯子啊。”

“所以说，一旦你发现了这个可怜的姑娘糊涂而且脆弱，你掉头就跑了。”

“我只能跑。她追我呢。多半时候还拿着刀追我。”

“那她为什么要追你?”

“你干吗啊?这关你什么事?”

“我不喜欢看别人难受。”

“那我呢?我还难受呢。我的生活太糟糕。”

你瞧,查斯有所不知了吧,他跟我们这群人吵,说这种话可没用,我们可是顶层四人组。我们才是糟糕大王。查斯想的是放弃做爱,可我们这帮人,正经想的是要不要放弃这混蛋的人生。

“你必须去跟她谈谈。”莫琳说。

“滚。”查斯说。说时迟那时快,砰!莫琳使全力打了他一巴掌。

我说不清自己曾经多少次在派对上或者是演出后看到艾迪打人,当然他可能也会这么说我,可在我的记忆里,我始终是和平使者,只是偶尔陷入暴力,他才是战争贩子,只有片刻冷静平和。当然莫琳是个小老太太,可是看她出手真是把我过去的感觉全带回来了,犹如故友重聚,昔日重来。

莫琳是这样一个人:她比我勇气大得多。她深陷在这样一种感觉里,始终无法过自己计划的生活。我不知道她的生活计划是什么样,但我知道跟大家一样,她是有计划的,有了马蒂以后,她足足等了20年,要看看自己会得到什么样的报答,可是什么也没有。她这一巴掌里包含了太多的感情,我也能想象,我若是活到她这把年纪,肯定也会这样狠命地出手打人。这也是我不想活到她这把年纪的原因之一。

莫　琳

弗兰克是马蒂的父亲。想想看,别人可能不会立刻想到这点,真是有点滑稽，因为在我看来，事情太明显了。我只跟这一个男人发生过性关系，只跟他做过那么一次，我一辈子发生过这么一次性关系，就生出了马蒂。这种概率有多高？百万分之一？千万分之一？我不知道。但是，即便是千万分之一，那也意味着世界上有好多像我一样的女人。可是，你一想到千万分之一，决不会想，哦，那么算下来也有好多人呢。

这些年来我总算明白，这人倒霉起来，连喝凉水都塞牙。想想这很不公平，只发生一次性关系，就得了个说不出话走不了路、还认不出我的孩子……哎，其实这跟公平不公平有什么关系？你只需要一次性行为就能生出孩子来，随便什么孩子。从来也没有一条法律说，只有结了婚你才能生出马蒂这样的孩子来，或者说你有了好多别的孩子之后才能生出马蒂来，或者说你跟好多男人睡过才能生出马蒂来。根本没有这样的法律，虽说你我可能都认定应该有这样的法律才对。而当你一旦得了个马蒂这样的孩子，你就忍不住会这么想：就这么着了！我这辈子该倒的霉就这么多了，一次倒霉齐了就算完了。可我觉得吧，倒霉这东西不是这么回事。有了马蒂并不能防止我得乳腺癌，也不能防止我出门遭抢劫。你可能觉得有了马蒂我应该免受这些倒霉，可事情不是这样。从某方面来说，我倒蛮高兴自己没有别的孩子，没再有个正常的孩子。要是那样，我肯定会向上帝要求更多的保证，而那些是上帝所不能给予的。

总之，我是个天主教徒，所以我不大相信运气，而比较相信惩罚。我们很擅长信仰惩罚；这点我们比谁都强。我犯了罪，违背了教规，为此我付出的代价就是马蒂。可能代价太高了些，但是，这种罪孽也是相当严重的，不是吗？从一方面说，我落到这个下场一点也不奇怪。很长一段时间里，我甚至觉得很感激，因为我觉得，这样我活在世上就可以赎清我的罪孽，死后就没什么需要清算的了。可我现在没那么大把握这么想了。如果为了一桩罪孽，你要付出很高的代价，高到你无法承受，想要自杀，犯下一桩更严重的罪孽，这样想来，肯定是有人算错了账，有人要高价。

我以前从来没打过人，这辈子都没打过，虽然说我经常想打人。可是那天晚上不同，我处在生死之间的边缘，我反正是要回到顶层大厦楼上去，回去之前我随便做什么都没关系。我头一次意识到，我从自己的生活中解脱出来了，相当于在度假。这么一想我很想再打他几下，就因为我可以，可我没有。那一巴掌就足够了：查斯跌倒在地——多半是吓的，我想，不是我打得太狠，我还没那么壮——随后他四肢着地跪在地上，举手护住了脑袋。

“对不起。”查斯说。

“对不起啥？”JJ问他。

“我说不清，”他说，“随便啥。”

“我以前有个男朋友，跟你很像。”我告诉他。

“对不起。”他又说。

“这样很伤人的。跟人发生性关系然后消失不见，这样做很糟糕。”

“我现在看明白了。”

“是吗？”

“我想是的。”

“你趴在地下啥也看不见，”JJ说，“你干吗不站起来呢？”

“我真不想再被人打了。”

“我说你算不上是世上最勇敢的人，不算诬赖你吧？”JJ问他。

“勇气有好多种不同的表现方式，”查斯说，“如果你说的是这种匹夫之勇，那我确实没多少……那你这么说没错。我觉得单逞匹夫之勇算不得好汉。”

“查斯，你知道吗，我觉得你这点倒是蛮勇敢的，你勇于承认自己害怕莫琳这么个小身量女士。我很佩服你的诚实，伙计。你别再打他了好吗，莫琳？”

我保证说不打了，于是查斯站起身来。这种感觉很奇怪，看着一个男人怕我，我说怎样就怎样。

“这么躲在人家烧烤架下头日子可不好过，对不对？”JJ 说。

“确实，可我看不出还有别的选择。”

“跟洁丝谈谈如何？”

“哦，不。我宁肯一直在这里住下去。我说真的。你知道吗，我都在考虑搬家了。”

“什么？搬到人家后院里？最好院里还长点草的地方？”

“不，”查斯说，“搬到曼彻斯特。”

“听着，”JJ 说，“我知道她是挺吓人。正因为如此，你应该现在去跟她谈，有我们在场，你明白吗，给你们仲裁一下。你不觉得这样比搬出城去好一些吗？”

“可我跟她说什么呢？”

“也许我们可以一起想想。说点什么能让她放过你。”

“比如呢？”

“比如说我知道，如果你跟她求婚她会答应的。”

“啊，不，你明白吗这根本……”

“我逗你玩呢，查斯，开心点，伙计。”

“这可不是什么开心时刻。现在是郁闷时刻。”

“确实郁闷。出了洁丝的事，你得搬到曼彻斯特，住在人家烧烤架下头，还有双子塔什么的。”

“没错。”

JJ摇摇头。

“OK，想想你跟她说点啥，就能从这堆操蛋的破事里脱身出来？”

于是JJ告诉他该怎么说，好像他是演员，我们都是在演戏。

马　丁

我倒是不反对时不时地来点DIY什么的。我们家闺女的卧室装修就是我亲手做的，蜡纸板啥的都用了。（没错，有个电视摄像机一路拍摄，连油漆的钱都是制作公司出的，但这些丝毫抹杀不了我的劳动成果。）总之，如果你也是个DIY爱好者，你就应该知道，有时候，特别是装浴室的时候，会碰到很大的窟窿，光用填料塞不满。这种情况下，最简单的对付法就是逮着什么都拿来塞上——半截火柴，碎海绵，手边有什么往那儿塞什么。那天晚上，查斯的作用就是如此：他就是填补裂口的一块海绵。查斯和洁丝这档子事当然很滑稽，纯属浪费时间和精力，就是一个毫不新鲜的小插曲，但是它把我们从楼顶上引了下来，我一边听着他那通荒诞不经的话，一边清楚地认识到它们的价值。我同样认识到，接下来的几个星期乃至几个月里，我们还会需要很多像这样的碎海绵。也许我们人人都需要这种东西，不论你是不是想自杀。也许生活本身就是一个巨大的裂缝，一般填料塞不满，所以我们手边有什么都拿过来往里填——15岁姑娘啦，甭管什么——填满就成。

“嗨，洁丝。”查斯被推出派对，赶到街上。他想让声音显得开心，友好，比较随便，仿佛他原本就希望当晚能在派对上碰到洁丝一样，可他浑身上下那副怂样比什么都明显，你吓得连人家眼睛都不敢直视的话，就很难传达所谓开心的神情了。他让我想起一部电影里的一个小混混，被人抓住偷了当地教父的东西，徒劳而又绝望地试图蒙混过关，免受皮肉之苦。

“你为什么不肯跟我讲话？”

“喔，对了。我知道你要问这个。我也想来着。我想得挺吃力的，其实，因为，你知道，这个……这个我也挺难过的。这是一种弱点。这是我的一种性格缺陷。”

“别玩过了，伙计。”JJ 说。看来没人打算装模作样以为这是一场真正的谈话。

“哦，对了。所以。首先我该说对不起，以后不会再这样了。其次，我觉得你很有魅力，跟你在一起很刺激，而且……”

这次 JJ 只是假装咳嗽了几声。

“……喔，这个，这个不是我的错，是你的问题。”他缩了一下。“对不起，对不起。不是你的错，是我。”

就在这个当口，正当他努力要记起自己该说的台词的时候，他看到了我。

“嘿，你好像电视上那个下流坯，马丁什么的那个。”

“就是他。”洁丝说。

“你他妈怎么会认得他的？”

“说来话长。”我说。

“我们碰巧都在顶层大厦楼顶上。我们打算从顶上跳下去。”洁丝长话短说，几句话把事说了一遍，说句公道话，她说得简明扼要，重点清晰。

你几乎能看到查斯一点点把这些信息吞进肚里，就跟蛇吞鸡蛋一样：信息一点一点漫步长征才到他的大脑里。我敢说查斯个性里肯定有吸引人的地方，但聪明机智绝对不在其列。"就因为你搞了那个丫头？你老婆孩子把你扔出来什么的？"最后，他终于开口问道。

"你干吗不问问洁丝为什么想跳楼？这个不是跟你更有关系吗？"

"闭嘴，"洁丝说，"那是我的私事。"

"嚯，那我的就不是了？"

"就不是，"她说，"老早不是了。人人都知道。"

"潘妮·钱伯斯到底啥样？真人到底啥样？"

"你上这儿来就为了说这个的吗，查斯？"JJ平静地说。

"不，对了。对不起。我分心了，冷不丁冒出个电视上的人站在这儿。"

"要我走开吗？"

"不，"洁丝很快地说，"我要你在这儿。"

"我可没想到你会喜欢他这样的，"查斯说，"他太老了，再说，还是个傻逼。"他呵呵傻笑，四处看看有没有人分享他的笑话，可是我们谁都没有——其实我得说是他们，大家一点都没觉得滑稽，哪怕是查斯也不能指望我笑话自己年纪老，而且是傻逼。

"哦，对了。就这样吧，行吗？"

突然间，事情显而易见：我们比他要严肃得多，无论从哪一方面看。

这点连洁丝也看得出。

"你真讨厌，"她说，"这一切跟你一点关系都没有。快滚，别让我看到你。"随后她踢了他一脚——一脚踢在他屁股上肉最厚的地方，就像动画片里那样。

这就是查斯的结局。

洁　丝

当你伤心的时候——非常伤心，在顶层大厦那么伤心的时候——你会只想和别的伤心人在一起。那天晚上，我看着查斯的脸，才意识到这一点。他的脸上什么都没有，那只是一张什么都没有经历过的22岁男生的脸，除了嗑过几颗迷幻药，别的什么事都没做过，脑袋里想的无非就是再上哪去找些药来嗑，总共那么点感觉，都挂在脸上了。正是他的眼睛出卖了他：他说傻话寒碜马丁，想逗大家乐的时候，他的眼睛完全迷失在那个蠢段子里，别的什么也没剩下。那只是一双哈哈大笑的人的眼睛，里面没有恐惧，没有烦闷——就像小娃娃被人呵痒笑的那样。可我留意到了，其他几个人，即便是在说笑话的时候（有的根本说不来笑话，比如莫琳），即便是在哈哈大笑的时候，你还是能看出他为什么会跑到楼顶上去——他们眼睛里有别的东西，这别的东西使他们不能完全把自己交给这一刻的欢笑。当然你可以说我们不应该到楼顶上去，因为自杀是懦夫的出路，你也可以说我们中任何一个人想跳楼的理由都不够充分，可不能说我们没感觉，因为我们都感觉到自杀的冲动，而这比什么都重要。除非查斯也越过了这道界限，否则他永远不会明白这种感觉。

这正是我们四个人所做的事——我们越过了界。我不是说我们做了什么坏事。我的意思只是想说，我们几个人身上发生了种种事情，使得我们跟其他人分别开来。除了我们可能在同一个地方了结性命，就是高高在上的那块水泥屋顶，其他别无共同之处，可这也是你跟别人可能存在的最重要的相同之处。比方说，因为莫琳穿风雨衣、听铜管乐什么的就说她跟我毫无共同之处，就跟说我跟另外一个女孩唯一的共同之处就是同一父母所生是一样的站不住脚。直到查斯说了那通马丁是傻逼的话我才想明白这些。

我还想明白一件事，那就是，无论查斯对我说什么——说他爱我，他恨我，他被外星人绑架了，我当初认识的那个查斯现在在另外一个星球上——随便他说什么，对我都不会有任何的不同。他还是欠我个解释，我觉得。可那有什么关系？对我有什么好处呢？他说了什么也不可能让我过得更开心。就像生水痘的时候你忍不住去抓。你以为抓抓能好受，结果痒又跑到别处去了，这里痒了那里痒，到处痒。我的痒痒好像突然跑到了好几公里以外，我就是胳膊再长也够不着。想明白了这一点，我开始害怕，怕会永远这样痒下去，我可不想这样。马丁干过的事我都知道，可查斯走了以后，我还是想让他抱抱我。就算他借机企图有点不轨动作我也不介意，可他没有，正好相反，他抱得特别小心翼翼，好像我缠了一身铁蒺藜一样。

我说，对不起，我很难过，那个小混账骂你了。他说那不是我的错，可我说那当然是我的错，因为要不是碰到我他就不需要大年夜里受这等气，被人骂作傻逼。他说他老被人骂傻逼。（这话倒是不假。我也算认识他有一会了，我得说我听到完全不相干的陌生人管他叫傻逼大概有 15 次，叫下流坯 10 次左右，淫贼也差不多次数，还有五六次管他叫混账。其他还有：笨蛋，傻瓜，猪头，饭桶，烂人，贱人。）谁都不喜欢他。这很奇怪，因为他很有名。要是人人都不喜欢他，他怎么还会那么有名呢？

马丁说这跟那个 15 岁姑娘的事没关系；他说若说有关系那就是，出了这事之后情况倒比原先好了点。因为管他叫傻逼的那些人恰恰不觉得跟未成年人发生性关系有何不妥,所以他们不骂他了,而是冲他大喊:上啊,小子,冲吧,干吧,什么的。抛开了他的婚姻,跟孩子的关系,他的事业,他的精神健康这些不说,进监狱这事对他挨骂的状况倒是有点好处。可是有好多各色人等,就算没有粉丝喜欢,照样能成名,托尼·布莱尔就是个典型,还有好多其他的早餐时段节目主持人,还有各种竞答节目的主持人也都一样。在我看来,他们之所以能拿高薪,就因为不认识的人在大街上冲他们讲难听的话。哪怕是交警,跟家人出门买东西的时候,也没人骂他傻逼。所以,当马丁唯一的好处就是有钱,还能得到邀请去参加电影首映式,还有去刺激的酒吧夜店。可就是这些地方最容易惹上麻烦。

这些念头都是我和马丁拥抱的时候我脑子里琢磨的,可我什么也没说。当时是凌晨 5 点,我们几个都很不开心,而且没地方去。

于是我说,现在怎么办?我搓搓手,好像大家玩得太爽了,不想让夜晚就这么结束一样——就好像大家在大洋俱乐部爽透了,现在要去贝斯纳尔格林一带吃百吉饼喝咖啡,或者是到谁家里去抽上一口,降降温。于是我说,去谁家?我敢说你家肯定挺有劲的,马丁。我敢说你家肯定按摩浴缸什么的一应俱全,挺不错的。马丁说,不行,不能去我那儿。再说了,我泡按摩浴缸的日子早过去了。我想他的意思是说如今穷了,而不是说胖了,浴缸里泡不下。马丁这么臭美,才不会发胖。

于是我说,没关系,只要你有咖啡壶,有点麦片就够了。他说,没有。我说,你有什么见不得人的?他说没什么,可说得很怪,好像有点不好意思,遮遮掩掩的。这时我突然想起早些时候的一件事,很可能跟这个有关系,于是我问,谁给你电话留言的?他说:没人。我说,是男的还是女的?他说,根本没人。于是我追问他为什么不请我们去他家，他说，因为我不认识你们。于是我说，噢，没错，就跟你不认识那个 15 岁姑娘一样。这时他好像有点生气了，说，OK，去我家好了，干吗不去？

于是我们去了。

JJ

我知道，当莫琳出手打查斯的时候我感到一种情感的纽带把我们连在了一起，可跟你说句实话吧，我一直心里想的是，如果我们能一起晃到早饭时间，我们这个新乐队就会因为音乐观念不合分道扬镳。早饭时间就意味着我们已经撑到了一个新的黎明，迎来新的希望，新的一年，哒哒哒哒。并非我有意冒犯，可我真不希望大白天被人看见跟这几个人在一起，你知道我意思——尤其是跟……某些人一起。但是现在离早饭和天亮还有几个钟头，所以我觉得自己别无选择，只能跟他们回马丁家。要是不去就显得小气而且不友好了，更何况，我也信不过自己长时间一个人待着。

马丁住的地方在伊斯灵顿近郊，跟托尼・布莱尔的旧房子很近，这可不是你我落难之后会选中的驻地，虽说马丁现在的处境应该算是落难吧。他付了出租车费，我们跟在他后面来到了房门口。门前有三四个门铃，所以我看得出，并非整幢房子都是他的，可就这个地段我也住不起。

他没把钥匙塞进门锁，而是先停了一下，回头对着我们。

“听着。”他说，可完了又没说别的，于是我们就使劲听。

“我什么也没听见。”洁丝说。

“不，我不是这个意思。我是说，听我说，我有事要告诉你们。”

“那就说啊，”洁丝说，“有话快说。”

“现在很晚了。所以……留心别吵到邻居。”

“就这？”

“不，”他深吸一口气，“里头可能有人。”

“在你家里？”

“对。”

“谁？”

“我不知道你们管她叫什么。我约的女朋友。算是吧。”

“你今天晚上还约了个姑娘？”我想尽量说得不动声色，可是，你懂的，上帝啊……这姑娘刚过了怎样的一夜啊？刚刚你还坐在个酒吧什么的地方，过一会他不见了，因为他想去跳楼。

“是。那怎么了？”

“没什么。就是……”不需要再多说什么了。留下点想象的空间吧。

“我靠，”洁丝说，“怎么约会到头来你跑到个高楼顶坐屋檐上去了？”

“确实不能算成功的约会。”马丁说。

“确实他妈的够失败的。”洁丝说。

“没错，”马丁说，“所以我说不成功。”

他开了门，让我们先进去；所以我们比他先看见沙发上坐着的那个姑娘。她大概比他年轻十到十五岁，很漂亮，有点像电视上报天气的那种傻姑娘；她身穿一件看似很贵的黑裙子，好像哭了很久的样子。她先是瞪着我们，然后又瞪着他看。

“你去哪儿了？”她想轻描淡写地问，可说出来却不像。

“出去了。碰到几个……”他指指我们。

“碰到谁了?”

“你知道的。几个人。”

“你晚宴一半跑出去就为这个?”

“不是。我出去的时候还不知道我会碰上这帮人。”

“这帮是什么人?”姑娘问。

我倒想听听马丁怎么回答这个问题,因为想必会挺滑稽,但这时洁丝插话了。

“你是潘妮·钱伯斯。”洁丝说。

她没说话,可能因为她早知道了。我们都盯着她看。

“潘妮·钱伯斯。”莫琳说,她大张着嘴,就像条鱼。

潘妮·钱伯斯还是没说话,原因同上。

“潘妮和马丁的早安秀。”莫琳说。

她还是没有回答。我对英国的电视明星不大了解,可我还是看明白了。如果马丁是雷吉斯,那潘妮就是凯西·李。英国的雷吉斯在搞英国的凯西·李,搞到中间跑掉了要去自杀。你得承认这事他妈的挺搞笑。

“你们俩在约会?”洁丝问她。

“你还是问他吧,”潘妮说,“是他晚宴进行到一半消失不见的。”

“你们俩在约会吗?”洁丝问他。

“对不起。”马丁说。

“回答问题啊,”潘妮说,“我倒想听听。”

“现在不是讨论这个问题的时候。”马丁说。

“就是说还不一定,”潘妮说,“这我倒是头回听说。”

“情况很复杂,”马丁说,“你知道的。”

“不知道。”

“你知道我很不开心。”

“对,我知道你很不开心,可我不知道你不开心是因为我。”

“不是……不是……我们晚些再谈好吗？私下谈？”

他停下了,指指房间里我们三个盯着他们看的脸。我要说的话应该可以代表大家的情况,一般来说,想自杀的人都非常自我中心:最近几个星期以来脑子里想的都是我怎么怎么,我如何如何。所以我们待在一旁听着,因为1. 这事跟我们没关系,2. 接下来的谈话不会闷。眼下看来这就是男女朋友吵架,有这事我们就不用老琢磨自己那点事了。

“什么时候我们能单独谈?”

“很快,但可能不是马上。”

“好。那现在我们谈点什么？有你这三位朋友在场?”

谁也不知道该说些什么。马丁是主人,所以应该由他来找出点共同关心的话题。上帝保佑他吧。

“我认为你该给汤姆和克丽丝汀打个电话。”潘妮说。

“好的,我明天打。”

“他们肯定觉得你特没礼貌。”

“汤姆和克丽丝汀是什么人？你俩跟他们一起吃晚饭来着?”

“是。”

“你跟他们怎么说的?”

“他跟人说他要去厕所。”潘妮说。

洁丝哈哈大笑。马丁看了她一眼,把自己的蹩脚借口又在脑子里转了一遍,也不禁低头笑了一下。这一刻真是熟悉又诡异。你知道吧,你刚犯了什么错,被你爹狠臭一顿,旁边有个哥们看着,使劲忍住不要笑。你就尽量躲着他的眼睛,因为俩人要是视线一对上,你肯定也会忍不住笑出来，就是那种时候。当时感觉就是那种样子。总之，潘妮发现了那个小破孩似的一笑，起身穿过房间朝着小破孩冲了过来。他抓住她的手腕，不让她打到自己。

“你居然还觉得好笑。”

“我很抱歉，真的。我知道这怎么都不能说好笑。”他想抱她，可她推开他，又坐了回去。

“我们得喝点什么，”马丁说，“他们留下来喝一杯你介意吗？”

无论什么时候有人请我喝一杯我总归会接受的，即便如此这一次我还是有点犹豫了。可是最终嘛，我还是太渴了。

马　丁

直到我们回到我住的地方，我才想起自己说过潘妮是个不折不扣的婊子，见什么都烦，见人就上。可我是什么时候说的来着？接下来的 30 分钟左右我一直在祈祷，但愿我说这话的时候洁丝还没来，当时就只有我和莫琳两个人；若是给洁丝听了去，我相信毫无疑问我对潘妮的意见会及时传达。

而且，不消我说，我这也不是什么经过慎重考虑做出的评价。我和潘妮并没有住在一起，但我们确实约会了几个月，差不多我一出监狱就开始了，估计你也想象得出，那时候她也有不少难处。因为我们不想让媒体知道我们俩在约会，所以我们俩在一起的时候，哪里都没去过，即便没必要我们也戴上太阳镜和帽子。毕竟我有过——当然现在也有，将来还会有——前妻和两个孩子。我只有份临时工作，在一个谁也没听过的有线电视台。还有，我之前可能提到过了，我可实在算不上是开心。

我们俩以前好过。那是我们一起主持节目的时候，一段短暂的情事，当时我们各有婚嫁，所以情事伤心而痛苦地结束了。后来终于，经过一番互相抱怨，反唇相讥，我们选了个最不好的时机复合了。但真正情投意合的那个时机早已过去，找不回来了。我如今成了一堆烂货，破了产，完蛋了，成了废人一个，捉襟见肘勉强应付；而她却依然是声誉正旺，年轻美丽，正值巅峰状态，每天早晨有好几百万观众看她的节目。我觉得她现在跟我在一起唯一的理由就是怀旧和可怜我，而她也无法说服我并非如此。几年前，辛迪参加过一个倒霉的读书俱乐部，就是一帮很不开心、很压抑的中产阶级女同性恋碰到一起花五分钟的时间谈论一部她们根本搞不懂的小说，然后一晚上剩下的时间都在一起大谈男人多么可怕。总之，她读了一本书，说的是两个人相爱却好多年无法在一起，到最后俩人都快一百岁了才走到一起。她非常喜欢，逼着我也读，我花了好长时间才看完，都快赶上两个主角中间分开的那些时间了。总之，我们俩的关系就有点像书里写的那样，唯一不同就是书里的那俩老家伙最后过得比我和潘妮要快乐。圣诞节前几个礼拜，出于一种自我鄙夷和绝望情绪控制之下，我让她滚开，于是那天晚上她跟节目上一个嘉宾出去了，那家伙是个厨师，专在电视上做菜，那家伙给她嗑了她平生第一次的可卡因，两人最后上了床。第二天早上她跑来找我，哭得泪人一样。所以我才告诉莫琳说她是个不折不扣的婊子，见什么都烦，见人就上。现在我明白了，这么说显然是太狠了点。

于是，经过了一百多次的贴心交谈，发脾气，又好几十次的分手，还有莫名其妙的一拳——是她打的，我得早解释清楚——最后潘妮来了，坐在我家沙发上整夜地等我。若不是我们临时在屋顶上搞了这么一出派对，她可能要等很久。我甚至没费心给她留个条。这一疏忽我直到现在才开始觉得有点后悔。为什么我们要抱着这种可怜的妄想,认为这段关系会行得通呢？我搞不明白。当我问潘妮她到底怎么想的时候,她只是说她爱我,可她这个答案一出口,我非但没想明白,反而更加糊涂了。至于说我是怎么想的……也许你能理解,我把潘妮跟过去的时光联系在一起,就是出问题以前的时光：辛迪之前,15岁的姑娘那事之前,我蹲监狱之前。我想办法让自己相信,如果我能搞定跟潘妮的关系,我也就能把其他事也搞定——我就能回到从前,仿佛人的青春是那么一个去处,你只要愿意随时可以回去。我插播一条新闻：这根本不可能。谁想得到呢？

我眼下最急的问题是如何解释我跟莫琳、JJ还有洁丝的关系。真相会让她不安,并且很受伤。可编个说得过去的瞎话实在太难。我们几个可能是什么关系呢？我们看上去实在不像是同事,也不像一群诗歌爱好者,或者什么俱乐部的成员,或者一起嗑药的;不得不说,问题出在莫琳,若没有她在场,我们其余几个说是一起嗑药的,勉强还能说得过去。谁曾想看起来不像群吸毒犯竟然也成了件麻烦。可是,即便他们是同事或者吸毒的共犯,我也解释不清楚为什么我非那么急着要见他们。我跟潘妮和晚宴主人说我要去卫生间,那么为什么我却在新年到来的半小时前冲出了大门,去参加什么无名组织的重大年会？

所以我决定装出没什么需要解释的样子往下说。“抱歉,潘妮,这是JJ,莫琳,洁丝。JJ,莫琳,洁丝,这是潘妮。”

我单是介绍他们认识,潘妮就听得很不信服,好像我已经开始撒谎了。

“可你还没告诉我他们是谁呢。”

“什么意思？”

“比如说,你怎么认识他们的,在哪儿碰到他们的?”

“说来话长。”

“但讲无妨。”

“莫琳我是……一开始,我们在哪儿碰到的来着,莫琳?”

莫琳瞪着我看。

“现在说来时间蛮久的了,对不对?我们马上就能想起来。JJ 是当初五频道的群演,洁丝是他的女朋友。”

洁丝伸手搂住 JJ,动作中的讽刺意味太重,我觉得有点过。

“他们今天晚上都在哪儿?”

“你知道,他们不聋的。也不傻。他们又不是……傻瓜聋子。”

“你们今天晚上上哪儿了?”

“去了……一个……算是个派对吧。”JJ 试图解释。

“在哪儿?”

“在肖迪奇。”

“谁家?”

“是谁家来着,洁丝?”

洁丝若无其事地耸耸肩,仿佛大家刚过了乱七八糟的一个疯狂夜晚。

“可你为什么要去?11 点半的时候?晚餐正中间走?还不带我?”

“这我就没办法解释了。”我试图显出一副既无助又抱歉的神情。我希望我们已经跨越正常对话的界限,进入了一种心理混乱,无法预期的状态,在这种状态下允许一问三不知,一问三摇头。

“你外头有别人了,是不是?”

有别人?这怎么可能解释得通呢?为什么外头有别人我就必

须得带回家一个中年妇女，一个小女朋克，还有一个穿皮夹克留洛德·史都华发式的美国人？这都哪儿跟哪儿啊？但是，转念一想，我意识到，潘妮可能是碰到过这种情况，她知道不忠通常能解释许多家庭谜团。哪怕我是跟席娜·伊丝顿[①]和唐纳德·拉姆斯菲尔德[②]一起走进家门，潘妮可能抓抓脑门子想那么几秒钟，然后说出同样的话来。

若是换个场景，换个时间，可能她的这个结论确实准确无误；当初我骗辛迪的时候，确实是足智多谋，连我都得承认。我曾经把一辆崭新的宝马车撞到墙上去，就因为我得解释清楚为什么我下班回家晚了四个钟头。辛迪跑出去检查撞变了形的发动机罩，看看我，然后说："你外头有人了，是不是？"我当然否认。不过话说回来，任凭什么，撞烂辆新车，或是新年一大早说服唐纳德·拉姆斯菲尔德跑到伊斯灵顿一套公寓里来，都比坦白交代要容易些。她看你的眼神，你能一直看到她隐藏起来的那些伤害，愤怒和厌恶……谁不愿意多绕那么几码路，来避开这一切？

"说话啊？"

我之所以拖着不回答是因为我脑子里忙着在算计：到底哪种答复给我减分最少。但是不可避免地，这种延误被解释成了认罪服输的表示。

"你这个混蛋。"

一时冲动之下，我很想回她一句，指出明明是她辜负了我一次，就是那次可卡因和厨师的不幸事件，可我说这个话唯一的作用就是延迟她离开的时间；而我现在最想做的就是跟我的新朋友们一起，在

---

① 席娜·伊丝顿(1959—)，1980年代流行音乐天后。
② 唐纳德·拉姆斯菲尔德(1932—)，2001—2006年期间任美国国防部长。

我自己的家里喝个烂醉。所以我没答话。她摔门出去,其他人闻声都吓了一跳。可我早就料到了。

莫　琳

我呕在浴室门外的地毯上了。我说是“地毯”,其实那里没地毯,我是吐在地毯应该在的地方了。这样倒好,因为打扫起来更容易。我在好多教人装修的电视节目上看到,他们老让人把地毯扔掉,即便是很厚很不错的地毯,我是从来搞不懂为什么。可我现在想啊,他们大概首先要判断一下住户是不是经常呕吐。我注意到了,许多年轻人家里都是光地板,当然他们比老年人更容易吐在地板上。他们喝好多啤酒啊什么的。如今还有嗑药的,我想啊。(嗑药会让人呕吐吗?我猜会的,你想呢?)伊斯灵顿的一些年轻父母好像也不大喜欢地毯。你大概能理解,因为小孩子也很容易吐得到处都是。也许马丁就很容易呕吐,或者他的朋友有好多是爱吐的,比如说我。我吐是因为我不习惯饮酒,还因为我一天多什么东西都没吃过。守岁那天我太紧张了,什么也吃不下,而且当时吃不吃也没多大意思。我连马蒂的粥都没喝一点。有什么用呢?食物就是燃料,对不对?支持你撑下去。可我实在是不想撑下去了。带着一肚子食物从顶层大厦跳下去好像很浪费,就好像你卖车的时候还把油箱加满一样。我还没喝威士忌以前就已经有点晕了,因为之前在派对上我喝过一点白葡萄酒。等到喝了几杯威士忌以后,房间就开始在我眼前转啊转啊,转个不停。

潘妮走了以后,我们静了一会。我们也不知道自己应该伤心还是怎么样。洁丝主动提出要去追她回来,告诉她说马丁没跟别人好,可是马丁问她，她要怎么解释我们几个在一起的事，洁丝就说，实话实说也没什么不好，然后马丁说，他宁肯让潘妮讨厌自己也不愿意让她知道自己原来想自杀。

“你真是疯了，”洁丝说，“她搞明白我们几个为什么会碰到一起的话，只会替你难过。很可能出于同情还跟你嘿咻一场。”

马丁哈哈大笑。“洁丝，我觉得这行不通。”他说。

“为什么？”

“因为如果她知道我们是怎么碰到的，会很难过。她会觉得自己也有责任。知道你的情人很不开心，甚至想死，这是件很可怕的事。这种时候人会自我反省的。”

“没错啊，那又怎么样？”

“那样的话我就得好几个小时握着她的手。我现在可不想握她的手。”

“到头来你还是会跟她嘿咻。我也没说这事很容易啊。”

有时候我很难记住这一点，原来洁丝也很不幸。我们其余几个人还都惊魂未定呢。我也不知道何以自己出门去自杀，结果却跑到个电视名人家里喝起威士忌来了。而且我也能看得出 JJ 和马丁两个人也觉得这个夜晚过得很糊涂。可对洁丝来说，这套屋顶自杀集会仿佛只是个小事故，出了这种事你只需摸摸脑袋，坐下来喝杯加糖的茶水，然后就一切照常，日子照过。她说到出于怜悯性交等等那些荒诞不经的想法，这时你绝对想不出会有什么事想不开让她爬上楼梯来到楼顶——她眼睛亮闪闪的，浑身都是活力，你看得出她过得很开心。我们都没啥好开心的。虽说我们现在不打算自杀了，可也没觉得有什么开心。我们差一点就跳下去了。可是我们几个人里，真正离跳下去只差一小点的正是洁丝。JJ 才刚从楼梯口走出来，马丁只是把脚搭在栏杆上坐着，而我连护栏都没过去，可是，若不是马丁一屁股坐到洁丝的脑袋上，她肯定早就跳下去了，这点我很肯定。

“我们玩个游戏吧。”洁丝说。

“滚你娘的蛋。”马丁说。

任他们再说什么脏话都吓不到我了，我听习惯了。可我也不想沦落到自己也张口讲脏话的地步，所以我很高兴这个夜晚就快结束了。可这种习以为常让我意识到了什么。我突然想到，我从来都是一成不变的。在马丁的公寓里，我回顾自己的生活——就想想几个小时之前的我自己——我想，“喔，那时候我可不一样。想想吧，居然听到个把个脏字就怪难受的！”虽说只过了一夜，我却似乎老了不少。你年轻的时候，比较容易适应这种感觉，就是这种突然觉得自己不同的感觉。一大早醒来，你突然都不能相信，自己居然会喜欢上了那么一个男人，或者是怎么会喜欢听那样的音乐，虽说事情才过去了几个礼拜而已。可我有了马蒂以后，一切都停了下来，一切都停滞不前了。就这一件，足以让你的内心死掉，最终，还会让你的外在也死掉。人们要小孩有各种理由，这个我知道。可重要理由之一一定是因为孩子的成长让你觉得人生有了动力——孩子把你送上了一段旅途。可我和马蒂却卡在一个车站动不了。他不能学说话，不能走路，更不能读书写字：他每天都一个样，生活每天都一个样，我也一直都一个样。我知道这没什么大不了，可是一晚上听他们成百遍地骂人讲脏话，这么点事在我都非常不同，很新鲜。我刚在楼顶上碰到马丁的时候，他讲脏话我听了浑身都难受，可现在什么脏话我听了都无动于衷了，仿佛戴上了防护头盔一样。你要是一晚上浑身难受个三百回，也该算得上是个白痴了。我不禁想，如果我像这样再生活个几天，不知还会发生什么变化。我已经扇了人家一巴掌，如今又坐在这里喝威士忌和可口可乐。有时候电视上人家说“你该常出去走走”，你记得吧？现在我算明白这是什么意思了。

“混账倒霉蛋。”洁丝说。

“说得好，”马丁说，“一点不错，你说得丝毫不差。”

“我说什么了？”

“你说我是个混账倒霉蛋。我只是想指出，在我生活的这个特定阶段，尤其是在这个特定的夜晚，‘倒霉蛋’形容我是非常恰当的。我确实是个非常混账的倒霉蛋，我想你现在大概也看出来了。”

“怎么了，你还难受呢？”

马丁放声大笑。“是啊，还难过着呢。虽说咱们今晚上找了不少乐子，可你倒说说看，过去这几个小时里什么改变过？我进过监狱吗？我还是进过。我跟个15岁姑娘睡过了吗？很遗憾啊，这么算算没啥变化。我的事业还是一样完蛋了吗？我还不能跟自家孩子见面吗？很不幸，以上答案皆为‘是’。除了跟你们几个有趣的朋友去肖迪奇参加了场派对，被人管我叫‘傻逼’。我有啥好兴高采烈的？”

“我以为我们大伙在一块，就都高兴起来了呢。”

“是吗？你确定真心这么想的？”

“是啊。”

“我明白了。有人分担，烦恼减半，我们有四个呢，所以烦恼等于是剩了四分之一？是这意思吗？”

“反正有你们在，我是觉得好多了。”

“哦，好。”

“你什么意思？”

“没什么。我很高兴我们让你觉得好多了。你的问题显然比我们的更……容易解决，没那么难搞。你运气好啊。不幸的是，JJ还是得了绝症,莫琳还是有个严重残疾的儿子,而我的生活还是他妈的一团乱七八糟。洁丝,我跟你说实话吧,我不觉得喝几杯酒玩几盘大富翁游戏能有帮助。想玩盘大富翁吗,JJ? 能让你那个什么 CCR 毛病好些,还是不能? 说实话?"

我实在是大吃一惊,可 JJ 似乎不介意。他只是面露微笑,说:"我猜不能。"

"我想玩的不是大富翁,"洁丝说,"大富翁太费工夫。"

随后马丁冲洁丝喊了句什么,可我没听明白,因为我开始觉得恶心了,于是我拿手捂住嘴,开始往浴室跑。可我前面说过了,我没跑到就吐了。

"耶稣基督啊,我靠——"马丁看到我吐的那一堆,冲口来了一句。这种脏话我还是听不惯,就是呼着上帝的名字骂人这种。

JJ

我开始后悔撒了那个什么 CCR 的谎了,所以看到莫琳把威士忌和可乐吐在马丁家金灰色的地板上,我挺高兴的。我刚刚有种冲动,想干脆坦白,可一旦坦白我这一年的开始会蛮糟的。本来我这一年的开端就够糟的了,先是想跳楼,后来还撒谎说自己得了什么 CCR。总之,我很高兴我们突然都跑到莫琳旁边,拍拍她的背,给她递杯水什么的,我想坦白的那一刻就这么过去了。

事实上,我的感觉绝对不像是一个快死的人,我的感觉就像是个时不时想死的人,这里头是有区别的。想死的人会很愤怒,既充满生机,又绝望,无聊而疲惫,诸多感受同时涌上心头;他想跟所有人打架,同时又想缩成一团,躲到个什么地方的橱柜里。他想对所有人说抱歉，又想让人们知道，他们多么令他失望。我相信临死的人感觉肯定不是这样，除非死的过程比我想象得还要糟糕。（想必很可能确实如此。他妈的其他所有的事都比我想象得更糟，死亡怎么会例外？）

“我想吃块薄荷糖，”她说，“我包里有一管。”

“你包在哪儿呢？”

她先是什么也没说，过了一会，低低地叫了一声。

“你要是还想吐，能不能帮我个忙，再往前爬两码，吐到马桶里？”马丁说。

“不是，”莫琳说，“是我的包，包还在房顶上，在墙角，挨着防护网上马丁剪开的那个洞。里面只有我的钥匙，薄荷糖，还有几镑钱的硬币。”

“我们可以给你找块薄荷糖，要是你担心这个的话。”

“我有口香糖。”洁丝说。

“我不大喜欢口香糖，”莫琳说，“再说我还有颗假牙有点松了，我也没费心去修，因为……”

她没说完这句话。也用不着她说。我想我们都有几桩事情没顾上处理，原因显而易见。

“我们来给你找点薄荷糖好了，”马丁说，“要不你可以刷刷牙，你可以用潘妮的牙刷。”

“谢谢你。”

她站起来，却又坐回到了地板上。

“我该怎么办呢？我的包？”

她问的是大家，可我和马丁却都盯着洁丝听她怎么说。也许，我们知道答案，可是那就要引出另外一个问题，经过了这么一夜，我们都看明白了，只有洁丝说话最直来直去，问得出这个问题。

“问题是，”洁丝一语中的，“你还用得着它吗？”

“噢。”莫琳说，这才意识到包的问题到底意味着什么。

“你明白我意思吗？”

“明白，我明白。”

“你要是不知道自己用不用得到，直说就是。你知道的，这是个重大问题，我们不想催你。可你要是肯定自己不再需要了呢，那最好也直说，那样我们就可以省一趟了，就是这样。”

“我没想请你们跟我回去。”

“我们愿意去，”洁丝说，“不是吗？”

“如果你肯定不想拿回自家的钥匙，你今天白天可以待在我这里。”马丁说。

“别为这些个担心。”

“我明白了，”莫琳说，“对的，我真没想好……我不知道。我想过几个钟头再考虑这件事。”

“OK，”马丁说，“这样挺公道。咱们回去一趟吧。”

“你们介意吗？”

“一点也不。就因为你没拿包就非自杀不可，那可就太蠢了。”

到达顶层大厦的时候，我想起晚上把伊万的小摩托车落在那儿了。车子已经不在那儿了，我觉得挺不好的，因为那个伊万人不坏，不是那种开劳斯莱斯、抽雪茄的臭屁资本家。他穷着呢。其实，他自己就整天骑辆小摩托到处跑。总之，这样一来我就没办法回去面对他了，虽然说干我这份差事拿的是最低工资，现金到手，别的什么都没有，你趁红灯跑去给人家车子擦擦玻璃也能赚到这么点钱。

“我也把车忘这儿了。”马丁说。

“你的车也没了？”

“车门没锁，钥匙打在点火挡上。我是想做件善事。以后再没机会了。”

可莫琳的包还好好地待在原来的地方，就在房顶的一个角落里。等上到了楼顶我们才意识到，天将破晓，我们差不多算是熬过了这个夜晚。这是个不错的黎明，太阳升起，天空蔚蓝。我们在房顶上散步，看看远处，他们几个纷纷给我来一个“美国人在伦敦”的导游：圣保罗教堂，河边的摩天轮，洁丝的家。

“这么看就不吓人了。”马丁说。

“是吗？”洁丝说，“你从边上看看没有？我靠。要我说，还是晚上他妈的景色比较好。”

“我不是说跳楼，”马丁说，“我是说伦敦，看起来不赖。”

“很美啊，”莫琳说，“我都不记得上次看到这么多东西是什么时候了。”

“我也不是说那个。我是说……我不知道。当时到处都在放烟火，好多人走来走去，我们几个因为没别的地方可去，都挤在这上头。”

“是啊，除非有人请赴晚宴，”我说，“比如你。”

“那儿我谁都不认识。他们是可怜我才请我的。我跟他们混不到一块。”

“现在你就有归属感了？”

“并非下面有什么让我觉得格格不入。但是现在看来那只是一座城市。瞧，那边有个家伙独自一人，这边这个女的也是。”

“那是个他妈的交警。”洁丝说。

“没错，她还一个人待着，今天她比我朋友还少呢。可昨天晚上说不定她还在什么地方的桌子上跳舞来着。”

“很可能跟别的交警一起。”洁丝说。

“可我没跟别的电视节目主持人在一起。”

“也没跟别的变态。”

“没有。同意。我一个人待着。”

“除了晚宴上那些人，”我说，“但是没错。我们明白你意思。所以说守岁夜才是自杀热门时段。”

“接下来是什么？”洁丝问。

“12 月 31 号。”马丁说。

“对，哈哈。我是问下一个热门时段是哪天？”

“情人节。”马丁说。

“还有多久？ 6 个礼拜？”洁丝说，“那我们就再等 6 个礼拜。你们觉得怎么样？ 可能情人节晚上我们还是感觉很难过呢。”

大家都若有所思地看着远处。6 个星期看来还可以，也不是太长。6 个星期生活可能发生改变——除非你要照顾一个严重残疾的孩子，或者你的事业他妈的全完了。或者你是全国人民的大笑柄。

“你知道 6 个星期之后自己会感觉怎么样？”莫琳问我。

哦，没错——除非你得了不治之症。那样的话生活也谈不上有什么变化。我耸耸肩。我他妈的怎么知道自己会感觉怎么样？ 这种病可是崭新崭新的。谁也不能预计它的发展状况——我也不能，何况病是我发明的。

“那么，在这 6 个礼拜里我们还见面吗？”

“抱歉打断，可什么时候咱们成了一伙了？”马丁说，“我们干吗非得过 6 个礼拜再见一次呢？ 我们干吗不爱什么时候在哪儿死就在哪儿死？”

“没人拦着你。”洁丝说。

“搞这套的目的就是为了有人拦住我不让我死。我们就是在互相阻拦。”

“一直到六个星期过完，没错。”

“那你刚才说‘没人拦着你’，其实是说反话。”

“听我说，”洁丝说，“如果你现在就回家，把脑袋伸到煤气炉里，我能把你怎么样？”

“正是这个道理。那么搞这套是为了什么？”

“我就是这么问的不是吗？因为如果我们是一伙的，那就得共同努力，遵守规则。况且我们就一条规矩。规则一：六个星期内我们都不自杀。如果我们不是一伙的，你知道我意思就行了。总之。那么，我们是一伙的不是？”

“不是。”马丁说。

“为什么？”

“我无意冒犯，不过……”马丁显然是希望，这么半句话，再朝我们大家挥挥手，他就无需解释了。我可不打算这么容易让他得手。

那一刻之前我也没觉得我跟大家是一伙的。现在我属于这个团体，而马丁却不喜欢这个团体，我的团体荣誉感油然而生。

“不过怎样？”我说。

“这个，你知道的，你们，**跟我不是一类人**。”我发誓，他就是这么说的，我都能听到他话音里大小写字母的转换。

“去死，”我说，“好像我还整天跟你这种混蛋一起似的。”

“所以说嘛，那就这么着吧。我们可以握个手，互相感谢一下，我们共同度过了一个非常有意义的夜晚，然后就分道扬镳。”

“然后去死。”洁丝说。

“也许吧。”马丁说。

“这就是你想要的？”我说。

“嗯，这倒算不上什么多年的志向，我跟你保证。可我现在觉得这种选择比较吸引人，这也不是什么秘密。不过话说回来了，你管我呢？”他对洁丝说，“我有种印象，你好像什么人什么事都不在乎。我觉得你就是那样。”

洁丝想了一会。“你知道电影里那种场景吧，就是两人在帝国大厦或者山顶上什么的那种搏斗？老有一幕是反角要掉下去了，主角要救他，可是衣服袖子什么却破了，于是反角就跌下去，你就听见他一边掉一边叫。啊——啊——我想做的就是这个。”

“你想看我跌入厄运的深渊。”

“我想知道自己尽了力。我想给大家看看我撕烂的衣服袖子。”

“我倒还不知道你是个行侠仗义的好汉。”马丁说。

“我不是。这是我的个人哲学。”

“如果定期见个面我会好过些，”莫琳平静地说，“我们大家。除了你们三个没人真正了解我的感受，还有马蒂，我跟马蒂说的。”

“哎，基督啊。”马丁说。他喊耶稣是因为他知道自己被打败了：他骂不出口，说莫琳混账滚远点，那需要巨大的道德勇气，我们几个谁都不具备。

“只有六个星期而已，”洁丝说，“到时候如果有需要，我们几个会亲手把你从楼顶扔下去。”

马丁摇摇头，不是表示拒绝，而是认输。

“大家就等着后悔吧。”他说。

“那好，”洁丝说，“大家都同意吗？”

我耸耸肩。反正我也没什么更好的主意。

“6个星期以后我就不干了。”莫琳说。

“到时候没人会逼你。”马丁说。

“开头都讲清楚比较好。”莫琳说。

“知道了。”马丁说。

“很好，”洁丝说，“那就这么着。”

我们握手，莫琳拿着她的包，大家一起出去吃早餐。我们都想不出有什么话好说。可大家都不介意。

第二部

洁　丝

没过多久报纸就发现了。可能就几天吧。我待在房间里，老爸在楼下叫我，问我守岁夜干吗去了。我说，没干啥。他说，报纸上可不是这么说的。我就说，报纸？他说，没错，显然你跟马丁·夏普要有点故事了。你认识马丁·夏普吗？我说，这个，嗯，算是吧，只是那天晚上在一个派对上见过一面，不熟。于是我爸说，你去了什么见鬼的派对能碰到马丁·夏普这种人？我想不出什么样的派对说得过去，所以就没答话。于是我爸说，那么……有没有，你们俩……就那样旁敲侧击地试探，于是我直奔主题。我跟他搞了没？我没有！谢天谢地！我靠！马丁·夏普！呃——我说啊说，最后他终于明白了。

当然是查斯那个混蛋干的，是他打电话给报社的。可能他以前就干过这种事，那个小狗屎，可当初就我一个，他手里没多少料可爆。可是洁丝·克里奇顿加上马丁·夏普……简直无法抗拒嘛。你觉得爆这种料能拿多少钱？200 镑？还要多？说实在的，换了我是查斯，我也会这么做。他向来都穷，我也一向没钱。但凡他值点钱，我老早就把他卖了。

我爸躲到窗帘后面偷偷朝外看了一下，外面确实有个人。我想冲出去跟他干一架，可我爸不让；他说那样会让他们拍到我发神经的照片，我会显得很蠢，会后悔。他还说那样做很没尊严，处在我们的位置应该立场站得比较高，无视他们。我回答说，处在谁的位置？我没什么位置。他说，可你有，不论你喜欢与否，你都处在这么一个位置。我说，身居官位的是你，不是我。他又说，你也置身于特殊位置。于是我们这么你来我往了一阵。不过当然了，为这个发一通火改变不了什么，我也知道他其实说得对。如果我不是处在我现在的位置，报纸根本不会理会我。事实上，我越是做出一副我不在其位的架势，我就越在其位，你明白我意思吗？如果我整天待在自己房间里看书，或者交个固定的男朋友，谁都不会理会。可是如果我跟马丁·夏普上床，或者跳楼自杀，结果跟没人理会正相反。有人理会着呢。

几年前我上报纸的时候，就在珍的事情之后，我认为当时那种感觉是，我很困惑，倒未必是坏。毕竟偷东西又不是谋杀，对不对？人人都会经过这么一个顺手牵羊的阶段不是吗？我说的是正经偷商店的东西，就像薇诺娜·瑞德，偷包、衣服等等，不是钢笔糖果那些个。这个阶段就在小马驹和男孩乐队之后，性和大麻之前。可是我看得出，这次情况不同，就在这时我才开始考虑整件事情。得，得，我知道。可是晚考虑总比没想过要好，啊？我是这么想的：如果这事搞得报纸上都在说，那么宁肯让我爸妈以为我跟马丁睡了，也比让他们知道我们在一起的真正原因要好些。真相会要了他们的命，也许真就要了他们的命。那样一来我们全家可能就剩我一个人活着了，况且我也还没想清楚要不要活呢。所以说，如果报纸信息有误，也许倒未必是件坏事。显然在学校里会比较丢人，人人都以为我跟全英国最差劲的男人嘿咻，但是为了更高的善，比如说父母都能活着，也值了。

问题是，虽说我开始好好考虑整件事情，却没想清楚。如果我停那么两分钟再开口，就能省好多麻烦，可我没有。我只是说：爸——。他就说：噢——不——。我只是看着他，他就说：你最好把一切都告诉我。于是我说，其实没多少好说的。我去了这么个派对，他也在，我喝多了，我们回他家，就这样。他说：就这样了？故事就结束了？我说：没有了，后面就是省略号了，你不用知道所有的细节吧。他就说，耶稣基督啊，然后就坐到椅子上了。

但是关键在于：我用不着说我跟他睡了，对不对？我可以说我们亲热来着，或者说他动手动脚，或者诸如此类，可我脑子不够快。我想的是，如果要在自杀和嘿咻之间选一个，还是嘿咻好一点，但其实本来用不着这样选的。只需要一点性的暗示就可以了，用不着严格按照说明书来操作，你说是吧？如果愿意大可以把些个小点缀粉饰的东西去除，我真该照此办理。（“粉饰”——这个词比较怪，对不对？我想我以前没用过这个词。）可我偏没这么干。还有一桩事我也是该干偏没干：我应该不急着把什么话都吐出来，应该先让老爸去看看报纸上都怎么写的。可我当时就一根筋了：小报，色情……实话实说了吧，我根本不知道自己怎么想的，跟平常一样，没想多少。

于是我爸径直走到电话边上，打到办公室，把我说的话原样说给他们听了，然后他说他要出去，让我不要接电话，哪儿也不要去，什么也不要做。于是我看了几分钟电视，又朝窗外看看那小子还在不在，结果他还在，而且旁边又多了几个人。

后来我爸回来了，还带了份报纸——原来他是出去搞了份报纸回来。他看上去比出门之前好像老了十岁。他把报纸拿起来给我看，大标题是：“马丁·夏普与次大臣①千金的自杀组合。”

所以我编的这套性事忏悔完全是他妈的浪费工夫。

JJ

这是我们头一遭了解到了一点洁丝的家事背景。我得承认，我的第一反应是觉得这事太搞笑了。我当时在家附近的商店里买盒烟，赫然发现洁丝和马丁正从柜台里盯着我看，我看到标题，不禁大叫一声。看到这么个所谓自杀组合的新闻标题，我觉得蛮奇怪的。教育大臣！我靠！你得明白，这丫头说起话来就好像他妈是个身无分文的吸毒吃救济的年轻母亲，年纪比她还小。她行事作风那样，好像教育就是卖淫，只有怪胎和绝望的人才会求助于它。

可我读详细报道的时候，发现事情并没那么可笑。我之前一点都不知道洁丝姐姐珍妮芙的事。我们几个都不知道。她几年前失踪了，当时洁丝 15 岁，她 18 岁；她开走了母亲的车，后来车子被发现弃置在海边一处著名的自杀胜地。珍妮芙三天前刚考到驾照，好像她学开车根本就是为了这个。他们一直没找到尸体。我不知道这事会给洁丝造成什么影响——肯定没好处，我猜。还有她老爷子……耶稣啊。仅有的俩女儿都想自杀，这样的父母肯定会觉得养育后代是件很可怕的事。

后来，到了第二天，这事越来越不搞笑了。又有一个大标题：“自杀组有四名成员！”接下来的报道里详细描述了两个怪人，我看完才明白，说的是我和莫琳。文章最后还号召读者提供进一步的信息，还

① 原文为 junior minister，在英国政体中指的是非内阁成员的政府部门领导。

公布了一个电话号码，甚至还有现金酬谢。我和莫琳的脑袋如今也值钱了，伙计！

消息显然是来自那个混蛋查斯；从英国小报怪异的文体中，你甚至能听到查斯声音里的呜咽。可你还得承认，这家伙有一手，我想。在我看来，那个夜晚就是四个伤心人打算去做一件事，结果很抑郁地没做成——说实在的，这事确实不容易做。可查斯有与众不同的发现：他发现这里头有故事，他可以拿来赚几个钱用。OK，他可能早知道洁丝的爸爸是谁，可你知道，谁也替不了谁，还得他自己把这些都联系起来嘛。

我实实在在跟你坦白了吧：这报道让我偷偷爽了一阵。读到自己的事会带来一种滑稽的满足感，你仔细想想，这很合理。你知道的，让我郁闷的事情之一是因为我没有能力用自己的音乐在这个世上留下我的印记——换句话说就是，我想自杀是因为我出不了名。也许我说得狠了点，因为我知道多少还有点别的原因，可至少这是原因之一。总之，我算明白了，因为我完蛋了，所以我上了报纸头版，也许这里头颇有教益。

总之，我坐在家里，喝着咖啡，抽着烟，一个人在暗爽，爽自己既出了名，同时却又没人知道我是谁。突然他妈的门铃开始嗡嗡作响，把我吓了一大跳。

“谁？”

“是JJ吗？”一个年轻女人的声音问道。

“你是谁？”

“我能跟你说几句话吗？说说那天夜里的事？”

“你怎么找到这个地址的？”

“我想守岁夜的时候你是跟洁丝·克里奇顿和马丁·夏普一起

的对吧？他们是想自杀来着对吗？”

“你想错了，夫人。”这是我们俩对话中第一句非疑问句。我最后的尾音出气就像打了个喷嚏。

“我哪一点搞错了？”

“全错了。你揿错了门铃。”

“我想没有。”

“你怎么知道的？”

“因为你没说你不是JJ。你还问我怎么找到这个地址的。”

“可我没说这是我的地址，我说了吗？”

中间停了一下，俩人听着这句傻话在空中回荡了一阵。

她什么也没说。我想象着她站在外面街上，为我可怜的企图伤心地摇摇头。我发誓，只要她不走，我决不开口说一个字。

“听我说，”她说，“你们下来有什么原因吗？”

“什么原因？”

“我不知道。也许有什么能让我们的读者振奋起来。比如说，我也不知道啊，你们给了彼此继续活下去的勇气。”

“这我倒不知道。”

“你们四个俯视伦敦，发现了世界的美好。像这样的？有什么能激励我们读者的没有？”

我们去找查斯的过程里，有什么激励人心的东西没有？就算有我也没发现。

“马丁·夏普说没说过什么？比如说，给了你们活下去的理由？如果是这样的话，人们会想知道的。”

我试着回想马丁有没有对我们说过什么安慰的话能让这女人派上用场的。他骂洁丝是个混账白痴，可那最多算是比较提神，不能算是救命的一刻。他还跟我们说过他节目里有个嘉宾的老公昏迷了25年,可那也没帮到我们什么。

“我想不出。没有。”

“我留张卡片给你,上面有我的电话,好吗?你什么时候愿意谈谈这事的时候给我打电话。”

我差一点就冲出去追她——这么说吧,我已经开始想念她了。我很享受那么片刻,我就是她世界的中心。靠,片刻当自己世界的中心我也很享受,因为最近这种时刻非常少,她走了以后几乎就没了。

莫　琳

于是我回到家,打开电视,泡了杯茶,打电话给护理中心,两个小伙子把马蒂送了回来,我把他安置在电视机前,一切又重新开始了。很难想象我怎么能再坚持6个星期。我知道大家约好了的,可我想不管怎样我再也不会见到他们几个了。哦,我们互换了电话号码、家庭住址等等。(马丁还费劲跟我解释,如果我没有电脑,我就不可能有电子邮件地址。我一直不清楚自己到底有没有电子邮件地址。我还以为那东西就在你扔掉的某个信封里呢。)可我觉得我们根本不会用到那些号码地址。我坦白跟你说吧,虽然我这么说会显得有点自怜:我觉得他们几个也许还会再见,可他们不会再见我。跟他们比起来,我太老,又过时,我穿的鞋啊什么的。去那些派对,看到那些怪人,我觉得挺有趣的,可这什么也改变不了。我还得回去接马蒂,除了这让我恶心疲惫的生活之外,我还是没有自己的生活。你也许会想,为什么她不生气?其实我当然生气。我不知道自己干吗假装不生气。我猜这跟教堂有点关系。也许因为我的年龄,我们一直得到教诲,不要抱怨,对不对?可是有些日子里——大多数日子里——我想喊,想叫,想砸东西想杀人。哎,我当然愤怒。人要是陷入我这样的生活,不可能不愤怒。几天后,电话铃响了,一个口音优雅的女人开口说:“是莫琳吗?”

“是我。”

“这里是市警察局。”

“哦,你好。”我说。

“你好。我们接到报告,说令郎守岁夜在某购物中心惹了点麻烦,盗窃、吸毒、企图抢劫等等。”

“恐怕那不是我儿子,”我像白痴似的答道,“他有残疾。”

“你肯定他不是假装残疾吗?”

我甚至还想了半秒钟才回答。换你不会吗?是警察打来的呢。你要完全确定自己说的全都是事实,以免日后造成麻烦。

“如果那样的话,他实在是演技超群。”

“你肯定他不是演技超群?”

“哦,当然。你瞧,他严重残疾,演不了戏。”

“万一有人假冒令郎呢?嫌疑犯形象描述跟他相符合。”

“怎么描述的?”我不知道自己为什么会这么问。我猜我是想帮忙。

“我们会讲的,夫人。你能说出令郎守岁夜的行踪吗?你跟他一起吗?”

这时我感到一阵寒意穿过全身。刚开始她说日期的时候我没反应过来。他们发现我了。我都不知道该不该撒谎。万一护理中心的人带他出去,拿他当掩护什么的呢?比如说那俩小伙子中的一个?他们看上去都不错,可谁知道呢?假使他们去商场偷东西,把东西藏在马蒂的毯子下面呢？万一他们都跑出去喝酒，还带上马蒂一起，后来他们打起来了，使劲朝对手把轮椅推出去呢？警察看到他朝人家冲过去，又不知道他自己推不了轮椅，所以警察就认为他参与打架斗殴。过后他故意装傻以逃脱责任。确实，坐轮椅也能撞到人，伤到人，可能把人家腿撞断。再比如……事实上，虽说我方寸大乱，也还是想不明白他怎么会吸毒。可是不管怎么说吧。我满脑子想的都是这些东西。我想是因为愧疚。我没跟他在一起，我应该在他身边的，我没跟他在一起是因为我想永远离开他。

“我没跟他一起，没有。有别人照顾他。”

“哦，我明白了。”

“他绝对安全。”

“我肯定他安全，夫人。但是我们现在说的不是他安全与否，对不对？我们谈的是伍德格林购物中心的群众是否安全。”

伍德格林！他竟然跑到伍德格林那么老远的地方去了！

“不，你说得对。对不起。”

“你真的很抱歉吗？你真他妈的后悔了吗？”

我不能相信自己的耳朵。当然，我知道警察说脏话。可我以为他们只有压力大的时候才会脱口而出，面对恐怖分子之类的人，但没想到他们对普通公众的一员，在常规问讯的电话里也会这么说话。当然，除非她眼下很沮丧，压力很大。难道说马蒂，或者推他的人，杀了什么人？也许是个孩子？

“莫琳。”

“是，我在。”

“莫琳，我不是警察，我是洁丝。”

“噢。”我能感觉到自己脸红了，为自己的愚蠢。

“你信以为真了是不是，你个老傻蛋。”

“是，我信以为真了。”

她从声音里听出来我生气了，于是就没有继续捉弄我。

“你看报纸了吗？”

“没有。我不看报纸。”

“报上有我们。”

“谁？”

“我们。里面提到我和马丁的名字。搞笑吧，哈？”

“报上说什么？”

“说我和马丁，还有另外两名神秘人士，搞了个自杀小组。”

“这不是真的。”

“切。他们还说我是教育次大臣的女儿呢。”

“他们为什么这么说？”

“因为我确实是。”

“哦。”

“我就是告诉你报纸上说了什么。你吃惊吗？”

“嗯，作为一个政客的女儿，你讲话可是够粗的。”

“还有一个女记者跑到 JJ 家门口，问他我们下楼来有没有什么激励人心的原因。”

“什么意思？”

“我们也搞不懂。甭管怎么说，我们得开个紧急会议。”

“谁？”

“我们四个。大聚会啊。就在我们吃早饭的地方如何？”

“我哪儿也去不了。”

“为什么？”

“因为马蒂。我到楼顶上去的原因之一。因为我永远都哪儿也去不了。”

“我们来找你好了。”

我又脸红了。我不想让他们来。

“不,别。我想点办法。你说几点见面?”

“今天晚些时候。”

“哦,今天我就没办法了。”

“那我们来你这里好了。”

“拜托,别来。我都没收拾呢。”

“那就收拾呗。”

“我从来没在家里接待过上电视的人,还有政客的女儿。”

“我不会装腔作势故作优雅。我们5点钟见。”

这样我就剩了3个小时收拾房间,把东西都收起来。我想,像我这样的生活确实能把人搞疯掉。想要从楼顶上跳下去的人总归有点疯狂。还原样下来了,那也要有点疯狂才做得到。要忍受马蒂,整天待在家里,还有孤独,人就得不止是有一点点疯狂了。可我觉得,自己只是有一点点发疯而已。如果我真疯,肯定就不用担心收拾房间什么的了。如果我是货真价实地发疯,我管他们看到什么呢。

马　丁

我大概想到过我上顶层大厦这桩事,我们的小报记者肯定会感兴趣。我醉酒跌倒在街上都上过报纸的头版,肯定有人会觉得企图从高楼跌落更有趣。当时洁丝告诉查斯说我们在哪里碰到的,我确实想了一下,他有没有那么机灵,会把这消息卖出去,可我觉得查斯这个人实在不机灵，于是放弃了这种担忧，全当自己疑心太大。如果我当时知道洁丝本人具有新闻价值，我可能就会有所准备了。

我的经纪人是第一个打电话来的，把小报上的稿子读给我听——现如今我在家只肯看《每日电讯报》。

“这里头有真事吗？”他说。

“就你我私下说说？”

“只要你肯说。”

“我确实打算从高楼顶上跳下去。”

“天哪。”

我的经纪人很年轻，优雅，很嫩。我出狱之后，发现经纪公司做了点所谓调整，当初给我前任经纪人倒咖啡的泰奥成了阻止我事业彻底完蛋的唯一屏障。是泰奥帮我找到了现在的工作，这个翘脚电视台堪称世界上最烂的有线电视台。他拿的是比较宗教学位，还发表过诗歌。我疑心他还在一个叫“男孩联队”的队里踢球，你懂我意思吧，总之他是一事无成。说到称职能干，他当经纪人跟巧克力做茶壶好有一比，银样镴枪头，实在不中用。

“我在楼顶上碰到她的。她，还有另外两个。我们又一起下来了。现在我不是活得好好的。”

“你为什么会想从高楼上往下跳呢？”

“纯粹是一时兴起。”

“我肯定你这么干是有原因的。”

“确实。我刚才说着玩的。读读我的历史吧。了解一下近期事件。”

“我们以为大家已经渡过了难关。”每当他用第一人称复数来说事的时候，总是很令人感动。我一直听他这么说的：“自从我们出狱以来……”“自从我们出了这件少女事件以后……”如果说我自杀成功了会有什么遗憾的话，那就是，我再也不能听到泰奥说“自从我们自杀以来……”或者“自从我们的葬礼过后……”

“我们以为错了。”

一段若有所思的沉默。

“那好。天哪。现在怎么办？”

“你是经纪人。我以为这会赋予你无穷的创造力。”

“我得想想，然后给你电话。顺便说一句，洁丝的父亲要找你。他打到这里来，我说我们不提供私人电话。我做得对吗？”

“做得对。还是把我的手机号码告诉他们吧。我猜我躲不过他。”

“你要给他打电话吗？他留了个电话给我。”

“说吧。”

我跟泰奥讲电话的时候，我的前妻和前女朋友分别留了信息给我。泰奥给我读报纸的时候我丝毫没想到她们俩，可现在我觉得难过了。我开始意识到关于自杀的一个重要真相：失败跟成功一样伤人，而且还会引起更大的愤怒，因为没有丧失亲人的悲痛来分散注意力。我从她们留言的语气中听出来了，我麻烦大了。

我先给辛迪打电话。

“你个自私的白痴。”她说。

“你只看到报纸上的报道，别的根本什么都不知道。”

“报纸上说你的事都是真的，你也真是独一无二了。报上说你跟15岁姑娘睡了，你还真睡了；他们说你醉倒街头，你真还就醉了。他们用不着替你编瞎话。”

这倒是真知灼见。她说得对：我从来没有成为曲解误传的受害者。回头想想的话，这是近几年最丢人的事情之一。报纸上写了好多关于我的混账事，句句都是真的。

“所以我猜想，”她接着说，“他们这次也没说错。你跑到高楼顶上，想跳下去，结果却跟个姑娘下来了。”

“长话短说就是这么回事。”

“可你的女儿怎么办？”

“她们知道了吗？”

“还不知道。可学校里会有人告诉她们的。老有人说这种事。你想让我怎么跟她们解释？”

“也许该让我跟她们谈。”

辛迪叫了一声。我猜她是想发出讥讽的嘲笑声来着。

“你想怎么说就怎么说吧，”我说，“告诉他们说爸爸很难过，后来他又打起精神来了。”

“真不错。如果我们孩子都还两岁大，这么说就极好。”

“我不知道，辛迪。我是说，如果我见不到孩子，这反正不是我的问题，对不对？这事得你来对付。”

“你个混账。”

第一个电话就这样结束了。她拒绝让我参与养育自己的孩子，把我晾在一边，指出这一点又一次让我认清了现状。不过不要紧，她挂了电话，我清静了。

我觉得我不欠女儿们什么了。好几年前我戒了烟，因为我觉得我欠她们。可你要是惹下我这么大的麻烦，抽烟这点小事就根本用不着担心了——所以我又开始抽烟了。如今又来了——先是戒烟——因为你要尽量保护孩子们不受伤害——现在又得跟她们的妈妈争吵，怎么跟她们解释你的自杀企图。孩子出生前的父母课程里可从来没说过这些个。当然，这些都是距离造成的。我跟孩子们距离越来越远，孩子们变得越来越微小，变成了极小极小的小点，我再也见不到她们了，事实如此，我也越来越考虑不到她们了。她们变成了那么小的小点点，你无从辨别她们的面容，也就无须担心她们是开心还是难过。所以我们才能随便杀死蚂蚁。一段时间之后，自杀就成为可以想象的东西了，如果她们天天看着你的眼睛，这肯定不可能。

我打电话给潘妮的时候，她还在哭。

“至少这样更合理。”过了一会，她说。

“什么？”

“你离开派对跑到那上头去，后来又跟那些人一起回来。我怎么也想不出他们是怎么回事。”

“你就知道不管怎么说，他们帮我跟别的什么人上床了。”

“正是。”她发出一阵悔恨的呜咽。她还 OK 了，潘妮。她根本不是什么贱人。她性情很好，过分谦虚，有爱心……谁跟她在一起会挺幸福的。

“对不起。”

“我很失败，对不对？”

“我想是我失败在先。不过这么说没别的意思。真没别的意思。我是说，没啥失败可言。你一直对我很好。”

“你今天觉得如何？”

我一直没有问过自己这个问题。我带着宿醉被电话铃声吵醒，随后就事赶事都来了。我一上午一次都没想过自杀呢。

“OK。我暂时还不想回楼顶上去，你是担心这个吧。”

“你要去的话能先跟我谈谈吗?”

“谈这些事?”

“就谈这事。”

“我不知道。这事似乎谈谈解决不了。”

“哦,我知道自己解决不了。我就是不想在报纸上读到这事。”

“你能做得更好,潘妮。找个比我好的人。”

“我不想。”

“啊。那就是说你同意我的说法。”

“这点自尊我还有,相信总有个男人宁愿跟我一起过守岁,而不是去跳楼。我同意。”

“那你为什么不试试看,找到这么个男人?”

“我怎么选择你会关心吗?”

“说实在的,关心这种事……我现在的处境,似乎顾不上。”

“哇,你还真实在。”

“是吗?我以为事情很明显。”

“那么,你想让我怎么做?”

“我觉得没什么你能做的。”

“你会再给我电话吗?”

“会的,当然会。”

无论如何,这一点我还能保证。

人人都知道我住哪儿——显然唯一的例外是克里斯·克里奇顿。人人都知道我家的电话,我的手机号码,我的电子邮件地址。我出狱的时候,把我的联系方法大肆散发,谁有兴趣都给:我需要工作,需要露面。当然,那些混账一个也没给我回话,可现在他们都出来了,挤在我家门口。我说的“他们”是三四个看上去脏兮兮的写手,都很年轻,小脸蛋鼓鼓的,这帮家伙以前给地方小报写校园庆祝活动,如今简直不能相信自己运气会如此之好。我从他们中间推推搡搡地穿过,虽说绕开他们走也毫不困难。他们一共四个,站在人行道上冷得发抖,就着一次性塑料杯子喝咖啡,这可实在够不上是抢新闻的媒体骚乱。可我们都很享受这个推搡的过程。这让我觉得自己很重要,让他们觉得仿佛置身于新闻事件的中心。我不停地微笑,含混地看着所有人说"早上好",还用手提箱把一个挡在前面的家伙赶开。

"你是真的企图自杀吗?"一个身穿米色风雨衣、长相特别不吸引人的女人问道。

我朝自己指了指,让他们注意到我极佳的身体状况。

"这个,如果是真的,那我显然是做得太失败了。"我说。

"你认识洁丝·克里奇顿吗?"

"谁?"

"洁丝·克里奇顿,那个什么部长的女儿,教育部。"

"我跟他们家多年交好。我们大家一起度过了守岁。也许这种可笑的误解就是因此而来。没有什么自杀协议。明明是场酒会。完全是两码事。"

我已经开始有点觉得享受了,走到我租的标致车跟前的时候,我甚至有点遗憾了。我这辆车可是花费不菲,用来替代我送人的那部宝马车。况且我也不知道该去哪。可是几分钟之内我一天的日程就排满了:克里斯·克里奇顿打我的手机,请我过去聊聊;随后不久,洁丝又从同一个电话号码打了进来,通知我说下午大家都去莫琳家。我倒不介意,反正我也没别的事可做。

敲响洁丝家大门之前,我在车里坐了几分钟,检验了一遍自己的良心。我上次跟一位愤怒的父亲直接冲突发生在我跟丹妮尔(身高5英尺9英寸,胸围36 DD,15岁零250天,我告诉你吧,这115天意义重大得很呢)那次不明智的并且后来证明是不合法的性关系之后不久。这前一次冲突发生在我家里,我在吉布森广场那套大房子里——不消我说,丹妮尔的父亲并非应我盛情邀请而来,却是堵在我家门口,一天晚上我试图悄悄溜进家门的时候逮到了我。那次会面可不能算是成果卓著,一个重要原因是我试图跟他摆事实,讲道理,谈他作为父母的责任问题,而他却想打我。我现在还觉得自己占了几分道理。一个15岁的孩子,星期二凌晨1点,躲在美龙氏夜店的男厕所里吸可卡因,这算怎么回事?但是也有一种可能,如果我的观点表达并非那么强有力,太咄咄逼人,他也许就不会愤而跑到转角的警察局,去告发我和他女儿的事。

我想,这次我得注意避免这一类的争论。我看得出,为人父母之道在克里奇顿家里是个相当敏感的话题,他们家一女失踪,可能已经死亡,另外一女有自杀倾向,可能有些神经。再说了,我的良心完全清白无辜。我跟洁丝唯一的一次身体接触是我坐在她脑袋上,那次可是跟性行为毫无关系。事实上,非但毫无色情意味,甚至可以说是无私,甚至很英雄。

可惜的是,克里斯·克里奇顿并没打算把我当英雄来欢迎,没人跟我亲切握手,送上一杯咖啡;我被带到他的起居室,狠狠训斥了一顿,好像当我是个倒霉的议会调查员一样。显然我是缺乏判断——我应该搞清楚洁丝姓什么,搞到他的电话,并且打给他。我还显示出一定程度的缺乏品位——克里奇顿先生似乎有这么个印象,觉得他的千金出现在小报上是我造成的,就因为我是那种人,常常在廉价报纸上露面。我试图指出他逻辑上的若干漏洞,他声称我若是置身其外那是最好不过。正当我站起身来打算离开时,洁丝出现了。

“我告诉过你待在楼上。”

“是,我知道。我刚刚才发现自己并非只有7岁。有人告诉过你是个白痴吗?”

他怕她;这一点你一下子就能看出来。他的自尊勉强使他能够把这种恐惧掩藏在一脸悲观厌世下面。

“我是个政客,人们整天跟我说这个。”

“我在哪儿过守岁夜跟你有什么关系?”

“好像你们是一起过的。”

“没错,只是碰巧而已。你个愚蠢的老混蛋。”

“她就这么跟我讲话。”他伤感地望着我,说道,仿佛我跟他们爷俩相交已久,有权替他出面说话。

“我猜你肯定很后悔没送她去私立学校,对不对?”

“你说什么?”

“这么做确实可敬,把女儿送到附近的公立学校里去读书。可你知道,一分价钱一分货,买不到一分货的时候也有。”

“洁丝的学校取得了相当好的成绩,突破了非常困难的处境,”克里奇顿说,“洁丝这个年级有51%的学生在GCSE[①]中取得了C或更好的成绩,比前一年提高了11个百分点。”

“真不错。这肯定让您非常欣慰。”我们俩都看着洁丝,她却伸出手指做了个骂人的手势。

“关键是,你是在代行父母职权。”这位骄傲的父亲说道,我差点忘了洁丝对长单词的态度跟种族主义者对黑人的态度好有一比:她

① 英国普通中等教育证书考试。

痛恨大词,恨不能让它们哪儿来回哪儿去。她恶狠狠地瞪他一眼。

“首先,她已经18岁了。其次,我坐到她脑袋上是为了阻止她跳楼。这种做法未必称得上是为人父母之道,至少还算顶用。当晚结束之后我没给您写份详细报告我很抱歉。”

“你跟她睡过吗?”

“这跟你有什么相干,老爸?”

我可不吃这套。我可不打算参与到这场关于洁丝性生活权利的争论中来。

“绝对没有。”

“嘿,”洁丝说,“你用不着这么说话吧。”

“怎么说话?”

“好像如释重负什么的。你应该感到荣幸。”

“我非常珍视咱们的友谊,不想把关系搞复杂。”

“哈哈。”

“你打算跟洁丝保持关系吗?”

“定义你的术语。”

“我认为你应该先定义你的术语。”

“听我说,老兄。我到这里来是因为我知道你肯定非常担心。但是如果你非要这么跟我讲话,那我他妈可要走了。”那位词语种族主义者听得挺开心的:盎格鲁-撒克逊人终于开始反击罗马入侵者了。

“我很抱歉。我们家的历史你现在也知道了。我也有很多难处。”

“哈!好像我就很容易似的。”洁丝说。

“我们都不容易。”显然克里奇顿决定努力一番。

“是，我看得出。”

“那么我们能怎么做呢？拜托？如果你有什么想法……”

“关键是，”我说，“我自身也有问题。”

“切，”洁丝说，“我们都不知道你怎么会跑到那上头去的。”

“我谢谢你，马丁。”显然他受过对付媒体的培训，知道但凡可以，称呼人的时候都直呼其名，不称姓氏，意思说我们是朋友；其余那些布莱尔的机器人也都会这手。“我对你有点感觉。我看得出，你在生活中犯过错误……”

洁丝不屑地哼一声。

“可我觉得你不是个坏人。”

“谢谢。”

“我们是一伙的，”洁丝说，“是不是，马丁？”

“是，洁丝，”我说，希望她父亲能听出我回答得缺乏热情，“我们永远是朋友。”

“怎么叫一伙的？”克里奇顿说。

“我们要互相看护。对不对，马丁？”

“没错，洁丝。”我说得无精打采，仿佛这几个字勉强顺喉咙爬上来，才从我嘴巴里吐了出来，差点它们就跌跌撞撞掉回肚里去了。

“那就是说你还是代行父母职权？？”

“我不确定算不算这种团伙，”我说，“‘代行父母职权团伙’……听起来不是很有劲，对不对？我们打算干点什么呢？打倒大家长？”

“你他妈闭嘴，你他妈闭嘴。”洁丝对我和克里奇顿分别叫道。

“关键是，”克里奇顿说，“你会陪在她身边。”

“他保证过的。”洁丝说。

“我该觉得放心才对。”

“你爱怎么觉得随便你,”我说,“我可没请谁放心什么事。”

“你也有孩子的吧,我想?”

“算是吧。”洁丝说。

“不用我说你也能了解我多么担心洁丝,如果我知道有个理智的成年人看护着她,会让我感觉多么不同。”

洁丝在一旁窃笑,丝毫没有帮忙的意思。

“我知道你会……你并不是那种……某些小报会……”

“他担心你睡小姑娘那事。”洁丝说。

“我不是来面试找工作的,”我说,“我不要这差事,如果你硬要我做,那是你的问题。”

“我只想说,如果你眼看着洁丝搞出大麻烦,就要想办法阻止她,或者告诉我。”

“他乐不颠得呢,”洁丝说,“可他穷得叮当响。”

“这跟钱有什么关系?”

“比如说,他得看着我,我要是进了什么酒吧之类的,人家因为他没钱就不肯放他进去……那就……”

“那就如何?”

“我可能进去,吸毒过量。就因为你太抠门,不舍得掏腰包,我就只好死了。”

我突然才明白洁丝的意思:在全英国最差劲的有线电视台拿每周 250 镑的薪水,这非但会让人思想集中,而且会引发同情和想象。洁丝毫无知觉地倒在马桶上,就因为我缺那么 20 镑钱……这场景想想看实在挺可怕的,如果你想的方向正确的话。

“你要多少钱?”克里奇顿长舒一口气,仿佛一切——我们的谈话,守岁夜的事,甚至我坐牢——都是精心策划的,就是为了引到这一刻。

“我什么都不要。”我说。

“不，你要的，”洁丝说，“他要的。”

“现如今酒吧进场费是个什么价钱？”克里奇顿问道。

“一百块足够搞定。”洁丝说。

一百块？就为了俩人吃顿好的这么点价钱，我们就在这儿自取其辱？

“我毫不怀疑一百块足够‘搞定’，不用我亲自去试试。可他什么也不用‘搞定’，对不对？他只需要付了入场费进去就够了，如果你吸毒过量的话。如果你在卫生间里，挣扎在死亡线上，我猜想他不会在酒吧里停留吧。”

“你意思就是说，我的性命在你看来还不值一百块。有珍的事情在前，你还真不错。我说啊，你可没别的闺女了。”

“洁丝，这么说不公平。”

他说到“不”和“公平”两个词中间，洁丝摔门而去，剩下我和克里奇顿两个面面相觑。

“我处理得真糟糕，”他说，“是不是？”

我耸耸肩。“她是在借机要挟，跟你诈钱。要么她每次要钱你都如数给她，要么她就摔门而去。我看得出这确实有点……你知道的。叫人不放心。尤其家里出过事。”

“她每次要钱我都如数给她，”他说，“拜托去找她吧。”

离开他们家的时候，我身上多了250镑；洁丝就在车道头上等着我。

“我猜你肯定拿了两倍我要的价，”她说，“每次都灵，只要一提珍就行。”

洁 丝

你肯定不相信这些个——我现在也不信了——可是在我脑袋里,珍的事跟守岁夜那档子事绝对他妈的有关系。跟别人谈话也好,看报纸也好,我看得出,别人都不这么想。大家态度都是:哦——我明白了:你姐姐失踪了,所以你想跳楼。可事实不是这样。我确信珍的事是原因之一,就像配料一样,可单这一件做不成菜。比如说我是一份肉酱意大利面,那我想珍就是西红柿。也许是洋葱。甚至就只是大蒜。可她不是肉,或者面条。

遇到这种事大家反应不同,是不是?有些人跑去参加各种互助群体什么的;这个我知道,因为我爸妈他们老想让我加入这个那个的什么团体,那些团体的创建人多半最后通过了 CSE(中等教育考试),或者由女王亲自授予了个什么东西。有的人就坐下来打开电视,一看就是二十年。我呢,我就开始鬼混了。应该说鬼混就变成了我的全职工作,以前的时候我只当它是业余爱好来着:珍失踪以前我就偶尔出去鬼混了,这点我得实话实说。

我往下说之前,先回答几个人人都会问的问题,省得你坐那儿瞎琢磨,不专心听我说。不,我不知道她在哪儿。对,我觉得她还活着。为什么我觉得她还活着:我觉得车放在停车场什么的这些事很假,特不真实。有个姐姐失踪了,我感觉怎么样?告诉你吧。你要是丢了什么很值钱的东西,比如钱包首饰什么的,就老想着那东西,没办法专心做其他事。感觉就像那样,天天如此。

还有几个问题老有人问我:你想她现在会在哪儿?这个问题不同于你知道她在哪儿吗?一开始我不明白这俩问题的不同。后来我明白了，就觉得这个“你想她现在会在哪儿？”问题挺傻。我要是知道早跑去找她了。可我现在把这理解成一个比较诗意的问题。这问题其实是问她是个什么样的人。她会在非洲助人为乐吗？又或者她会在参加一个漫长的永不结束的锐舞[①]派对，或者在苏格兰岛上写诗？或者在澳大利亚丛林里旅行？我是这么想的。我想她有了个孩子，也许在美国，在一个阳光很好的小镇上，比如在得克萨斯，或者加利福尼亚，她跟一个男人一起生活，男人靠自己一双手辛勤工作，照顾她，爱护她。所以我就这么跟人家说，只是我真不知道我跟人家说的是珍的故事呢，还是我自己。

哦，还有一件事——尤其是因为你将来才会读到这个，那时候大家都把我们还有我们故事的结局忘了。我要说的是：别老希望她后来会出现，来救我。她没回来。OK？我们也没弄清楚她是死是活。什么也没发生，所以尽管忘了这事吧。可别忘了她，因为她很重要。别指望那种大结局了，这故事不是那样的。

莫琳住在顶层大厦和肯特城之间，那条又小又窄的街上到处都是老太太还有老师。我没把握说他们就一定都是老师，但我看到附近有好多自行车——自行车，还有垃圾回收站。垃圾回收特蠢，是吧？我对马丁说了，他说，你爱怎么说怎么说呗。他好像怪累的。我又问他，想不想知道为什么我说垃圾回收蠢，可他说不。同样他也不想知道为什么法国很烂。我猜他大概不大想聊天。

车里只有我和马丁，因为JJ不想搭我们的车，虽说我们几乎从他家门口开过去。JJ若是在的话肯定能让谈话顺畅些，我觉得。我老

① 一种派对形式，属于电子音乐风，派对上甚至大量使用迷幻类药品。最早的锐舞出现在20世纪80年代末至90年代初的英国。

想说话是因为我紧张，很可能我还说了些傻话。也许不是傻话，因为说法国很烂不算傻话，只是有点突然什么的。JJ 在的话就会帮我的话接个茬，好教人顺梯子下来。

我紧张是因为我知道我们马上就会见到马蒂，我似乎不大擅长跟残疾人打交道。不是说我针对谁，我也不是特别歧视残疾人，我知道他们有权受教育，乘公车什么的；只是他们会让我怪难受的。主要是因为你还得假装他们跟你我没什么不同，可他们其实跟我们不一样，你说是不是？我说的"残疾"不是那种比如说只有一条腿的，他们都没问题。我说的是那些脑袋不大对劲的人，会大叫，做怪脸什么的那种。那种人你怎么能说他跟你我一样？OK，我也会大叫，做怪脸，可我这么做的时候我自己知道，反正大多数时候我知道。可他们这种人你可无法预料，对不对？这种人到处都是。

可说句公道话，马蒂还挺安静的。他有点残疾得*太厉害*了，所以就 OK 了，你明白我意思吧。他就坐在那儿。在我看来这样倒还好些，当然我替他的观点来考虑一下，这也没什么好的。可谁知道他有没有什么观点？如果他没啥观点，那还是我说了算，对不对？他个子挺高，坐在轮椅上，身后有靠垫，还有东西塞在脑袋后面支撑他的脖子，不然他的脑袋就会耷拉下来。他也不看你，所以你不用太害怕。过一阵你就忘记有他这个人了，所以我应付得还好，比自己预料得要好。可是他妈的。可怜的老莫琳。我跟你这么说吧，换我是她，谁劝我都不会从那楼顶上下来。决不。

我们到的时候 JJ 已经到了，这样我们一进去就好像家庭聚会一样，只不过大家长得都不像，也没人假装看到大家很高兴。莫琳给我们端来了茶，马丁和 JJ 问了些关于马蒂的客气话，我不想听他们讲话，只是到处看了看。她果然是收拾得很干净，她前面就说要收拾来着。看起来房间里几乎什么都没有，只有电视和坐的地方。好像她刚搬进来一样。其实，我有种感觉，好像她特地把好多东西拿走了，收起来了，你能看出墙上有印子。后来马丁突然说，洁丝，你觉得怎么样？于是我只好不四处看了，加入他们谈话。我们得做些计划。

JJ

我不想跟马丁和洁丝一起去莫琳家是因为我需要点时间考虑。以前我跟跑音乐的记者做过几次采访，可他们都是我们乐队的粉丝，都是些好人，只要给他们张免费的专辑，让他们请你喝杯东西，就可以把他们兴高采烈地打发走了。可是这些人，比如那位敲我家门的"激励人"的女士……伙计，我对他们可是一无所知。我只知道他们不出 24 小时就找到了我家的地址，如果这个他们能做到，那还有什么他们做不到的？就好像他们知道全英国人的姓名地址一样，万一随便什么人出了什么有趣的事他们都能找到。

总之，她是让我彻底乱了手脚。如果她愿意，不出 5 分钟她就能查出我们乐队的资料。然后她就会找到艾迪和丽兹，然后她就会知道我根本没得什么绝症——也许得了，但我谁也没告诉。再说，她会发现我得的那个所谓绝症根本不存在。

换句话说，我吓坏了，觉得自己惹了大麻烦。我乘了辆公交车去莫琳家，在路上我决定实话实说，如果他们不喜欢，那让他们滚蛋。可我不想让他们从报纸上读到这消息。

我们花了好一阵才习惯了可怜的马蒂呼吸的声音，他喘气声音很大，好像很吃力。我猜大家脑子里想的都是同样的事：大家都在疑心若换了自己是莫琳，我们能不能应付得了；我们都在想，究竟会不会有什么能让我们放弃自杀的念头,从楼顶上走下来。

“洁丝,”马丁说,“是你要大家见面的。何不由你来主持一下呢?”

“OK,”她说,随后清清喉咙,“我们今天在这里集会……”

马丁笑出声来。

“我靠,”她说,“我才说了半句话。有什么好笑的?”

马丁摇摇头。

“别啊,快说。如果我他妈真这么搞笑,我想知道原因。”

“可能是因为这种话通常是人家教堂里说的。”

长长一段停顿。

“对,我知道。我就是想要那种感觉。”

“为什么?”马丁问。

“莫琳,你去教堂的对吧?”洁丝说。

“从前去。”莫琳说。

“没错。瞧见了吧,我是想让莫琳自在点。”

“你真有心。”

“为什么我做点什么你都要捣乱?”

“天哪,”马丁说,“我都闻出火药味了。”

“没错,你尽管出手吧,你他妈的……”

“够了,”莫琳说,“在我的家里,当着我儿子的面。”

我和马丁对视一眼,调整表情,屏住呼吸,手指交叉成十字,可还是没用。洁丝还是会把最显著的事实明说出来才算。

“当着你儿子的面?可他……”

“我没得CCR。”我说。我只能想出这个话来说。我是说,显然我早晚得说出来,可我本来是想多给自己留点准备时间的。

一阵沉默。我在等他们骂我。

“哦,JJ!”洁丝说,“那太好了!”

我过了一分钟才明白过来,在洁丝的诡异世界里,他们非但在圣诞节假期里找到了 CCR 的治疗方法,而且还有天使趁守岁到 1 月 2 号之间的某个时间给我送上门来了。

“我不确定 JJ 是不是这个意思。”马丁说。

“的确,”我说,“事实是,我从来没得过。”

“不! 混蛋。”

“谁混蛋?”

“那些操蛋的大夫。”在莫琳的家里,洁丝选择了“操蛋”这个词来骂人。“你该告他们。万一你当初跳下去了呢? 就因为他们搞错了?”

操他妈的。这事真有这么难讲吗?

“我还不确定他是这个意思。”马丁说。

“的确不是,”我说,“我尽量说清楚点:根本没有 CCR 这么个东西,就算真有,我也没得。是我编出来的,因为……我不知道。部分是因为我想要大家同情我,部分是因为我觉得你们不能理解我到底问题出在哪里。我很抱歉。”

“你个混账。”洁丝说。

“这太糟糕了。”莫琳说。

“你个大混蛋。”洁丝说。

马丁面露微笑。明明没得病却跟人家说你得了绝症,跟睡小姑娘这种行为恶劣程度差不多,所以他很享受我的难堪。再说,他也许还应该享受点道德优越感,因为他蒙羞受辱之后做出了得体的反应,跑到顶层大厦楼顶,腿伸到楼沿外头晃荡来着。OK,他没跳下去,可你明白，他充分显示出自己是当真的，严肃的。可我呢，我先是想自我了断，后来却自取其辱。守岁夜之后我甚至更混蛋了，这可有点让人郁闷。

“你为什么那么说？”洁丝说。

“对，”马丁说，“你到底为什么不想活了？”

“只是……我不知道。你们几个看起来都理由挺充分的。马丁跟那个啥，你们知道。还有莫琳和……”我朝马蒂点点头。

“我的理由就没那么充分，”洁丝说，“我净在那儿扯什么查斯、解释什么的。”

“对，可是……容我这么说，可你发神经。你怎么说都没关系。”

“那么你究竟有什么问题？”莫琳问。

“我不知道。抑郁，我猜是抑郁症。”

“哦，抑郁症我们懂的，”马丁说，“大家都抑郁。”

“对，我知道。可我的似乎太……太他妈的含糊了。莫琳，对不起。”

人怎么能做到不说脏话呢？这怎么可能？话语中有那么多空当，你只能填上个“操”。我告诉你吧，世界上最了不起的人是谁：新闻播报员。换我干这个活，肯定会这么说：“那帮操他妈的混账开着飞机他妈的直撞双子塔。”只要是人，你怎么能不这么说？也许他们没那么了不起。也许他们都是些没脑子的机器人。

“试着说来听听，”马丁说，“我们能理解。”

“OK。简单说就是，我生平最想干的就是组个摇滚乐队。”

“摇滚？就像比尔·海利和彗星乐队那样的？”马丁说。

“不，伙计。不是……就像，我不知道。滚石。或者……”

“他们不是摇滚乐，”洁丝说，“对不对，他们是纯摇滚。”

“OK,OK,我平生只想要组个纯摇滚乐队。像滚石那样的,或者,或者……”

“粗暴音乐。”洁丝说。她并非无礼,只是帮我把定义明确一下。

“总之。哎。就在圣诞节前几个礼拜,我的乐队彻底解散了。很快,我的女朋友也跑了。她是英国人。所以我才来这里的。”

一阵静默。

“就这些?”洁丝说。

“就这些。”

“这点理由太可怜了。我算明白你为什么会编些得病的瞎话了。就因为不能加入一个像滚石那样的乐队所以你就宁肯死?我倒宁肯反过来。让我进那样一个乐队我宁肯死。美国人现在还喜欢他们吗?这里没人喜欢。”

“滚石,是米克·贾格尔,对不对?”莫琳问,“他们还不错,对不对?他们挺自得其乐的。”

“米克·贾格尔可不会像JJ这样坐在这儿吃发霉的卡士达奶油夹心饼干,是不是?”

“圣诞节前饼干还新鲜着呢,”莫琳说,“也许是我没把饼干盒子盖好。”

我开始觉得大家有点走神,把我的问题给忘了。

“滚石什么的……其实也不重要。我就是打个比方。我的意思是……那些歌,吉他,活力。”

“他大概有80岁了,”洁丝说,“他一点活力也没有。”

“我90年代看过他们,”马丁说,“就是世界杯上英格兰点球输给德国的那个晚上。吉尼斯公司的一个小子带了我们一大群人。那晚上我们多半都在听收音机。总之,那时候他还很有活力。”

“那时候他才70。”洁丝说。

“你他妈给我闭嘴不行？莫琳对不起。”（往下只需假设我每说一句话，都带上句“他妈的”“靠”或者“操你妈的”还有“莫琳对不起”OK？）“我正在给大家讲我的人生故事呢。”

“没人拦着你，”洁丝说，“可你得说得有劲点。不然我们怎么会打岔说起什么饼干来的。”

“OK，好吧。你瞧，我别的一无所有。什么也不会，连高中都没毕业。唯一就有支乐队，现在乐队也没了，我一分钱也没赚到，眼看着我的人生就得在翻（flipping）①汉堡中度过了。”

洁丝哼了一声。

“这又是为什么？”

“听起来好笑，一个美国小子说‘flipping’而不说……你知道就行了。”

“我想他说的‘flipping’不是‘讨厌鬼’的意思，”马丁说，“我想他的‘flipping’就是翻面的意思。他们都这么说。”

“哦。”洁丝说。

“我担心这会要了我的命。”

“辛勤工作不会要人命。”莫琳说。

“辛勤工作我倒不介意，你知道吗？当初我们巡演录音的时候……那才是真的我，那是我的本来面目，可现在，我觉得空虚失败还有……这么说吧，你知道自己很棒，觉得这就够了，这样我就能成功。可是没做到……这时候你该怎么办呢？你把这感觉往哪儿放？没地方安置，这可……伙计，就算情况还OK的时候我就经常被这种

① flip意为“翻动”，flipping还有“讨厌”的意思，是不太脏的骂人话。

感觉逼得难受，我毕竟不是一天到晚演出录音，有时候我特别想，想演出，想去录音，不然我就要爆炸了，你明白吗？而现在，现在这种感觉无处发泄了。我们曾经有支歌……”我压根不知道自己怎么说到这里来了。“我们曾经有支歌，很短一首汽车城黑人音乐风的歌，名字叫《我重新得到了你》，是我和艾迪一起写的，实实在在一起写的，我们难得一起创作，这就像是纪念我们的友谊，回顾我们共同走过的路什么的那一套。总之，这歌在我们的第一张专辑里，只有两分半钟长，没人真正注意到它，哪怕是花钱买我们唱片的人都注意不到这首歌。可我们一旦现场演奏这支歌，歌就变长了，艾迪会演奏一段特别棒的独奏，那段演奏不像是摇滚吉他独奏，倒更像是，比如说科蒂斯·梅菲尔德①，或者厄尼·艾斯礼②的演奏。有时候我们在芝加哥演出的时候，跟朋友们一起合作，我们可能有一段萨克斯独奏或者钢琴独奏，甚至踏板电吉他什么的。过了大概有一两年，这歌变成了一首 10 到 12 分钟的高潮曲目。我们用它开场，或者拿它压轴，如果是很长的演出就把它放在中间，这支歌在我看来成了他妈的纯粹快乐的代表。抱歉莫琳，你们明白吗？纯粹的快乐。感觉就像冲浪或者别的什么，就是天然 high 啊。乘着那些弦就像乘着风一样。我大概一年能有一百次这种感觉，好多人一辈子都未必能有一次。我被迫放弃的就是这个，伙计，我喷薄的创造力，只要有感觉就能来，我日常工作就是这个……你明白吧，现在我回想一下，明白自己为什么会他妈的编瞎话了，抱歉，莫琳，说我得了他妈的什么绝症快死了，抱歉。可我的感觉正是如此。我的确是快死了，这病吸干了我的血，吸干了我的力气，吸干了我所有活着的感觉……”

---

① 科蒂斯·梅菲尔德（1942—1999），美国灵魂爵士乐大师。
② 厄尼·艾斯礼（1952—　），吉他大师，艾斯礼兄弟乐团的成员。

“好，还有呢？”马丁说，“你似乎忽略了为什么你想自杀的部分。”

“就这些，”我说，“就是这种病，吸干了我的血。”

“这种事人人都会发生的，”马丁说，“这毛病叫作‘老化’。我甚至进监狱之前就有这种感觉了。甚至跟那小姑娘睡过之前就有。回想一下我之所以跟她睡，多半也是因为这个。”

“不，我明白了。”洁丝说。

“怎么？”

“我当然明白了，你他妈算完了。”她朝莫琳的方向摆下手表示道歉，就好像网球手认可擦边球一样。“你以为自己能成名立万，可现在显然你谁都不是。你没你自己想的那么有天才，而你又没有个备用计划，你一没技术二没学历，现在看看下面四五十年你都啥也不是，可能还要更惨。这确实够你受的，比得了那个什么大脑病还要糟，因为你现在这毛病要很长时间才能要人命。你要么选择钝刀子割肉慢慢受罪，要么选择快刀砍头痛快了结算了。”

她耸耸肩。

她说得对。她完全明白。

莫　琳

要不是洁丝去用卫生间，我本来能应付过去。可你不能不让人家上厕所对不对？我没经验，从来没想到过她会到处乱翻，多管闲事。

她去了好一阵，回来的时候一张蠢脸笑开了花，拿着几张海报。

她一个手里拿着一张女孩的大照片，另一个手里是一个黑小伙，是个足球球星。

“这些是谁的?”她说。

我站起来对她嚷道:“放回去!那不是你的!”

“我可从来没想到你还有这一面,”她说,“我们说说清楚嘛。你这个女同志原来对粗大腿的黑小伙有兴趣哈?很独特,有深度。”

这是典型的洁丝式思维,我想。她只有肮脏的想象力,也就是说,根本没有想象力。

“你知道这些人是谁吗?”她说。

它们是马蒂的,这些海报,不是我的。当然他不知道海报是他的,可确实是;是我替他挑的。我知道海报上的姑娘叫布菲,因为上头这么印着呢,可我真不知道布菲是干什么的;我只是觉得在马蒂周围放个有魅力的姑娘挺不错的,因为他现在也到这个年纪了。我还知道那个黑小伙在阿森纳队踢球,可我只记住了他的名字叫帕蒂,不记得姓什么了。是教堂里碰到的约翰给我的建议,他每个礼拜都去海伯利看球赛,他说人人都爱帕蒂,于是我问他,能不能下次去看比赛的时候帮我孩子带张照片回来。约翰人很好,他给我带来一张帕蒂进球后庆祝动作的大照片,我给他钱他也不收,可是事情后来就有点尴尬了。不知为什么,他总觉得我的孩子是个小男孩,大概十一二岁,他保证说要带他去看场比赛。有时候,星期六晚上阿森纳输了球,星期天早上,他还会问我马蒂反应如何,有时候他们赢了球,他就说,我敢说你儿子肯定乐坏了,诸如此类的话。后来有一个星期五的早上,我推着马蒂从商店里往家走,我们碰到了约翰。我要是什么话也不说本来就可以过去了,可是有的时候,对自己,对别人,你都得承认,*这是马蒂,是我的孩子*。于是我就说了,从那以后约翰再没提过阿森纳。我丝毫不怀念星期天上午去教堂的日子。有太多太充分的原因会让我失去信仰。

我选海报就跟我选其他东西差不多一样，那些东西估计洁丝也都翻过了，唱片，书，球鞋，电脑游戏还有录像带。日记本，还有设计时髦的地址簿。（地址簿！上帝啊！所有东西里这件最说明问题。我可以放盘磁带，希望他能听得到，可我能在地址簿里给他填上些什么呢？我自己都没有本地址簿。）花哨的笔，相机，还有随身听。好多手表。这里有一个少年没有实现的全部生活。

几年前我决定重新给他装饰卧室的时候开始了这一切。当时他8岁，还睡在婴儿床上，窗帘上印着小丑，墙纸上装饰着小兔子，我在怀着他的时候替他选了这一切，当时还不知道他是男是女，不知道他会是这样。后来墙纸都剥落了，很难看，我却什么也没动，因为那样让我想起太多他不能做到的事，想到他永远也不能长大。我该把小兔子换成什么呢？他8岁了，那么也许火车，火箭飞船，甚至足球明星应该是合适他这个年纪男孩的饰品——但是当然他不知道这些都是什么，有什么意义，做什么用。可是我转念一想，他也不知道兔子是什么，或者小丑是怎么回事。那我该怎么办呢？一切都是在假装，不是吗？我唯一能够做的，不事伪装的，就是把墙刷成白色，换一套素色窗帘。那就等于是告诉他，告诉自己，也告诉进到房间里来的别人，说我知道他是植物人，像棵白菜一样的植物人，我也无心去隐藏这一事实。可是话说回来，这一切到哪里才是个头？那是不是说因为他不能读，我就永远不能给他买印字母的T恤衫，或者因为他根本不明白所以我就不能给他买幅画挂起来？况且谁知道他对颜色或者图案会不会有任何感觉？如此一来，更不消说了，跟他讲话就很荒唐，对他微笑，吻他的额头，一切都没有意义，我做的一切都是在假装。既然如此我何不装得认真些？

最终，我买来了印着火车的窗帘，印着《星球大战》人物的灯罩。不久我又开始偶尔买点漫画书，就是想知道他这个年纪的男孩会读些什么，想些什么。我们还一起看星期六早上的电视节目，看他可能会喜欢哪位流行歌手，会喜欢看什么电视节目。我前面曾经说过，最糟糕的就是一切都没有进展，停滞不动，而我假装他在成长并不能带来任何变化。但这些还是对我有帮助。没了这些还剩下些什么呢？而且，想想这些东西，让我更好地理解马蒂，也许这么说很奇怪，可我猜当《东区人》①里面出现新角色的时候人们大概也要这么对自己说，这是个什么人？他喜欢听什么音乐？他的朋友都是些什么人？他支持哪个球队？我就是这么做的——我虚构了一个儿子。他支持阿森纳，他喜欢钓鱼，可他还没有鱼具。他喜欢流行音乐，但不喜欢那些半裸着身子唱歌，歌词里好多脏话的音乐。偶尔人们会问，他圣诞节或者过生日的时候想要什么礼物，我就告诉他们，他们都是明白人，不会显得很吃惊。多数远亲从来没见过他，也没表示过要见见他。关于他，他们只知道他脑子不大正常，或者有点别的残疾。他们根本不想了解更多，所以他们从来不说，噢，他能钓鱼？或者像我叔叔麦克那样说，噢，他能潜泳吗？还会在水下看手表？告诉他们该怎么办他们就很感激了。渐渐地，马蒂占据了整幢房子。小孩你是知道的，东西堆得到处都是。

“我知不知道他们是谁没关系，”我说，“这些是马蒂的东西。”

“噢，他原来是阿……”

“听话把东西放回去，”马丁说，“要不然干脆滚出去。你个傻逼还嫌不够讨嫌？”

---

① 1985年首次播出的一部英国肥皂剧，持续至今。

我想，总有一天，我得学会亲口说这个话。

马　丁

那天，没人再提马蒂的海报。当然我们都好奇，可是洁丝一出手，我和 JJ 都绝对无法再表达我们的好奇了：洁丝把事情搞得你要么跟她站一边，要么反对她。在这件事上，跟许多其他事一样，我们都反对她——也就是说就这事我们得三缄其口。而且因为我们都讨厌这种被迫的三缄其口，对别的我们能想起来的事，我们就特别挑剔，费劲打听。

"你受不了你爸，对不对?"我问她。

"当然。他很逊。"

"可你还跟他住一起?"

"那又怎样?"

"你怎么受得了，伙计?"JJ 问她。

"搬出去我一个人住不起。再说他们有清洁工、有线电视、宽带什么的。"

"啊，你还真是年轻，有理想，有原则!"我说，"反对全球化，支持清洁工，哈?"

"没错，你们俩神经尽管教训我吧。再说还有一件，珍的事。他们会担心。"

啊，对了。珍的事。我和 JJ 一时乖了。换个角度考虑，刚才的对话可以概括如下：一个刚刚因为跟未成年人发生性关系坐牢的人，还有一个为了少费时间、口舌，不失脸面而骗人说自己得了绝症的家伙，俩人一起嘲弄一个伤心少女，就因为她想跟她伤心的父母住在一起。我留意了一下,想过后再换个角度概括该对话。

“听到你姐姐的事情我们挺难过的。”莫琳说。

“对,不过事情也不是昨天才发生的,对不对?”

“总之我们很难过。”JJ无精打采地说。把道德高地妥协让给洁丝只有一个结果,她会惹得大家都烦,直到大家再次把她打倒在地为止。

“现在已经习惯了。”

“是吗?”我问。

“算是吧。”

“非得习惯这么档子事,感觉挺奇怪的吧。”

“有点。”

“你是不是时时都想这事?”JJ问她。

“我们就不能说点该说的事吗?”

“该说什么?”

“说说我们下面该怎么办。说说报纸什么的这些。”

“我们得做点什么吗?”

“我想是。”JJ说。

“他们很快会把我们忘掉,你们知道的,”我说,“就因为他妈的事情都发生在新年守岁夜。”

“要是我们不想让他们把我们忘掉呢?”洁丝说。

“见鬼我们干吗要让他们记着?”我问她。

“我们可以赚点钱用用。还能找点事做。”

“找点什么事做?”

“不知道。我只是……我就是觉得咱们与众不同。大家会喜欢我们,对我们感兴趣。”

"你疯了。"

"没错,正是。所以大家才会对我感兴趣。你们要是愿意我还可以添油加醋炒作一把。"

"我确定不需如此,"我赶紧说,既代表我们三个,说实在的,也代表整个英国的全体人民,"你做自己就很不错了。"

洁丝甜甜地笑了,这句恭维话来得突然,她蛮吃惊的。"谢谢,马丁。你也不错。还有你们——他们会想知道你是怎么因为那丫头的事毁了自己的生活。还有你,JJ,他们会想知道比萨什么的那些事。莫琳可以跟大家讲讲跟马蒂一起生活多么受罪。瞧,我们就像超级主角,英雄人物,X 战警什么的。我们都有神秘的超能力。"

"没错,"JJ 说,"接着编吧你就。我的超能力是送比萨,莫琳的超能力是有个残废儿子。"

"这个,超能力这个用词可能不大对。不过,你明白的,就是有点什么东西。"

"啊,没错。'Le mot juste'①,你向来如此。"

洁丝皱眉,可是一时太专心讲自己的话,顾不上因为我说了句外国话特地停下来羞辱我一番,虽说她觉得挺有这个必要。"我们还可以说,大家还没有决定要不要最终自我了结——他们肯定喜欢。"

"如果我们真把情人节那天晚上的实况转播权卖给电视台……也许他们能做出档类似《老大哥》那种节目,观众可以投票支持他们喜欢的人,让他留下。"JJ 说。

洁丝有点狐疑。"这个我倒没想过,"她说,"可是马丁,报纸什么的这套你是明白的。我们可以赚点钱,对不对?"

---

① 法语,意为:用词准确。

“你想过没有，报纸给我惹的麻烦够多的了？”

“噢，就知道考虑你自己，是不是？”洁丝说，“要是我们都能赚到几块钱呢？”

“可我们有什么特别的故事？”JJ说，“根本没有。我们上楼，我们下来了，就这么点事。这种事肯定随时有人干。”

“这个我想过。要是我们看到过什么呢？”洁丝说。

“什么？我们应该看到过什么？”

“OK，比如说我们看到了一个天使，如何？”

“天使。”JJ淡淡地说。

“对啊。”

“我没看到天使，”莫琳说，“你什么时候看到天使的？”

“谁也没见过天使，”我解释道，“洁丝是建议我们伪造超自然经历来赚取钱财。”

“这太糟糕了。”莫琳不出所料说道。

“这也不完全是伪造，对不对？”洁丝说。

“不是吗？我们什么时候见过天使？”

“诗歌里面管这个叫什么来着？”

“什么？”

“你知道的，诗歌里面。英国文学里。有时候你说什么东西像什么，有时候你说什么东西是什么。你知道的呀，我的爱人他妈的就像一朵玫瑰花什么的。”

“明喻和隐喻。”

“对，正是。这是莎士比亚发明的，对不对？所以说他是个天才。”

“不是。”

“那是谁发明的？”

“谁都没关系。”

“那为什么莎士比亚是个天才？他干了什么？”

“下次再讨论这个不迟。”

“OK，随便。说什么东西是什么那个叫什么？比如说‘你是个鸟人’其实你不是鸟，不是鸡巴。很明显嘛。”

莫琳都快哭了。

“噢，看在上帝的分上，洁丝。”我说。

“抱歉，对不起。我不知道单纯讨论语法的时候讲脏话是不是还忌讳。”

“还是忌讳。”

“那好，对不起，莫琳。OK，我们说‘你是猪’可你并不真的是头猪。”

“这叫隐喻。”

“正确。我们并没有实际上看到天使。但是我们看到了隐喻性的天使。”

“我们看到了隐喻性的天使。”JJ 重复道。他显出不可置信的神情。

“没错，没错。我的意思是，有什么东西把我们拉了回来。什么东西救了我们的命。那为什么不能是个天使呢？”

“因为没有天使。”

“OK，我们没看到过。可什么你都能管它叫天使啊，总之是个女孩就行。我，甚至莫琳。”

“是个女孩就可能是天使。”JJ 又来了。

“没错。因为天使嘛，总归是女的。”

“你有没有听说过大天使加百列，比如说？”

“没有。”

“可是,他就是个男天使。”

“是吗?”

突然之间我失去了耐心。

“这都什么废话? 洁丝,你听得见自己在说什么吗?”

“我说什么了?”

“我们没见过天使,无论是现实中还是隐喻性的。顺便告诉你,隐喻说你见到什么东西,跟实际亲眼看到什么东西它不是一码事。你想让我们顺着你说是一码事。你这不是玩弄辞藻,你是胡说八道,抱歉莫琳。说实在的,这话就你我之间说说算了。我跟谁也不会说什么天使,哪怕全国性的报纸也不会。”

“可是假使我们上了电视,有个机会可以,比如说,传播预言呢?”

我们都瞪着她。

“我们有什么扯淡预言?”

“这个就是我们说了算了,对不对?”

你跟这么个脑袋有什么好吵的? 我们三个是没办法了,只好满足于嘲弄和讥讽。那天下午的会面结束时,大家都心照不宣地认定,我们中有四分之三的人都不喜欢自己在媒体上露的这一小脸,我们将让目前媒体对我们精神健康的关注渐渐消逝。可是,就在我回到家短短几个小时过后,我接到泰奥打来的电话,问我为什么没告诉他说我见过天使。

洁　丝

他们一点也不开心,尤其是马丁:他暴跳如雷。他打电话到我家里，跟我暴怒了大概有 10 分钟之久。可我知道他没问题，因为接电话的是我爸，马丁什么也没跟我爸说。如果他跟我爸说了什么，那这故事可能就完蛋了。得我们四个团结起来才能战斗，只要我们团结在一起，我们随便说看到过什么都能说得过去。关键是，这主意太妙了，浪费了可惜，你说是不是？这个他们也知道，所以我觉得他们最终会改主意赞同我——他们确实改了，算是吧。在我看来，这是我们作为一个团伙经受的第一次重大考验。他们大家只需做个最简单的选择：是跟我站一边，还是反对我？说句实话，如果他们决定反对我，我想我今后都不会再跟他们打交道了。那样很说明他们的人品，没一个好的。

我承认我有点鬼鬼祟祟。我先是问 JJ 那个上午去找他的女记者叫什么，他不光告诉我名字，连哪家报社的都跟我说了，这可是个意外收获。他以为我是没话找话，可我当时就觉得过后可能用得上。随后我一回家就给报社打了电话。我说我只找她，我告诉他们我是谁，他们就把她的手机号码给我了。

她叫琳达，人挺友好。我以为她会觉得我说的事挺怪，可她很有兴趣，一直怂恿我说，真的。如果说她作为记者有什么缺点，我得说，就算有，那也是她太鼓舞人了，太轻信了。你以为好记者应该像这样：你怎么知道自己说的是事实？可是我跟她说什么她都往本子上记。她稍微有点不专业，就你我私下说说啊。

所以她就像这样，天使长什么样啊洁丝？她老叫我洁丝洁丝，显得我们挺亲似的。

这个我早想过了。要是说他长得像教堂里的姑娘——长着翅膀什么的，那就太傻了，放出的信号绝对是错的。我决定说天使是男的，不是有个加百列嘛。

跟你想象得很不一样，我说。于是琳达说，怎么？没有翅膀，头上没光环，洁丝？然后她哈哈大笑——就好像说，哪门子傻瓜才会说看到个长翅膀顶光环的天使？于是我就知道我说对了。我也笑了。然后我说，不，他很现代，她就说，真的吗？

（我说到谁谁谁说了什么的时候，总是这么说。比如说，我说，然后她说，然后如何如何。可是讲到挺长一段对话的时候，这么说挺麻烦的，不停地你说我说。所以往下我就像剧本那样写了，OK？我搞不清引号冒号什么的，可我记得学校里读过的剧本的样子。）

我：对，他穿得挺时髦。看上去像个乐队乐手什么的。

琳达：乐队？什么乐队？

我：我不知道。电台司令①什么的吧。

琳达：为什么是电台司令？

（你说句什么她都问问题。我说电台司令是因为他们谁也不大像，就是几个人，不是吗？）

我：我不知道。也许是模糊乐队②。或者……那家伙叫什么来着？电影里的？不是那个没跟詹妮弗·洛佩兹结成婚的③，另外那个，他们还得过奥斯卡④，他数学很好，只是个打扫卫生的……那个金色头发的。马特。

琳达：天使长得像马特·戴蒙？

我：对，我想是。有点像。

琳达：那就是说，一个相貌英俊的天使，长得像马特·戴蒙。

我：不完全像马特·戴蒙。不过，对，就那样。

---

① 一支电子音乐乐队。
② 一支英国摇滚乐队。
③ 她指的是本·阿弗莱克，马特·戴蒙的老朋友。
④ 她提到的电影是 *Good Will Hunting*，国内译作《心灵捕手》。

琳达：那么，这个天使，他是什么时候出现的？

我：什么时候？

琳达：对，什么时候。我是说，你们当时……还差多少就跳下去了？

我：哦，马上就要跳了，伙计。他是最后一分钟来的。

琳达：哇。那你们当时站在墙沿上吗？你们一起？

我：对。我们当时决定一起跳。做个伴什么的。所以我们站在那儿，互相道别什么的。我们刚要喊一二三跳，就听到背后有个声音讲话。

琳达：你们肯定吓坏了吧。

我：那是。

琳达：你们没掉下去真是蛮神奇的。

我：那是。

琳达：于是你们都转过身……

我：对。我们都转过身来，他说……

琳达：抱歉打断一下。他穿的什么衣服？

我：就是那种……有点像休闲西装那样的。一套白色宽松西装。挺时髦的，真的。看起来还挺值钱的。

琳达：名牌西装？

我：对。

琳达：领带呢？

我：没打领带。

琳达：还是个挺随便的天使。

我：对。总之不那么正式。

琳达：你当时马上就知道他不是凡人吗？

我：喔，对。

琳达：怎么知道的？

我：他很……模糊。好像信号没调准。你能看透他。不是说你能看到他的心肝儿肺什么的。你能看到他背后的建筑什么的。哦，对了，还有，他当时是悬在房顶上头。

琳达：有多高？

我：高着呢，伙计。我刚看到他的时候，心想，这家伙得有 5 米高。可我低头看他的脚，发现他脚离地足有 1 米高。

琳达：那就是说他有 12 英尺高？

我：那就离地 2 米。

琳达：那他就 9 英尺高。

我：那就 3 米。谁管这个。

琳达：那就是说他的脚在你们头顶上。

我：（她老这么几米几米地追着问，我烦了，可还是尽力不显出来）刚开始是。后来他好像觉得自己玩得有点过，就下来了点。我当时有种印象，觉得他好像有阵子没那么悬空过了，好像有点生疏。

（我是一边说一边编。我的意思是，你现在知道我是编的。可是回想一下当时我都没想这些就给她打了电话，这么想想我觉得自己干得很不错。反正她看起来挺喜欢的。）

琳达：真是不可思议。

我：是，的确是。

琳达：那他说了什么？

我：他说，你知道的，别跳。可他说得非常平静，镇静。好像有内在的大智慧。你看得出，他是上帝的使者。

琳达：他这么说了吗？

我：没说这么多。可你看得出。

琳达：因为他有大智慧。

我：对。他周遭好像有种气氛，好像他见过上帝本人似的。太神了。

琳达：他就说了一句话？

我：他说了，你们时辰未到。回去，把欢乐和安详的预言传给人民。告诉他们，战争是愚蠢的。这也是我个人的信仰。

（最后这一点，这也是我个人的信仰什么的，可不是我编的。我只是多给你提供点资料，让你更加了解我这个人。）

琳达：你打算传达这个预言吗？

我：是啊，当然。我们愿意做这个采访，这也是原因之一。如果你们的读者里有比如说世界领导人或者大将军，或者恐怖分子什么的，那他们应该知道，上帝这会可没啥好乐的。这些事让他火大着呢。

琳达：我肯定我们的读者会觉得这点非常发人深省。你们都看见了吗？

我：哦，是的。不可能看不见他。

琳达：马丁·夏普也看到了？

我：哦，对。当然。他看到了……他看得比我们都清楚。

（我也不大明白这话到底什么意思，可我看得出，马丁也卷进这事来，她觉得挺重要。）

琳达：现在怎么办？

我：这个，我们得想想下面该做些什么。

琳达：当然。你会跟其他报社的人讲吗？

我：哦，会。绝对。

这话说了我挺高兴的。最后我跟她要了五 K。我跟她保证，让她跟所有人讲这件事。

JJ

一开始这事看起来没什么特别难的。OK，洁丝把我们拖到天使这档子事里，我们谁也不高兴，可是甩手不干似乎也不大值得。我们决定咬紧牙关，说我们看到了天使，拿到钱，然后就把这事从头到尾都忘掉。可是第二天，你坐在记者面前，板着面孔赞同，说这个操蛋的天使长得像马特·戴蒙，这时候对朋友忠诚仿佛是所有美德里最傻的一条了。这事还不能平淡带过。你还不能只说："对，这个那个，天使如何如何。"看到天使这可是件了不起的事，所以你得表现出一副很了不起的样子，惊讶得合不拢嘴，可你很难咬紧牙关的同时合不拢嘴。本来莫琳最有可能装得很像那么回事，因为她真心信这一套。可是正因为她相信这些，让她撒谎就最麻烦。"莫琳，"洁丝慢慢地，耐心地说，仿佛莫琳只是发傻，而不是为她不死的灵魂担惊受怕，"这可是为了五千英镑啊。"

报社安排护理中心的人来照看马蒂，于是我们跟琳达在我们新年一大早吃早饭的那家咖啡馆见面。我们拍了些照片——多半是合影，后来他们又在外面拍了几张，让我们举手指向天空，作出惊讶的表情，嘴巴张得下巴都要掉下来了。可是后来他们没用那几张照片，大概是因为我们中一两个人表演得有点过火，有一个人又完全不肯表演。再后来，拍完照片之后，琳达开始提问。

她要的是马丁——他才是大奖。如果她能让马丁·夏普开口说，是天使阻止了他的自杀企图——也就是说，如果她能让马丁亲口说出，‘我神经病——钦此’，那她的稿子就能上头版。马丁也知道，所以他的表演堪称英勇，至少对一个决不可能做出任何英勇举动的下流谈话节目主持人来说，这是最接近英勇行为的表现。马丁跟琳达讲他见到天使，这让我联想起《双城记》里那个为了让好朋友能活下来而上了断头台的西德尼·卡屯：马丁的表情活像是一个为了更伟大的事业而甘愿赴死的人。可是那个西德尼是发现了自己内心的高尚，因此大概显得很高尚，可马丁只是显得很恼火。

一开始都是洁丝在讲，后来琳达听够了，开始直接向马丁提问。

“那么，当这个人形开始悬浮……悬浮？是这样吗？”

“是悬浮，”洁丝肯定地说，“我前面说过，他一开始悬得有点高，因为不大习惯，后来他才调整到合适的高度。”

马丁有点退缩，仿佛天使不肯把脚落到地面上，却把他搞得更尴尬了。

“那么，马丁，当天使悬在你面前的时候，你是怎么想的？”

“怎么想？”马丁重复道。

“我们没怎么想，对不对？”洁丝说，“我们太震惊了。”

“没错。”马丁说。

“可你肯定想过什么，”琳达说，“哪怕就是，天哪，我能把他请去上‘潘妮和马丁的早安秀’就好了。”她笑笑表示鼓励。

“这个，”马丁说，“我现在有阵子没做这个节目了，所以开口请他纯属浪费时间。”

“可你现在不是还在有线电视台做节目吗？”

“没错。”

“那也许他可以上那台节目。”她又笑，继续鼓励。

"我们倾向于做娱乐人物。喜剧演员，肥皂剧明星……偶尔体育明星。"

"那就是说你不会请他了。"琳达开口之后，似乎还不甘心放过这个问题。

"我不知道。"

"你不知道？"她讥笑道，"我说，你又不是什么大卫·莱特曼做的大热门节目，对不对？人们不会从四面八方涌过来要上你的节目。"

"我们做得还不错。"

我不禁觉得她有点抓不住重点。这可是位天使——可能是上帝亲自派来的使者，谁知道呢——他来到拱门区的一幢高楼顶上，来阻止我们自杀，可她却穷追着问为什么没人请他上谈话节目。我真是看不懂了，伙计。你可能会以为这种问题到采访最后可能才顺便提到。

"总之他要是上节目，那可是你们节目里第一个有人听说过的访谈对象。"

"你以前听说过他吗？这个长得像马特·戴蒙的天使？"马丁说。

"天使我是听说过的。"她说。

"那么，我敢肯定你也听说过女演员，"马丁说，"女演员上我们节目的也不少。"

"这都哪儿跟哪儿啊？"我说，"你真想写篇稿子说说为什么天使马特没上马丁的节目吗？"

"你们这么称呼他的吗？"她说，"天使马特？"

"一般我们只说'天使，'"洁丝说，"但是……"

"让马丁来回答几个问题你介意吗？"

“你问他的问题够多的了，”洁丝说，“莫琳还一句话都没说过呢。JJ说得也不多。”

“大多数人只听说过马丁，”琳达说，“马丁，你们是这么称呼他的吗？”

“我们只说‘天使’。”马丁说。他打算自杀的那天夜里似乎看起来比现在还要开心些。

“让我再来确认一遍，”琳达说，“你确实看到他了，马丁，对不对？”

马丁换了个坐姿。看得出他脑袋里正转得飞快，想找找看是不是有什么逃生之路之前没有想到。

“哦，是的，”马丁说，“我看到他了，没错。他……那真是了不起。”

就这样，他终于落入了琳达的圈套。现在广大群众尽可以拿小树枝捅他，用难听的话骂他，而他只能坐在那儿受着，就像怪胎展上的展品一样。

但是话说回来，我们现在全都是怪胎。第二天一早，当我们的朋友家人前爱人们翻开报纸，他们只可能有两个结论：我们全都疯了，或者我们是大话王。OK，严格说还有第三种可能的结论——我们说的是实话。我们看到一个长得像马特·戴蒙的天使，鬼才晓得为什么他会跑来让我们下楼去。可我得说，我认识的人里没一个会相信这套。也许我大姨妈伊达会的，她住在亚拉巴马，每个礼拜日早上在她的教堂里摆弄蛇。话说回来，她也是个神经病。

我不知道，伙计，可是在我看来这事走得有点太远了。如果你画张地图，像贷款买房买车、找对象、找工作这些东西，所有这些正常生活的组成部分如果标在新奥尔良，我们说了这堆瞎话之后，就好像一路给送到阿拉斯加往北去了。谁会把工作机会给一个见过天使的人？谁会把工作给一个说他就是为了得点小钱才撒谎说自己见过天使的人？完了，我们作为正经人的生活算是完蛋了。我们为了 1 250 块你们的英国英镑就把自己严肃的人生给卖掉了。在我看来，我们整整下半辈子都得靠这点钱了，除非我们再见到上帝、猫王或者戴安娜王妃。而且下次我们得真见到他们才算，还得拍下照片为证。

就在两年前，REM 的经理来看我们大黄的演出，问我们愿不愿意让他们公司给我们当经纪人，我们回答说我们对现在的公司挺满意的。REM！仅在 26 个月之前！我们当时围坐在一个豪华办公室里，有这么个家伙，要努力说服我们，你明白吗？如今我却跟莫琳跟洁丝这样的人坐在一起，可怜巴巴地合计着要从别人手里搞点钱出来，而对方也巴不得给我们钱，只要我们作好准备，彻底让自己颜面尽失。最近几年的经历教会我一个道理，那就是，只要你努力，世上没什么事搞不砸的。

我唯一感到安慰的是，我在这里既没亲人也没朋友；谁也不知道我是谁，也许有我们乐队少数几个粉丝，我很希望他们不是那种会去看琳达这份报纸的那种人。比萨店里可能有人会发现一张半张的报纸，但是他们肯定能觉察到这里面有铜臭气，也能了解我的绝望，他们大概不太会想起要羞辱我一番。

这样的话就只剩一个丽兹了，要是给她看见我发神经的照片，那就给她看好了。你知道她为什么甩了我吗？她甩了我是因为发现我最终也成不了摇滚明星。你他妈的相信吗？不，你肯定不信。这没法教人相信，简直难以置信。“卑鄙，你的名字是女人。”我当时就是那么想的，你知道吧，让她看看我被她害得落到个什么地步，也没啥坏处。说实在的，如果我能暂时隐身，我要做的头几件事里就有这条，在我干完抢银行、闯健身房女浴室等等这些常规活动之余，我要亲自把这份报纸放到她面前，亲眼看着她读报。

你瞧，我当时还什么都不知道。我以为我什么都明白，其实不是。

莫　琳

琳达的采访完了之后，我觉得我再也不能进教堂了。之前那天我想到过这个。我非常想念教堂，我疑心，如果我只是坐在后排，不去忏悔，上帝会不会介意——我要趁领圣餐之前偷偷溜出去。但是，当我跟琳达说我见过天使之后，我意识到自己必须离开，我到死都不能再进教堂了。我说不清自己到底犯了什么罪，但我很肯定，假造天使这种罪行足以要命。

我仍然觉得等这六个星期过到头我还会去自杀；什么会使我改变主意呢？我比以往更忙碌，又是媒体采访，又是开会，这些让我分分心，不去想事情。但是这些跑来跑去的忙碌感觉就像最后一分钟的活动，好像我忙完这点事就该去度假了。我当时就是这个样子：一个想马上去自杀的人，只要一得空我就付诸行动。

我要说的是，那天我开始看到了一线光亮，就是跟琳达做采访的那天，但事情说起来又不大像那么回事。打个比方应该更准确，就好像我本来打算看某个电视频道，我已经开始期待这档节目了，却又注意到同时还有一档可能更有趣的节目。你我不了解，但我这个人不大喜欢做选择。最后可能我就在两个频道间跳来跳去，哪个节目也看不成。我真不知道装了有线电视的人，那么多频道怎么看得过来。

那天采访后的事是这样的，我发现自己在跟 JJ 聊天。他要回家，而我要去公交站,后来我们就一起走了。我说不准他是不是想跟我一起,真的,因为自从守岁夜我扇了那个男的一耳光之后我们俩都没怎么说过话,可是当时情形有点尴尬,我就跟在他后面五步远,所以他就停下脚来等我。

“刚刚可够难的,是不是?”他说,我听了有点诧异,我还以为只有我一个人觉得这事费劲呢。

“我痛恨撒谎。”我说。

他看看我,笑出声来,这时我才记起他撒谎的事。

“我不是有意针对你,”我说,“我也撒谎。天使的事我撒了谎。我还对马蒂撒谎,说我守岁夜要去参加派对。我还跟残疾人护理中心撒过谎。”

“这些上帝都会原谅你的,我觉得。”我们继续往前走了一段,后来,我也不知道他是出于什么原因,他说:“什么会让你改变主意?”

“什么?”

“这个……你知道的,想摆脱一切的想法。”

我不知如何作答。

“比如说,如果你可以跟上帝做笔交易。他就坐在那里,老大,跟你对坐在桌子两边。他说了,OK,莫琳,我们很喜欢你,但是我们真心希望你待在原地,继续活在世上。我们要怎么样才能说服你?我们给你什么才可以呢?”

“上帝他亲自来问我?”

“没错。”

“如果上帝以他永恒的智慧要我留在这世上,那我还能有什么要求呢?”

JJ 笑了。“OK,那就不是上帝。”

"那是谁呢?"

"就像是……我不知道。像一种无所不能的宇宙之王,比如说,总统,或者首相,托尼·布莱尔。总之就是个说了算的人。托尼·布莱尔不能光教你做这做那不付出点代价。"

"他能治好马蒂吗?"

"不行。他只能安排调整,不能改变既成事实。"

"我想度假。"

"上帝啊,你还真好哄。只要让你去佛罗里达过上一个礼拜你就甘愿度完余生了?"

"我挺想出国的。我从来没出过国。"

"你从来没出过国?"

他这么说起来好像我该为此感到羞愧一样,有那么一会我确实挺不好意思的。

"你上一次度假是什么时候?"

"马蒂出生之前。"

"他现在几岁?"

"他 19。"

"OK,这个,作为你的经纪人,我打算替你向老大要求每年一次度假。也许两次。"

"这可办不到!"我觉得这要求可太过分了。现在我看出来了,这事我有点太当真了,可是我是想得挺认真的。我觉得一年一次度假是太过分了。

"听我的,"JJ 说,"我知道行情。宇宙王托尼眼睛都不会眨一下的。接着来,还有什么?"

"哦,我不能再要别的了。"

“比如说他答应给你一年一次两个礼拜的休假。50个星期的等待,够长的了,你知道吗?你以后再也没机会约见宇宙王托尼了。就这一锤子买卖。想要什么,你就一口气全说出来吧。”

“工作。”

“你想工作?”

“是啊,当然。”

“什么样的工作?”

“什么都行。也许在商店里干。只要能让我走出家门就好。”

我曾经工作过,在马蒂出生之前。我在图夫奈尔公园一家办公用品店工作过。我挺喜欢那份工作的;我喜欢那些款式不同的笔,不同规格的纸和信封。我喜欢店老板。那以后我就再没工作过。

“OK,接着说,接着说。”

“也许要一点社交生活。教堂偶尔会组织竞猜活动。就像酒吧里的竞猜一样,当然不是在酒吧里。我也想参加一次这种竞猜。”

“好,我们就让你玩一次。”

我想笑,因为我知道JJ是在开玩笑,可我觉得这样谈话挺困难的。我想不出很多东西,这让我很恼火。而且我觉得挺害怕,这挺奇怪的。就好像发现自己家里有扇门,以前从来没发现过。你会想知道门后面有什么吗?我敢说肯定有人想知道,可我不想。我不想继续说自己的事了。

“你呢?”我对JJ说,“你会跟宇宙王托尼要什么呢?”

“哈,我不知道,老兄。”他逮什么人都叫“老兄”,跟女的也叫人家老兄。慢慢你就习惯了。“也许吧,我不知道。让我重新过过去的15年。读完高中。忘掉音乐什么的。做一个自我满足的人,而不是一心想着成个什么人,你明白吗?”

“可是宇宙王托尼安排不了这些。”

“是,确实不能。”

“所以你比我还惨,真的。宇宙王托尼能帮我,却帮不了你。”

“确实,确实如此。靠,抱歉,莫琳。我不是这个意思。你……你过得太难了,一切都不是你的错,可我的问题都是自己蠢才搞出来的。还有……这根本没有可比性。”

可我不难过。我倒挺愿意想想这个宇宙王托尼,而不愿去想上帝。

马　丁

琳达报纸的大标题——头版上,还配了一张我脸朝下趴在夜店门外的一张照片——写的是“听竖琴,看夏普(For Harps, See Sharp)”。文章并没有像琳达许诺的那样,着重描写我们屋顶经历的神秘和美好,而是选择了另外的角度,即一个过气电视明星事出突然却又令人满意的搞笑疯癫。我内在的记者本能很怀疑,她这么写基本没错。

“这是什么意思?”那天早上洁丝在电话里问我。

“这是个老早以前的啤酒广告,”我说,“‘哈普啤酒,劲凉清爽(Harp-Stays Sharp)。’”

“跟啤酒有什么相干?”

“不相干。但是啤酒牌子叫哈普,我姓夏普,明白了吧。”

“OK,可这跟竖琴有什么关系?”

“天使应该弹竖琴的。”

“是吗?我们是不是该说他弹着竖琴来的?那样会不会更像

真的?”

我告诉她说,在我看来,给我们描绘的马特·戴蒙天使再加上张竖琴并不能增加他的可信度。

“再说了,怎么说的都是你? 我们几个几乎他妈的提都没提。”

我那天早上接了好多电话——泰奥打来,说很多人对那篇报道有兴趣,他认为他终于找到一点可以帮我宣传一下的机缘了,只要我愿意把自己显然属于隐私的性灵经验讲给公众就可以;潘妮打来,要跟我见面聊聊。还有我的两个女儿。

我已经好几个礼拜不被允许跟女儿们讲话了,可是很显然辛迪母性的本能告诉她,爹地在报纸上说自己见到上帝的使者这天正是跟女儿重建联络的好时机。

“爹地,你看到天使了吗?”

“没有。”

“妈咪说你看到了。”

“可是没有。”

“妈咪为什么说你看到了呢?”

“你还是问问妈咪吧。”

“妈咪,你为什么说爹地看到了天使?”

我耐心等了一阵,听到电话外短暂的交谈。

“她说不是她说的。她说报纸上这么说的。”

“我撒谎了,小甜甜。为的是赚点钱。”

“哦。”

“好给你买件漂亮的生日礼物。”

“哦。为什么你说你看到了天使就能赚到钱呢?”

“我下次告诉你。”

“哦。”

然后辛迪跟我讲话，但是通话时间不长。在我们短暂的对话中，我分别提到两种不同的雌性家养动物名称。

还有一个电话是我在翘脚电视台的老板打来的。他打电话告诉我说我被解雇了。

“你开玩笑呢吧。”

“我倒想，下流胚。可你让我没的选择。”

“我到底干了什么？”

“你看了今天的报纸吗？”

“你觉得有问题吗？”

“说实在的，你好像有点神经不正常。”

“可对我们频道来说，这也是一种宣传嘛。”

“在我看来，全是负面影响。”

“你觉得对翘脚来说还有什么负面宣传？”

“你什么意思？”

“人家听都没听说过我们。”

好长一段时间的沉默，你几乎能听到可怜的迪克兰脑袋里生锈的齿轮转动的声音。

“啊，我明白了。我倒没想到过这个。”

“我不是求你，迪克。可这事在我看来有点怪。全世界没人肯把时段给我的时候，你雇了我。现在我火了，你倒要解雇我。你的雇员里有几个上了今天报纸的？”

“没别人了。说得对，说得好。我明白你意思了。你刚说的，如果我没理解错的话，是说对我们这么一个……羽翼未丰的有线电视台来说，没宣传才是坏影响。”

"很明显嘛。只是我不会像你说得那么文雅。你理解的没错,多多少少就是这个意思。"

"OK,你说得我改了主意,下流坯。今天下午咱们的节目谁上?"

"今天下午?"

"对啊。今天是礼拜四。"

"啊。"

"你忘了?"

"其实是,算是忘了。"

"那就是说没人来?"

"我想我可以让JJ、莫琳和洁丝来上节目。"

"他们是谁?"

"另外那三个人。"

"另外三个什么人?"

"你看报纸了吗到底?"

"只看了一篇说你看到天使的报道。"

"他们跟我一起在上面。"

"哪上面?"

"迪克兰,就是天使这档子事啊,出了这档子事先是因为我想自杀,后来我在一幢高楼顶上碰到另外三个人,也有同样的打算,后来……长话短说就是,天使让我们重新走了下来。"

"我靠。"

"正是。"

"你肯定你能请到另外那三个?"

"几乎肯定。"

"耶稣基督啊。你觉得他们得要多少钱?"

“三个人一共300块吧，也许？再加上其他费用。其中一个……是单亲妈妈，她的孩子需要有人照顾。”

“那就赶紧啊。费用就费用吧。”

“好样的，迪克。”

“我觉得这主意不错。我挺满意。老迪克兰还算灵，哈？”

“太对了。你简直就是新闻猎手。你简直就是巴斯克维尔的新闻猎犬①。”

“你们只要跟自己说，”我告诉他们说，“没人看这节目。”

“这算是你常用的采访技巧吧，对不对？”JJ显得很门儿清。

“不是，”我说，“相信我的话。这节目真的没人看。我从来没碰到过一个人看过我节目的。”

翘脚电视台的全球总部坐落在霍克斯顿一个简陋的房子里。无可避免地，员工都管它叫作“翘乳电视台”。房里包括一个小小的前台接待区，两间化妆室，还有一个录影棚，我们四个自办节目都是在这里录的。每天上午有个叫作“糖果安”的女人在节目里卖化妆品；我跟一个叫“DJ好消息”的人分星期四下午时段，他能与死者通灵（通常作为传达员），会对擦玻璃的、准备接他回家的出租司机，或者是随便什么碰巧经过的人说：“字母A你觉得有什么特殊意义吗，比如说？”诸如此类。其他下午时段都在播放美国的老赛狗带子——曾经这节目是希望给观众一个下注赌博的机会，但是根本没人参加，在我看来，如果你不能参与赌博，那么赛狗节目，尤其是老赛狗节目，就会失去一定的吸引力。晚间档是两个女人坐在那里谈话，通常只穿

① 《巴斯克维尔的猎犬》是柯南·道尔经典福尔摩斯探案系列中的一部中篇小说。

着内衣,说的通常也是内衣,同时观众给她们发下流短信,而她们则置之不理。差不多就是这样。迪克兰代表一位神秘的亚洲商人经营着这家电视台,我们这些为翘脚电视台工作的人只能猜想,我们其实是卷入了A级毒品走私和儿童色情交易案件,其运作套路太复杂,大约我们又太笨,理解不了。我们的理论之一是这样的,狗赛其实是在给走私犯传递秘密消息:比如说,如果这一场比赛外圈的狗跑赢了,泰国的联系人就知道了,第二天一大早赶紧送出2公斤的海洛因和4个13岁的孩子。总之差不多这个意思。

我的节目"夏普妙语"请来的多半是些老朋友,想帮我一把的,再不然就是情况跟我不乏相似的过气名流——处境像船身漏水,正在迅速下沉。有几个礼拜我请到的人过气不久,大家就非常兴奋激动,可是大多数时候请到的都是些过气很久的人。糖果安,DJ好消息还有那两位衣不蔽体的女士上我的节目不止一次,好给观众一个机会,更加了解他们。("夏普妙语"长达两个小时,虽然我们的广告部门,即前台接待的凯伦竭尽全力,我们节目当中还是很少被广告打断。我们理论上存在的观众不大可能会觉得我们的谈话节目只是浮皮蹭痒来不及说到点子上。)所以说吸引到莫琳和洁丝这样的人物在我们可算是意外好球:难得我节目上的嘉宾竟然在同一年上过报纸。

我曾经很以自己的采访能力为荣,当然现在也一样,可是如今这时候,我别的事似乎都做不好了,我牢牢抓住自己在录影棚里的这点技巧,就像长在悬崖上的树根紧紧抓住岩石一样。在我的节目里,我曾在早上8点采访过醉醺醺泪汪汪的演员,晚上八点采访过醉醺醺气汹汹的足球队员,我曾经设法让撒谎的政客讲出有几分像是真情的话,也曾经勉强应付过伤心的母亲,絮絮不休地说个不停,教人为难,可我一次也不曾马虎。录影棚里的沙发就是我的课堂,我决不容忍任何一点不圆满。即便是在翘脚电视台最绝望的那几个月里，我跟那些名不见经传的无名小卒做采访，这些人要么没话可说，要么不会说，每当想到自己的生活里总算还有这么一点东西是我擅长的、搞得定的，我还是会觉得很安慰。所以，当洁丝和JJ认定我的节目是个笑话，毫不严肃对待的时候，我的幽默感全都不见了。当然，我希望自己不要难过；我希望自己能够表现得不那么自命不凡，稍微放松一些。的确，我是在鼓励他们谈论一次虚构的难忘经历，而我也知道这是虚构的。我也承认，这虚构的难忘经历的确荒谬。可是，抛开了这些障碍不说，我还是期待事情能够处理得更加专业，更像那么回事。

我不想夸大其词说我的工作，做电视访谈又不是什么宇宙科学。事先跟嘉宾聊一会，制定一个大概的谈话提纲，提醒他们别忘了最搞笑的段子，具体到这次，就是我们要讨论的虚构故事里已知的细节，洁丝在第一次采访的时候透露出来的那些事——即天使长得像马特·戴蒙，飘浮在半空，身穿白色休闲西装。这些细节一定要一致，不可以乱改，我对他们说，否则就乱套了。可是接下来怎么样呢？几乎一转眼，我问JJ天使穿的什么，他却说天使穿了件T恤，印的桑德拉·布洛克的电影《二见钟情》的宣传海报——活该运气使然，洁丝在电视上看过这部电影，颇花了些时间来概括电影故事。

“我们可不可以不要跑题，”我说，“许多人看过《二见钟情》，但很少有人见过天使。”

“我靠。你说的，这节目根本没人看。”

“我那是常用的采访技巧。”

“那我们现在麻烦大了。因为我刚说了‘我靠’。肯定会有很多观众来抗议。”

“我认为我们的观众足够成熟，能够理解有的时候极端不寻常的经历会引发比较极端的用词。”

“那敢情好。我靠我靠我靠。”她先朝莫琳挥手表示抱歉，随后对镜头挥手，向愤怒的英国人民道歉。“反正看部桑德拉·布洛克的烂片也算不上什么极端不寻常的经历。”

“我们说的是天使，不是桑德拉·布洛克。”

“什么天使？”

就这么说啊说，直到迪克兰把那位卖化妆品的女士带进来，把我们请出了录影棚，赶到大街上，而我也被解雇了。

洁　丝

应该有人写首歌什么的，叫作《父母皆祸害》。歌词差不多应该是“父母皆祸害，只会叫你难受。”这是实话，尤其是老爸，所以歌词要用“爸”来押韵。我这么说他肯定不高兴。可是若不是我和珍，根本没人知道他是谁。他可不能算是教育部的大老板——国务大臣才是。大臣多了去了，他只是其中之一，所以大家才管他叫“次大臣”，这当然是说笑，因为他绝对不次。所以说他真的算是个很差劲的政客。如果他大嘴巴乱说话，把自己对伊拉克什么的真实想法讲出来，那么差劲倒也没什么，可他没有；人家让他说什么他就说什么；可还是对他没什么好处。

大多数人都被一根绳子跟别人拴在一起，这绳子可长可短。（Be long. Belong①，懂了吗？）可具体多长谁也不知道，这个不由你自己决定。莫琳的绳子把她和马蒂拴在一起，长大概只有半尺，简直要了她

① Be long、Belong，洁丝这里玩了一个文字游戏，“可长”的 be long 写成一个词“belong”，意思是“属于”“归属”。

的命。马丁的绳子跟他的两个女儿拴在一起，他就像条笨狗一样，以为绳子不存在。他往远处跑——跑去夜店追女孩子，跑到楼顶上，等等——突然绳子拉紧了，他勒得难受，大吃一惊，可是第二天他又同样再来一遍。我觉得 JJ 是跟他老说起的那个艾迪拴在一起，就是从前跟他一起组乐队的那个小子。

我现在明白了，我是跟珍拴在一起，不是跟我爸妈——没有拴在家里，绳子本该把我拴在家里的。珍本来也以为自己是拴在家里的，我肯定她当初以为如此。就因为她觉得孩子跟父母一起，有安全感，所以她就走啊，走啊，一直走，跌到悬崖下面，或者走进沙漠里，或者跟个工人远走到了得克萨斯。她以为绳子会一把把她拉回来，可是没有。她是吃尽苦头才明白这一点。所以，如今我跟珍拴在一起，可珍不像房子一样固定在一个地方，她四处飘浮，没人知道她在哪儿；她可真的算是没用了，是不是？

总之，我不欠父母任何东西。妈妈明白这一点，老早以前她就不再对我抱有任何期望了。就因为珍的事，到现在她还是乱糟糟的，而且她恨我爸，因为她对我不抱希望，所以一切都没什么好隐瞒的。可是我爸真心以为他有权对我提要求，这就很搞笑了。比如说，他老给我看别人写他的一些文章，说因为他的女儿如何如何糟糕，所以他应该辞职，好像这跟我有什么相干似的。于是我就说，那又怎样？辞职好了。或者不辞，随便你。他应该去跟职业顾问谈谈，而不是跑去找他女儿。

再说，其实我们上报纸时间也不长。我们后来又从一个五频道谈话节目上赚了一票。那一次我们打定主意要严肃对待，可是那个采访我们的女人搞得我很烦，所以我就跟她说，这些都是我们为了赚钱编出来的，她就数落我们一顿，观众里头那些死脑筋的老头子嘘我们。后来就没人再想跟我们讲话了。我们只好自娱自乐。这可丝毫难不住我，我点子多着呢。

比如：是我出的主意，建议大家定期见面喝喝咖啡——或者在莫琳家，或者如果能找到人照看马蒂，就在伊斯灵顿某个地方碰头。我们倒不介意花点钱请人看孩子什么的；我们假装想出这么个办法是为了让莫琳休息休息，但实际上是因为我们不想每次都去她家。不是我特意针对他，可马蒂实在是让人扫兴。

马丁其实不喜欢我的主意。他先是问“定期”具体什么意思，因为他不想有约束。我说，对，你又没孩子没老婆没女朋友没工作，抽时间见我们是蛮难的，他回答说时间并不是问题，关键是他愿不愿意，于是我只好提醒他，当初他答应过我们是一伙的。他又说，那又怎样。我说，那你答应了有什么意思呢？他回答说，没意思。他这么说挺滑稽的，因为守岁夜里我在楼顶上跟他说过差不多同样的话。我就说，你比我年纪大那么多，我头脑年轻，还没发育完全呢。他回答说，这话你倒不妨再说一遍。

后来我们又不能决定在哪里碰头。我想去星巴克，因为我喜欢星冰乐什么的，可 JJ 说他不喜欢这种全球连锁的品牌店。马丁说他在一本时髦杂志上看到过一个独一无二的小咖啡馆，在艾塞克斯路和厄坡大街交口，据说你等在那儿的时候，他们给你现种咖啡豆什么的。为了让他高兴，我们最后决定去那里碰头。

结果，那地方刚换了名字和风格。那种独一无二行不通，所以现在不玩那套了。当初名字叫“三玛丽”，是巴西一个水坝的名字，后来店主觉得这名字叫人看了犯糊涂，一个玛丽跟咖啡也没什么关系，何况仨呢？况且他一个玛丽也没有。所以现在那地方叫作“上尉咖啡”，人人都知道卖的是什么，可是似乎情况没啥变化。里头还是没人。

我们走了进去，店主穿着身旧军装，朝我们敬礼，说："上尉咖啡为您服务。"我觉得他挺滑稽，可马丁却叫道，耶稣基督啊，掉头就想走。可咖啡上尉不肯放我们走，他实在是没生意，急了。他告诉我们说，我们头一次来，可以免费喝咖啡，如果我们需要，还可以送一个蛋糕。所以我们就没走，可问题是他这地方实在太小了。大概只有三张桌子，每张桌子离账台大概都只有半尺远，也就是说，无论我们说什么，咖啡上尉靠在账台上，都听得一清二楚。

因为我们的身份特殊，又因为我们刚出过比较特殊的事情，我们很想谈些私事，他站在那里弄得我们挺尴尬。

马丁说，我们喝完就走吧，然后就站起身来。可是咖啡上尉说，怎么回事？我说，我们需要私下谈谈。他说他完全可以理解，他愿意到外面去，等我们谈完他再进来。我说，说真的，原因我不方便讲，但我们说的都是私事。他说没关系，他可以等在外面，有别人来他再进来。于是他就照此办理，所以我们后来就去星巴克见面了。有个傻瓜穿身军装站外面靠在窗户上，留心不让我们偷他非叫意式脆饼的饼干，这样我们很难集中精神考虑我们的痛苦处境。大家老是批评星巴克这样的地方没人情味什么的，但是如果你图的就是这个呢？如果JJ他们这样的人占了上风，世界上再没有这种没人情味的地方了，那我会很难过的。我希望知道世上还有这样的地方，空间老大，没窗户，里面谁也不理会谁。要进到一个有固定客人的小地方，小书店，小唱片店，小馆子，小咖啡馆什么的，你得很自信才行。我最喜欢维珍唱片行，鲍德斯书店，星巴克还有比萨特快这些地方，这里大家谁都不理会谁，谁都不知道你是谁。我爸妈他们老是批评这些地方如何没有灵魂，我总是说，得，图的就是这个。

那个读书俱乐部的主意是JJ出的。他说美国人经常搞这个,大家看书,然后讨论;马丁说现在这里也渐渐流行起来了,可我从没听说过,所以根本不流行,要不然我在《年少轻狂》里面肯定看到过介绍。这个主意的要点在于,说点别的事,而不是互相咬:你是傻冒你是笨蛋,而通常我们在星巴克见面的那些下午都是这样结束的。我们决定了,要读些自杀的作者写的书。他们就好像是我们这一国的,所以我们想,我们应该能明白他们脑袋里是怎么想的。马丁说他认为我们也许应该多读读那些没有自杀的作者——我们该读读,看活着多好,而不是自杀有多好。可结果我们发现,有十几亿的作家都没自杀,自杀的却只有大概三四个,所以我们就挑容易的,选了比较薄的那一堆。我们投票决定,用我们接受媒体采访赚的钱来买书。

总之,后来发现我们选的也不容易。我靠!你真该试试,亲自去读读那些自杀作家写的东西!我们从弗吉尼亚·伍尔夫开始读,她的一本说什么灯塔的书我只读了大概两页就知道她为什么会自杀了:她自杀是因为她没办法让人理解她。这你只要读一句话就能明白。我对她还有一点认同感,因为我有时候也会遇到同样的苦处,但她的问题在于不该把自己的情况公之于众。不过换个角度说,幸好她还留下了点纪念,像我们这样的人就可以从她的困难和问题里吸取些教训,但对她来说可没啥好幸运的。不过回头想想她也够倒霉的,因为当初竞争没那么激烈,随便什么人都能出版作品。你只要大踏步走到出版商那里,说,我要出版这个,他们就说,那好,OK。可现在他们就会说了,不行,亲爱的,走吧,没人能理解你的书。你还是去练练普拉提或者跳跳莎莎舞吧。

只有JJ一个人觉得书很棒,所以我就特意跟他过不去,他呢,因为我不喜欢,也故意跟我过不去。他老说,是不是因为你老爸看了好多书啊？所以说你才这副驴样？这个问题容易回答，因为我爸根本不读书，算他倒霉，所以我实话实说。然后我又说，是不是因为你没上过学，所以觉得所有的书都很了不起，书再混账你都不觉得？有些人就是这样，对不对？书上写的就了不起，不许别人说半个不字。书嘛，你知道的，就是他们的上帝。总之，我这么说他很不高兴，就是说我戳到了他的痛处。他说他算是看明白了，我们这个读书俱乐部早晚毁在我手上，他怎么会这么笨，会期望有什么好结果。于是我说，我什么也毁不了，我只是实话实说，如果一本书很烂，我就说它烂。他说，对，你会说所有的书都很烂，对不对，因为你他妈的就是别扭，抱歉，莫琳。我说，对，你肯定说所有书都了不起，因为你是个马屁精。他说，这些书确实都很棒，然后把我们俱乐部里应该讨论的这些作家罗列一遍——西尔维亚·普拉斯，普里莫·列维，海明威。我说，如果你还没读就知道他们都很棒，那弄这个读书俱乐部还有啥意思？他说，这可不是“美国偶像”，伙计。不用你投票支持最棒的那个。他们都很棒，我们承认这一点，讨论他们的思想。我说，如果这些作家都像这个女人一样，那我可不承认他们都很棒。说实在的，我觉得正相反。我这么一说 JJ 火了，发作起来，接下来就有点不愉快，后来马丁插进来干涉，我们决定暂时不再搞读书活动了，换句话说，再也不搞了。这时我们决定研究一下自杀音乐。莫琳竟然从来没听说过科特·柯本，你信吗？

其实我有思想。我知道人人都不信，可我确实有思想。只不过我的思维方式跟别人都不相同。我开始思考之前先得发脾气，也许还得有点暴力，我看得出，这让别人都挺恼火，去他妈的，我也不容易。总之，那天晚上我躺在床上，想 JJ 的话，他说我不喜欢读书是因为我父亲读书。我当时说的话没错，他确实不读书，不认真读书，但是因为他的职业关系，他只好假装爱读书。

可是珍很爱读书，她很宝贝她的那些书，可那些书让我害怕。她在家的时候我就怕她的书，现在更怕。书里有什么啊？她不开心的时候书对她说了什么？那时候她只肯听信书里的话，别人谁的话也不听——朋友，妹妹，谁也不听。我下了床，进了她的房间，房间还保留着她离开时的原样。（电影里大家都这么干，你看了会想，切，就好像他们不想要间客房或者杂物室似的。但你倒试试，看能不能跑进去乱搞一通，行不行得通。）那些书全在里头：《秘史》[①]《第22条军规》《麦田守望者》《杀死一只知更鸟》《无标签》[②]《钟形罩》[③]（这是个巧合，又或许不是巧合，因为这本书也是JJ要让我们读的其中一本。）《罪与罚》《1984》《最佳藏身之地》……这最后一本是我闹着玩瞎编的。

我觉得我怎么也成不了爱读书的人，老动脑筋的那个是她，不是我，我能肯定的是，如果她没有这么一走了之把我扔下，我可能会比现在好些。我这不是第一次到她的房间里来，也不会是最后一次，这个我知道，那些书就摆在那里，看着我，我最痛恨的在于，我知道其中有那么一本能够帮助我理解她的去向。我不是说她在某句话下面加条横线，我看到就能知道她现在在什么地方，说归这么说，刚刚我还找来着。我翻动书页，看她有没有在某些词句上留下记号，比如说在"威尔士"旁边加个叹号，或者把"得克萨斯"圈起来。我是说如果我去读读她喜欢的书，了解那最后几个月里是什么占据了她的注意力，我大概就能明白她脑袋里想的东西。我甚至不知道这些书到底是严

① 1990年代出版的畅销书，作者为Donna Tartt，是一本青春题材的悬疑心理小说，谈及许多古希腊文学传统。
② 一本反思当代消费文化的作品，作者是Naomi Klein。
③ 美国女诗人西尔维亚·普拉斯的自传体小说。

肃，悲哀，还是吓人。你肯定会认为我想搞清楚，对不对，既然我这么爱她，如何如何。可我不想。我做不到。我做不到，因为我太懒，太笨，我连试也不愿意去试一下，因为有东西在阻止我。那些书就那么摆在那里，看着我，日复一日，我知道总有一天我会把它们堆成一大堆，一把火烧掉。

所以，我不是个爱读书的人。

JJ

我们的文化活动全都落在了我一个人肩上，因为他们几个什么都不懂。莫琳每隔几个礼拜就会去图书馆借几本书，可她读的都不是我们可以拿来讨论的那种书，你明白我意思吧，除非我们想讨论小护士到底应该嫁给有钱的坏人呢，还是那个没钱的好人。马丁也不特别爱好文学。他说他在监狱里的时候读了不少书，但大多是些历经重重困难的人物自传，比如纳尔逊·曼德拉之类的人物。可我猜，纳尔逊·曼德拉才不会把马丁·夏普认作他心灵相通的伙伴。你仔细观察一下他们的生活，会发现他们是为了完全不同的原因才入狱的。还有，相信我吧，你不会想知道洁丝对书籍的想法，你肯定会觉得她的想法很气人。

可她说我的话大致没错。怎么可能错呢？我一辈子都是跟不读书的人度过的——我家人，我姐姐，乐队的大部分成员，尤其是负责节奏的成员——这样一来，过了一段时间之后，你就会变得很抗拒。老有人管你叫“兔子①”，多少次之后你会发作？倒不是说我介意被

① 原文为 fag，faggot 的简写，是对同性恋者具有歧视性的称呼。

人叫作兔子什么的，我的好朋友里面就有人是那啥，可在我看来，你是不是兔子，在于你喜不喜欢男人，而不在于你喜不喜欢唐·德里罗①——当然德里罗是个男人，可我喜欢的是他的书，不是他的屁眼。为什么读书会把别人吓成那样？当然，我们在路上的时候，我可能不大跟人交流，但是，如果我一个小时接一个小时地打电子游戏就不会有人看不过眼。在我的社交圈里，轰炸太空怪物倒比《美国牧歌》②更能够让大家接受。

最糟糕的是艾迪。我们俩就像两口子似的，我每天晚上拿起一本书就相当于对他说我头疼。而且跟婚姻一样的是，两人在一起的时间越久，情况就越糟糕；现在我回头想想，我们俩在一起的时间越久，一切都越糟糕。我们都知道两人一起走不到底，不论是作为乐队拍档，还是作为好朋友，所以两人都很恐慌。我读书只会让艾迪更加恐慌，因为我觉得他有个蠢想法，认为读书能让我找到一种新的事业。切，好像真有这种事似的。“嘿，你喜欢厄普代克对吗？你肯定不错。我们广告公司这份 10 万美元的差使就归你了。”那些年里我们谈的一直是两人共同的话题，到了最后几个月才注意到两人的种种不同，这伤透了我们俩的心。

我啰嗦这么许多，就是为了解释为什么我冲洁丝发火。我已经离开了一个全是由攻击性的文盲组成的团伙，他妈的我绝对不打算再加入一个同样的群体。当你不快乐的时候，我猜世上所有的一切——阅读，吃饭，睡觉——都有深层的东西埋藏其中，这东西只会让你更加不快乐。

不知出于什么原因，我以为音乐会相对容易一些，但我本身就是

① 唐·德里罗（1936—　），美国重要的后现代主义作家。
② 《美国牧歌》是美国作家菲利普·罗斯的作品。

做音乐的，这样做很不明智。我确实花了大把时间来看书，可我整个的生命都用来搞音乐了。我以为我放尼克·德雷克的音乐绝对不会错，尤其是一屋子人都很忧郁的时候。如果你没听说过尼克·德雷克……伙计，这么说吧，他就好像把全世界的忧郁、伤害和没能实现的梦想都煮成一锅，把锅中精华倒进一个很小很小的瓶子里，盖起来。当他开始演奏并且歌唱，就好像他把盖子拿掉了，你能闻到其中的味道。你一动不动呆坐在原地，仿佛面对的是一面噪音的墙壁，但其实不然——很安静，很平静，你屏住呼吸，怕把它吓跑。那天我们在莫琳家听的就是这个。因为在星巴克我们不能自己放唱片，但是在莫琳家，我们听得到马蒂的呼吸声，那声音就像是一件恐怖乐器，加在歌声里。于是我坐在那里想，伙计，这下这帮家伙的生命就要从此改变了。

第一支歌结束时，洁丝开始把手指放在喉咙下方做鬼脸。

“这人太无聊了，”她说，“他就像，我不知道，像个诗人什么的。”她说这话是有意冒犯：我跟这样的人一起待过，他们认为诗人可能是一种寄居在你大肠里的生物。

“我倒不介意，”马丁说，“如果他在红酒吧里演唱，我倒不会掉头出去。”

“我会。”洁丝说。

我倒想把他俩一拳打翻过去，但马上又放弃了这个主意，因为那样太轻饶了他俩。我想把他俩打翻在地，然后继续一顿臭揍，那就是说的一个一个来。这是音乐带来的暴怒，就像开车时候有的人会暴怒，导致车祸那样，但音乐带来的暴怒应该算是义愤。开车的时候暴怒，失去控制，有一小部分的自己知道自己混账，可听音乐的时候暴怒，你是在行使上帝的旨意，上帝要这些人去死。

这时奇怪的事发生了，如果你认为对《最后五叶》[1]有深层反应算是奇怪的话。

“你们难道没长耳朵吗？”莫琳突然说，“难道你们听不出，他有多么伤心，他的歌多么美？”

我们都看着她，然后洁丝看着我。

“哈哈，”洁丝说，“你喜欢莫琳喜欢的东西。”最后这句她是唱出来的，像小孩一样，啦啦啦，啦啦啦。

“别再装傻了，洁丝，”莫琳说，“你已经够傻的了。”她气得冒烟，音乐也使她暴怒了。“安静听一会，少废话。”

洁丝看得出她是真火了，于是闭上嘴，我们在静默中听完了整张专辑，如果你仔细看莫琳，会发现她眼睛里有一点泪光闪烁。

“他什么时候死的？”

“1974 年。当时 26 岁。”

“26 岁。”莫琳若有所思地沉默了一会。我真心希望她是为他和他的亲人感到难过。要不然她就是妒忌，妒忌他少受了许多年的罪。你希望人们能做出反应，但有的时候他们会反应过度，你明白吗？

“人们不想听这个，对不对？”她说。

谁也没说话，因为我们不确定她指的是什么。

“这就是我的感觉，日复一日，人们不想知道这个。人们想知道的是汤姆·琼斯[2]的音乐让我产生的那种感觉，或者曾经在《邻居》里出现过的那个女孩让我有什么感觉。可这才是我的感受，他们不会在广播里播这个，因为伤心的人格格不入。”

---

① 尼克·德雷克 1969 年录制的一张唱片，也是他的第一张唱片。尼克·德雷克的唱片当时并未引起太多注意，但后来逐渐得到重视，现在被广泛认为是近 40 年来最有影响力的非电声音乐创作者之一。

② 1960 年代开始走红的英国歌手，以声音强劲有力，形象奔放性感著称。

我们从没听过莫琳这样讲话，根本没想到她能说出这样的话，甚至洁丝也没有试图打断她。

“滑稽的是，大家都以为是马蒂害得我格格不入。可马蒂不算什么。辛苦是有的，但真正害我跟社会脱节的是马蒂给我带来的那种感觉。你掂量不出事情的分量轻重，每次都得猜这东西到底是轻是重，尤其是自己的心事，每次我都猜错，渐渐人们都躲开我。我烦透了。”

突然之间莫琳就像是我的人了，因为她明白，因为她也感受到了音乐带来的暴怒，我想对她说点该说的。

“你需要休假。”

我这么说是想表示同情，可是突然我记起了宇宙王托尼，这时我才想到，现在宇宙王托尼有钱了。

“嘿，这主意不错吧？干吗不呢？”我说，“我们带莫琳出去度假吧。”

马丁哈哈大笑起来。

“对，没错，”洁丝说，“我们是干吗的？老年之家的志愿者还是什么？”

“莫琳不老，”我说，“莫琳，你多大？”

“我 51。”她说。

“OK，那就不是老年之家。无聊人之家好了。”

“你凭什么以为全世界数你最不无聊？”马丁说。

“首先，我不像她那副样子。话说回来，我以为你站我这边呢。”

就在这些笑声和讥讽之间，几乎谁也没注意，莫琳突然哭了起来。

“对不起，莫琳，”马丁说，“我不是不仗义，只是很难想象我们四个围坐在游泳池边晒太阳。”

“不，不是，”莫琳说，“我不是生气。反正不是很生气。我知道没人愿意跟我一起度假，这也没什么。我突然想哭是因为 JJ 提议……很长时间……都没人……我都没有……他真是好心。我没别的意思。”

“哎，我靠。”马丁轻轻地说。现在“哎，我靠”可以有很多不同的意思，你也知道，可在这里绝无歧义；我们都明白。在这种上下文里，马丁说“哎，我靠”，如果可以用脏话解释脏话，那他的意思就是算他倒霉。因为你知道，得多么混账的人才能忍心对莫琳说：“好了。想想就不错了。希望这样对你就足够了。”

大概五天之后，我们登上了飞往特内里费岛的飞机。

莫　琳

是他们的决定，不是我。我觉得自己没有权利选择，真的，哪怕其中四分之一的钱的确是属于我的。第一个提出要去度假的是我，在说起宇宙王托尼时，我对 JJ 说的，所以他们投票的时候我觉得我不应该加入。我觉得我的做法应该算是弃权。

其实也没有多大的争执。大家都全力支持。唯一的争论在于是现在就去呢，还是等到夏天，那时候天气会更适合。可是大家都有这么一种感觉，出于种种理由，还是现在就去为好，情人节前就去。有一阵子他们以为我们的钱够去到加勒比海、巴巴多斯什么的，可是后来马丁指出，我们还得留出一笔钱来支付马蒂在护理中心的费用。

“那我们就不带莫琳了吧。”洁丝说，我听了立刻觉得很受伤，可是后来发现她是开玩笑。

我都不记得我上一次高兴地哭出来是什么时候的事了。我这么说并不是想让大家为我感到难过，只是这种感觉太奇怪了。当时 JJ 说他有主意了，然后讲给大家听，我当时想都不敢想，这居然可能会变为现实。

滑稽的是，在此之前，我们从来没有真正善待过彼此。你肯定以为这个故事会这么讲，因为我们相遇的特殊情况。你会以为这个故事说的是四个不幸的人走到了一起，所以想互相帮助。可是这事之前，这种情况根本没有发生过，除非你算上我和马丁坐在洁丝脑袋上那次。即便是那一次也应该算作是善意的恶举，而不是简单的友好举动。在这之前，这个故事讲的一直是四个不幸的人走到了一起，然后对骂。至少三个人在骂。

我轻轻啜泣起来，声音让大家都挺尴尬，我也挺不好意思。

“我靠，”洁丝说，“只不过是去个差劲的加纳利群岛罢了。我去过了。就是海滩、夜店这点东西。”

我想告诉洁丝说自从马蒂离开学校以来我连英国的海滩都没去过呢。以前他们每年带孩子们去布赖顿，我偶尔有一两次也跟他们去过。可我什么也没说。许多事情的分量我都掂量不清，可这事我能掂量出来，所以我就不说给别人听了。你知道吧，当你诸事不顺的时候，哪怕你生活中最简单的小事你都不能说给别人听，因为他们会认为你是在邀人同情。我想这就是为什么到头来我跟所有的人都疏远了；任凭你想告诉别人点什么事，最终都只会让人家觉得很难受。

我想把旅行过程的一切都描述一遍，因为我好兴奋，可那样做大概也会是个错误。如果你跟别人一样，大概也早就知道机场是个什么样子，动静多大，气味如何，如果我再跟你说这些，就跟我说自己十年都没见过大海是一个效果。我从邮局办了本一年期的护照，这都让我挺兴奋的,因为我排队的时候碰到几个教堂里的熟人,他们都知道我不大出门旅行。我看到的人里有一个布里琪特,就是那个没请我去,我也没去她的新年派对的那个;我想,总有一天,我要给她讲讲,她是如何帮助我实现了我的第一次出国旅行。可我真得掂量清楚很多事情的分量之后才来试试这么说行不行得通。

你大概知道飞机上三个人坐一排。他们让我坐靠窗户的位置,因为他们都坐过飞机了。马丁坐在中间,JJ 先是挨着他坐在靠过道的座位上。过了没多久洁丝非要跟 JJ 换位子,因为她跟坐隔壁的女人吵了一架,就为飞机上发的那一小袋花生,口角一阵,大吵一通。还有一件你可能也知道,飞机起飞的时候噪音很大,有的时候飞机在空中还会抖动。当然了,这些我以前是一无所知,我胃里是翻江倒海,马丁只好握着我的手,一直跟我讲话。

你也许早就知道,当你从飞机的窗口向外望,看到世界变得如此渺小,不禁从头开始回顾自己的一生,想到一生中遇到的所有人。你会知道,想到这些你不禁会感谢上帝给了你这一切,同时又感到愤怒,恨他为什么没有让你好好地领悟这一切,最后会陷入思想的泥沼,会想找位神甫倾诉一番。我决定回去的时候不再坐窗边的位子了。我真不知道那些每年都要坐一两次飞机的人是怎么应付这一切的,真的。

马蒂不在身边我觉得就像少了一条腿。可我还是很享受那种轻松的感觉,这么说来也许这感觉不像是缺了一条腿,因为我想缺了一条腿的人决不会很享受轻松的感觉。我还想说,没有马蒂在身边确实轻松多了,可是只用一条腿走来走去恐怕就没那么容易,对不对?这样的话,我不带着马蒂坐在飞机上的这种感觉更坦白说应该像是没有了第三条腿,因为人要是长三条腿应该会觉得很沉重,我猜,而且会碍事，这条腿没了以后你才会觉得轻松。飞机颤动的时候我最想念他；我以为自己要死了，可我还没跟他告别呢。那会儿我很惊恐。

第一天晚上我们没有闹翻。那时候大家都很高兴，连洁丝都很高兴。酒店很干净，挺不错的，每人都有卫生间和浴室，这我没料到。我拉开窗帘，阳光就像大坝决堤的水流一样迎面喷流而来，几乎把我冲倒。我膝盖颤抖了一阵，只得靠在墙上站稳。还有大海，可是大海并不汹涌，不像阳光那样强烈，只是静静的，蓝蓝的，发出轻声絮语般的声音。有些人想什么时候看大海都可以，我想到，但马上又收回了这样的想法，免得打断我想要的思路。这时候应该感恩，而不是觊觎隔壁人家的太太，或者人家如何看大海的。

我们在离酒店不远的一个海景餐厅吃饭。我吃了一块很不错的鱼，男人们点的是鱿鱼和龙虾。洁丝要了一个汉堡，我还喝了两三杯白葡萄酒。我就不必再说我已经多久不曾在餐厅里用餐，或者用餐的时候喝酒了，我现在学乖了。我甚至没有试图跟其他人说这些，因为我自己能掂量出分量，他们不会愿意承担这样沉重的事。可他们还是知道我已经许多年不曾做过任何事了，每天只是重复一样的生活。他们已经看惯了。

可我想说出来，我不管好听不好听：这是我一辈子吃过的最好的一餐，也许是我一辈子过的最美好的一个夜晚。我终于有这样乐观的想法，这难道很糟糕吗？

马　丁

第一天的晚上还不太糟，我想。我被人认出了一两次，最后只得戴上了JJ的棒球帽，拉低了挡在眼睛上，这让我挺难受。我不是那种到哪儿都戴帽子的人，而且我讨厌那种吃饭的时候都戴帽子的家伙。我们在海边一个糊弄游客的餐厅里吃了顿很一般的海鲜。我没开口抱怨只是因为我看到了莫琳脸上的神情，一盘微波炉热出来的鲽鱼让她吃得欣喜若狂，一杯温吞吞的白葡萄酒让她喝得如痴如醉，我要是坏了她的兴头，就太无礼了。

莫琳哪里都没去过，我却是刚几个月前才度过假。我从监狱出来以后，跟潘妮去了趟马略卡岛。我们就住在德亚村外一处私人别墅里。我以为那会是我一生中最好的几天，因为最糟糕的几个月已经过去了。当然最后事实并非如此；把蹲监狱的几个月形容作人一生中最糟的时光就好比把车祸发生的瞬间说成是最糟糕的几秒钟一样。听起来挺合逻辑，挺对，挺真实。其实不然，因为最糟糕的事在后面，当你醒来，躺在医院里，得知你太太去世了，或者你的双腿已经被截肢，这时候最坏的才刚刚开始。我这么谈到非常愉快的地中海岛屿度假中一个小插曲不免败兴，但是就是在马略卡岛上我才认识到，最糟糕的还远远没有结束，也许永远都不会结束。监狱非常可怕，充满了羞辱，让人精神麻木，野蛮地、无法言喻地摧毁一个人的灵魂。你知道什么叫作“猜猜看”吗？我原本也不知道，可我进去第一个晚上就知道了。一群嗑药嗑高了的神经病隔着通道大声吆喝着问问题，问参加的人想看新进来的讨厌鬼或者名人遭到什么待遇。我第一天晚上就成了猜猜看的主题；我就不说他们那些哪怕有点想象力的提议了，只消说我那天晚上睡得很不好，生平头一次幻想到极为暴力的报复场景。我一心想着出狱的那天，那天到的时候我确实感到极大的解脱，但这种感觉没能持续多久。

罪犯都要服刑，可在我监狱里B翼的那些朋友们看来，我其实不是罪犯;我是个犯了错误的电视节目主持人,可是这样一来就意味着我怎么蹲监狱都弥补不了我的过错。这其实是个阶级问题,我很抱歉,但假装并非如此根本没用。你瞧,其他的犯人最终都会回到他们原来的生活中去,偷盗、贩毒或者别的什么勾当,继续他们被打断的事业;事实证明社交也好,对他们的职业生涯也好,监狱不会给他们造成妨碍。说真的,他们甚至可能会发现前途更加光明,社会地位提高了。

可你一旦跌落,就不可能再重回中产阶级。一切都结束了,你出局了。你不能跑去找电视台的日间节目主管,跟他说你准备重回“早安”节目的主持台。你也不能敲开朋友家的房门,说你又可以参加他们的晚餐聚会了。你根本不用费事告诉你前妻,说你还想再见见孩子们。可我怀疑大乔的太太就绝对不会试图阻止他跟孩子们团聚,我也疑心,他酒吧里的朋友们决不会站在角落里,絮絮叨叨说他的不是。事实上,我猜他们会请他喝一杯,或者请他上床亲热一番。关于这些我曾经想了很久,想了很多,最后我对蹲监狱改造犯人这种做法产生了很极端的看法:我只好得出这样一个结论,任何人,只要年收入,比如说吧,超过 75 000 英镑,就永远不应该进监狱坐牢,因为这种惩罚无论如何都要大过他犯下的罪过。这样的人只需要去看心理医生,交点钱给慈善机构什么的,应该就足够了。

跟潘妮一起度过的那个假期第一次让我真正认识到了自己处在怎样的麻烦当中,而且会一直如此下去。路尽头的别墅主人我们俩都认识,他们是自己开电视制作公司的,当初比较愉快的时候还曾经邀请我们为他们做节目来着。有天晚上在当地一个酒吧里,我们碰到了他们,他们假装根本不认识我们。后来,在超市,那女的把潘妮叫到一边,跟她解释说他们是担心自己 14 岁的女儿,说实在的,他们家女儿要过N多年也未必失得了贞洁,而且她处女的贞操决不会丢在我这里。当然了这些都是些混账话,她根本不用担心我靠近她女儿,就像她不需要担心我会偷她的钱包一样。她就是用这种方法告诉我,我已经被赶出了伊斯灵顿花园,从此只能在破烂有线电视台办公室里晃荡了。后来还有其他许多人也向我传达过同样的信息。

因此我们在特内里费岛的第一顿晚餐只是让我有些忧郁。这些人不属于我的圈子。这些人肯跟我讲话只是因为我跟他们坐上了同一条船,这可不是条好船——顶多是条小破船,经不得海上的风浪,我突然看明白了,船不久就会分崩离析,沉入水底。这船最多适合在摄政公园的湖里游逛,可我们却试图乘着它远航到他妈的特内里费岛。只有白痴才会以为它还能在水面上漂很久。

洁　丝

我认为第二天发生的一切不能都算是我的错。我确实有错,但是,出了事情如果你反应过激的话,情况只会变得更糟,对不对?我认为某些人就是反应过激了。我老爸属于新工党,总是长篇大套地说要包容不同的文化,我觉得问题就在于某些人,换句话说就是马丁,没有对我的文化表现出宽容态度,我的文化跟他的相比,就是嗑药,喝酒,乱搞。我想我对他的文化还是相当宽容的。我没有让他去喝个烂醉,嗑药嗑到傻掉,也没让他再去多找几个姑娘。所以,他就应该对我的文化更加尊重才对。如果我是犹太人,他不会让我去吃猪肉,那么他凭什么不许我做其他那些事呢?

披头士乐队第一张专辑唱片到最后一张,中间只隔了七年。想想这中间他们的发型和音乐风格变化多大,七年真算不了什么。有些乐队能连续七年几乎什么都懒得做。总之，七年之后，他们大概看到对方都嫌烦，你也看得出，他们要的是不同的东西。约翰想躲进个袋子里不出来，保罗只想待在自家农场上，有如此大的不同，你很难想象他们如何还能在一个团队里继续好好相处，何况还有一个成员躲在袋子里。OK，我们这帮人在一起的时间连七个星期都不到，可我们从头至尾都毫无共同点，而约翰和保罗还有同样的音乐爱好，一处上过学什么的，可我们连这些共同点都没有。我们甚至不是来自同一个国家。所以说，我们的七年浓缩成三个礼拜也就不足为奇了。

事情是这样的，我们一起吃了早饭，大家都同意各走各的，到傍晚在酒店的吧台碰头，一起喝一杯，然后找地方吃饭。后来我和JJ去了酒店的游泳池游泳，莫琳坐在旁边看，后来我就决定一个人玩了。

我们待的地方在岛的北端，叫作波多德拉克鲁兹，这地方还不错。以前来的时候，我们是待在南端，那边可真够乱的，大概对莫琳来说就有点乱得过分了，这次度假既然是为她来的，所以我倒不怎么介意。可我确实想买点大麻来抽抽，可在这里大麻没有南边那么容易弄到，所以我才惹上了麻烦。在我看来，马丁就是对我的麻烦缺乏尊重。

我跑了几个酒吧，找那种可能卖大麻的人，在第二个酒吧里，我看到一个姑娘，长得跟珍一模一样。我一点都没夸张；当时她看到我了，却没认出我，我觉得她是在胡闹，到后来我才发现她的眼睛不够大，而头发是漂染过的；而珍就算再想要乔装打扮，也决不会去染头发。总之，这姑娘不喜欢我盯着她看，所以我只得说了几句，很不幸，她是个英国人，听懂了我的话，于是狠狠还了一通嘴，于是我就有点火了。我们吵了一阵之后，两个人都被赶了出去。说实话虽说当时天还早，我已经喝了几瓶百加得冰锐，我觉得我是因为喝了酒才那么好斗，可我邀她打一架她却没答应。接下来就是老一套了：假冒珍的哥哥出来，去这个酒吧，找这个男人，给钱，拿大麻，还有几颗摇头丸，本打算晚点再嗑，最后多数立马嗑掉了，有个南特维奇地方来的小子爽翻了，跑了，我一个人又爽翻了。我吐了，睡在海滩上，醒过来，还是晕，后来被警车送回了酒店。我以前从来没碰到过南特维奇地方的人，这一切都发生在白天，除此之外，这正是我典型惯常的夜间活动。我跟警察说莫琳和马丁是我父母，马丁很不高兴，可我觉得他没必要甩手结账离开酒店。本来事情这样慢慢就过去了。

第二天早上我很难受，多半是因为我睡觉前什么都没吃，当然我肯定摇头丸、冰锐酒、大麻什么的也没好处。我觉得很难受，突然意识到自己注定只能是这副样子，我却无力改变，感觉很糟糕。我的意思是，你可以假装自己是别人，就像我在守岁夜里，假装自己是简·奥斯丁式的人物，这样可以让你暂时脱身一小会。但是这种假装不能持久，随后你又会回到原来的自己，在某个不地道的酒吧门口呕吐，向人挑衅要跟人打架。我老爸一直不明白，为什么我会选择像这样生活，但是实际上，我根本没得选，所以我才想自杀。每当我试图想象另外一种生活，不用在酒吧门口呕吐的生活，我想象不出；脑子里一片空白。这就是我，这是我讲话的腔调，这是我的模样，这就是我的生活。洁丝·克里奇顿，这就是你的生活，南特维奇的某些人要嚼舌头，说一阵子你的八卦了。

我曾经问过我老爸，如果他不从政，会去做什么，他回答说他还会去搞政治。我想他的意思是，不论他待在世界的哪个角落，不论他做什么工作，他还是会想方设法回到政途上来，就像你哪怕搬了家，猫还是应该有办法回到旧屋。他可能会进当地的议会，再不然就上街发宣传册什么的。总之做些属于他那个世界的东西。他说这话的时候有点伤感;最后他对我说,他是缺乏想象力。

我正是如此。我吃尽了缺乏想象力的苦头。我生活的每一天,都尽可以去做自己想做的事,而我想做的事,很显然,就只是没头没脑地横冲直撞,到处找人打架。你对我说我怎么做都可以,就好像把浴缸的塞子拔掉,告诉里面的水,爱去哪儿都可以。试试看,会发生什么事。

JJ

第一天我过得还不错。上午我坐在游泳池边上读《体育记者》,这书真他妈的太酷了。后来我叫了一份三明治,再后来……事实是这样的,我觉得是时候全速启动我的里比多了,这之前的四五个月来,我的里比多仿佛一直勉强维持着呼吸,没有表现出任何外在的生命迹象。有个家伙单靠眨巴眼写过一本书,你读过没有?他每次眨眼,助手都要帮他找出他想要的那个字母。千真万确。总之,我的里比多他妈的连这么本书都写不出。我穿着短裤坐在游泳池边,阳光温暖着我冰冻已久的那些部位,冻了那么久,它们现在终于出现了生命的迹象,虽然微弱,却不容质疑。

其实我出门的时候并不目的明确就为了释放我的里比多。我只是想出去走走,到处看看,也许重新接触下这一面的生活。我先回房间去换衣服。我可不是那种光膀子的家伙。我大概有 130 磅,瘦得皮包骨,白得像鬼一样,长成这样你就不能走到那种晒得皮色黝黑、露着六块腹肌的人跟前晃荡。哪怕你碰到一个就爱你这种白骨精模样的小妞,在这种情况下她也不会留下什么印象,你说对不对?如果你喜欢多丽·帕顿，可他们如果在一场嘻哈音乐秀上演奏一阵多丽·帕顿，听起来肯定不好。事实上，你可能根本听不到她的歌声。所以，我穿上磨旧的黑色牛仔裤，套上我的 Drive-by Truckers① 摇滚主题旧 T 恤，这样才能让我想要的人听到动静。

你瞧，非但有人听到咱的动静，说好听点，咱还是被看过我们乐队并且喜欢我们的人听到了。我说，这概率有多高？OK，她对我们并非印象那么深刻，我得告诉她说她其实喜欢过我们，可你知道，总之很难得。事情是这样的，我在城里发现了一个很酷的海水游泳池，一个本地艺术家设计的。我就在泳池对面停下来叫了杯啤酒和三明治。有个英国小妞一个人坐在我隔壁的桌子上，在看一本《美声》②，于是我对她说这书我也读过，随后我们聊了一阵这本书，我就挪到她那张桌子上去了。后来我们聊起了音乐，因为《美声》也算是本讲音乐的书——歌剧嘛，有的人认为那也算音乐——然后她说比起歌剧，她更喜欢摇滚，于是我问，喜欢什么乐队？她说了一堆，其中一个叫"记速员"的乐队，几年前我们跟他们一起巡演过。那次巡演她在家乡曼彻斯特看过，她觉得自己去得挺早，看到了开场乐队，于是我说，那就是我们。然后她说，哦，对了，我记得，你们很酷。我明白，我明白。可我现在这种生活景况，人家给什么我都得接着。

后来那天下午我们俩都在一起，约好的晚餐聚会我也没去，后来，我们就回我的酒店房间去过夜，因为她的房间有个室友。这是我跟丽兹最后一夜之后的第一次，那次说起来简直像是奸尸。

第二天早上，我和凯茜一起在餐厅吃饭，我这么做不单是因为酒

---

① 一支美国南方摇滚乐队。
② 美国作家安·帕契特的小说，获 2001 年度国际笔会暨福克纳奖和英国橘子文学奖。

店星级不够，不提供送餐服务，更是因为我挺期待碰到他们几个的。不知出于什么原因，我总觉得我可以得到他们某种支持——OK，也许莫琳不会，但马丁肯定会，因为他对漂亮姑娘很有眼光。我甚至觉得洁丝也会佩服我。我仿佛看到他们三个在餐厅另外一边坐着，其中两个咬着耳朵说荤笑话，我重又感觉自己很酷了。

第一个下来的是莫琳。她进来的时候我冲她挥挥手，本想只是表示友好，不料她会错了意，以为我是请她过来，于是她走过来，坐到我们这张桌子旁。她满脸狐疑地看着凯茜。

"有谁不打算下来吃饭吗？"她不是故意无礼，只是想不明白。

"不是，你瞧……"可我接下来就不知道该怎么说了。

"我叫凯茜，"凯茜说，她也搞不明白状况，"我是JJ的朋友。"

"问题是，这桌子上坐不开五个人。"莫琳说。

"如果大家都到齐了，那我和凯茜就换张桌子坐。"我说。

"'大家'是谁？"凯茜问。我想她大概有理由这么问。

"马丁和洁丝，"莫琳说，"但是洁丝昨天晚上是被警车送回来的。所以她大概不下来吃饭了。"

"噢。"我说。我确实想知道洁丝怎么会被警车送回来的，到底出了什么事。可我没打算现在就问。

"她干了什么？"凯茜问道。

"她什么没干过？"莫琳说。服务员走过来给我们倒咖啡，然后莫琳去自助餐台拿羊角面包。

凯茜看着我。我看得出她有很多疑问。

"莫琳是……"可我想不出要怎么说完这句话才好。不过我也用不着费劲，因为这时洁丝走了进来，一屁股坐下。

"我靠,"她说,这就算是她的开场白,"我感觉糟透了。一般我以为吐光了我就好受了。可是我昨天晚上五脏六腑都吐出来了,什么都没剩下。"

"我是凯茜。"凯茜说。

"哈罗,"洁丝说,"我迷糊到这种地步,竟然没发现我不认识你。"

"我是JJ的朋友。"凯茜说,洁丝闻声眼睛一亮,这可不是个好兆头。

"哪种朋友?"

"我们昨天刚认识。"

"今天就一起吃早餐了?"

"闭嘴,洁丝。"

"我说什么了?"

"不许你往下说。"

"我往下要说什么?"

"我不知道。"

"你见过我们爸爸妈妈了吗,凯茜?"

凯茜的眼睛紧张地朝莫琳闪了闪。

"JJ,你比我勇敢多了,"洁丝说,"我就不敢把一夜情的伴儿带来跟全家人一起吃早点。这可太前卫了,伙计。"

"那是你妈妈?"凯茜说。她想装作是随便问问,可我看得出她有点吓到了。

"当然不是。我们甚至不是一国人。洁丝只是……"

"他有没有跟你说过他是搞音乐的?"洁丝说,"我打赌他肯定说过。他总是来这套。只有这样他才能骗到女朋友。我们总是告诫他别老玩这种把戏，因为人家最终总会发现真相，然后人家会失望的。我打赌他说自己是歌手，对不对？”

凯茜点头，看看我。

“真是笑话。JJ，你倒是唱一个我听听。你真该听听他唱歌。我靠。”

“凯茜看过我们乐队演出。”我说。但我话音刚落，又记起来是我告诉凯茜说她看过我们乐队的，这可不是一码事；凯茜回头看我，我看得出，她脑子里想的跟我一样。这下完了，伙计。

莫琳拿着羊角包坐回到桌前。

“马丁来了我们可怎么办？没位子坐了。”

“哎，少来，”洁丝说，“啊——救命啊。我们只管发慌就行，我猜。”

“也许我该走了。”凯茜说。她站起身，吞了几口咖啡。

“安娜会担心我的。”

“我们可以换张桌子坐。”我说，可我心里知道这事已经完了，被一种我控制不了的恶势力摧毁了。

“再见。”洁丝兴高采烈地说。

那是我最后一次见到凯茜。如果我是她，到现在我还会在脑子里回忆当时的对话，一字一字地写下来，请朋友来帮我念出来重演一遍，想尽办法寻找线索，弄清楚早餐桌上到底是怎么回事。

洁丝这家伙，你永远搞不清楚她到底是一针见血呢还是运气好。如果你像她那样，整天连珠炮似的出口伤人，你总会有一两次会说到点子上。总之，她说得对：如果没有音乐就根本不会有凯茜的事。凯茜应该算是一小杯提神酒，是乐队解散以来我的第一次——我作为一个前任乐手的生平第一次，因为我失去童贞的时候已经在组乐队了，打那以后我一直都在玩乐队。所以她走了以后，我开始担心，这样下去可怎么行，比如说四十年后，我在一个他妈的老年之家，跟一个没牙的小老太太说，当年 REM 的经理曾经想要跟我们乐队签约来着。我究竟什么时候才能成为一个像样的人——也许有份工作，有脾气个性，可以跟人交流？这样他妈的根本行不通，我放弃了一样东西，却没有别的来取代它的位置。假如说我们当时谈的就只是两人都读过的书，一直都没提过音乐……那我们最后还会上床吗？我觉得不会。在我看来，没有了我从前的生活，我的生活就一无所有。我想提提神，结果却落得他妈的彻底崩溃，彻底绝望了。

莫　琳

虽然说早餐是包含在房费里的，马丁没来吃早饭我们谁都没多想。我已经习惯了，每隔一两天就会发生那么个把我理解不了的事。我不理解前一天晚上洁丝到底干了什么，我也不理解为什么我们的早餐桌旁坐着一个陌生女人，其实她还是个孩子。现在我也不理解马丁去了什么地方。可是我不理解似乎也没什么要紧。有的时候，你在电视上看警匪片，开始的部分经常看不明白，但是你知道这不打紧，你只管往下看，因为如果你看得很仔细，到最后的时候总会有人出来把前面的事情解释清楚。我就试图把跟洁丝，JJ 和马丁一起过的这种生活想成是警匪片；如果我有东西不明白，只要告诉自己不要慌。我会等到有人给我提示。再说了，我也开始明白了，哪怕你什么都不明白也没关系。我当初不明白为什么我们非说自己看到了天使，也不明白我们怎么就会上了电视。但是这些现在显然都被抛到脑后了，所以何必大惊小怪？我得承认，刚才我确实担心，大家早餐桌上怎么坐才好,可那不是因为我想不明白,我只是不想让马丁觉得我们失礼。

早餐之后,我想给护理中心打电话,可我一个人打不了。最后我只好让 JJ 来帮我打,他解释说得多拨好多数字,有些还得省略不拨,还有好多我都不懂得。不是我脸皮厚,非得打国际长途电话,因为他们告诉我说我可以每天打一次电话,甭管电话费多贵;他们说,要不然我就不能真正放松。

就是这个电话……它改变了一切。就那么两三分钟。在那个电话的时间里我脑子里发生的事,比在屋顶上全部时间加起来还要多。不是因为我听到了坏消息,或者是没联系上。马蒂很好。他怎么会不好?他需要照顾,有人照顾他,他们也没别的什么要告诉我,对不对?我尽量找话想多说两句,说句公道话,那位护士也尽量帮我,想多跟我说两句。上帝保佑他。可是我们俩都想不出什么话说。马蒂一天到晚什么事也不做,他那天也什么事都没做。他坐轮椅出去待了一会,我们谈了几句这个,可是说的多半是天气,还有花园。

然后我谢过他,把电话放下,想了一会,尽量不想让自己觉得难过。爱与关怀还有其他种种,只有母亲才能给予的一切……在他有生以来,我头一次明白过来,这些对他都毫无用处。我的作用跟护理中心的人完全一样。可能我还比人家做得好些,因为我熟练。可我几个星期就能把我会的东西全教给他们。

这其中的意义在于,我死了以后,马蒂不会有事。这就意味着,从他出生以来我一直惧怕的事,其实一点也不可怕。我也想不清楚,知道了这些我是更想自杀,还是不想死了。我不明白我的整个生命是不是算白白浪费掉了。

我下了楼,在大堂碰到了洁丝。

“马丁结账走了。”她说。

我礼貌性地朝她笑笑，可脚步没停，我径直走了出去。马丁结账走了我也不理会。如果没有那通电话我肯定会很紧张马丁走的事，因为我们的钱在他手上。但是，即便是他带着钱走了也没多大关系，对不对？我可以留在这里，也可以不留，我可以吃饭，也可以不吃，可以喝酒，也可以不喝，可以回家，也可以不回，无论我做什么，或者不做什么，对任何人都不会有影响。我走了大半天。人们度假的时候是不是偶尔会伤心？我猜会，有那么多的时间用来想事情。

那个礼拜剩下的时间里，我尽量不挡大家的道。反正马丁已经走了。JJ 似乎不介意。洁丝不大喜欢，有一两次她试图让我跟她一起吃饭，或者让我跟她一起在海滩上坐着。可我只是笑笑说，不了，谢谢。我没有说，你一直对我那么无礼！现在为什么又来跟我说话了？

我从前台的小书柜里借了一本书，是一本粉色封皮的傻书，叫作《贝丝的猫爪》，说的是一个单身女郎，她养的猫变成了一个帅小伙。这小伙想跟她结婚，可她拿不定主意，因为他是猫变的，所以她就拖延一阵，考虑考虑。我读一阵，睡一会。我从来不讨厌一个人待着。

我们乘飞机回家前的那天，我去做弥撒，这是一个月来的头一回。城里有个可爱的老教堂——比我们那个好多了，我家那边的教堂很现代，方方的。（我经常疑心，上帝会不会看得到我们那个教堂，可我想到现在他总该已经看到了。）我走进去坐下来，这比我想象中要容易，但这主要是因为我在这里谁都不认识。可是随后情况就稍微有点困难了，因为人人都是老外，因为语言不同，我经常跟不上，不知道说到哪里了。

可我还是习惯了，就像人走进了一间黑暗的屋子——这里面确实很黑，比我们的教堂暗很多。过了一阵，慢慢我就看得见东西了，我发现里面坐的，跟家乡的教堂里是一样的人。当然不是他们本人，是那些人的特内里费版本。有个女人很像布里琪特，她谁都认识，老低头去看凳子上的人，不停地点头微笑。有个家伙脚下有点不稳，天色虽然还早，已经有了几分酒意，那是帕特。

随后我看到了自己。她跟我年纪一般大，一个人待着，有个成年儿子坐在轮椅上，那孩子连今天星期几都不知道。我盯着他们看了一阵，那女人发现了我的注视，很明显觉得我失礼。我开始觉得这种巧合很奇怪，后来一想，又不奇怪了。我想，大概你去到全世界任何一个地方的教堂都会见到一个中年女人，身边没有丈夫，推着轮椅上的儿子。这可能就是发明教堂的原因之一吧。

马　丁

我从来不是个特别内省的人，我这么说没什么好惭愧的。你甚至可以说，世界上大多数的麻烦都是因为内省导致的。我说的不是战争、饥荒、疾病或者暴力犯罪这种问题——不是这种麻烦。我说的是那些恼人的报纸专栏，哭哭啼啼的访谈节目嘉宾等等这些。我现在看出来了，如果人整天没事做，只是坐在一边想自己的事，内省就很难避免。我想你大概也可以试着去想想其他人，但我能想到的那些人都是我认识的人，想到那些我认识的人又让我想到了那些我不愿意去想的事。

所以这么说来我搬出酒店一个人待着是个错误，因为虽然说洁丝搞得我烦得要死，莫琳让我郁闷得要死，可他们占据了我的一部分，那部分空着不行，还非得有人待着才成。而且不仅如此，他们还让我觉得自己有所成就。我还做过些事情；因为我曾经做成过事，我就有可能再做成别的事。他们却什么都没做过，不难想象，往后他们也会一事无成。跟他们一比我仿佛是个世界领袖，天天晚上领导着一个跨国公司，周末还带领童子军。

我搬进的房间跟我原来待的那间基本相同，只是这次我给自己挑了间带阳台的海景房。我整整两天都坐在阳台上，盯着眼前的海景，内省。我的内省不能说有什么创见；第一天我得出结论是，我把一切都搞砸了，所以我还是死了的好，而且我死了没人会惦记，或者会难过。后来我就喝醉了。

第二天只是稍微有了一点点建设性的思考；前一天晚上我得出结论，我死了没人会惦记我，我这时才意识到，我的伤心事大多都是别人造成的：我跟孩子分开是因为辛迪，辛迪同样得为我们婚姻的失败负责。我只犯了一个错误而已！OK，9个错误。可我得有一百多次机会！100分满分我得了91，可我还是不及格！我蹲监狱是因为一遭人陷害，二因为社会对青少年性行为的观念太陈旧。我失去工作是因为老板虚伪，不诚信。因此在第二天结束的时候，我想与其自杀，不如去杀人，这样总归更健康些，对吧？

第三天洁丝找到了我。我当时坐在一个咖啡馆里读两天前的《每日快报》，喝西班牙奶咖，她就在我对面坐了下来。

“报上有说到我们吗？”她说。

“我猜有，”我说，“可我才看了体育和星座版，还没看头版呢。”

“好好笑哎。我坐下来好吗？”

“不好。”

可她还是坐了下来。

“你这是怎么回事？”

“什么?”

“你……生这么大的闷气。”

“你以为我是在生闷气?”

“不然你说是什么?”

“我烦透了。”

“我们干什么了?”

“我不是说你们大家,是说你一个。Toi①,不是 vous。”

“就因为那天晚上的事?”

“对,就是因为那天晚上的事。”

“你只不过不喜欢我说你是我爸爸,对不对? 你年纪够当我爸爸了。”

“我意识到了。”

“对啊。那就别放在心上了。放轻松好了。”

“我没放在心上。我很轻松。”

“看来是。”

“洁丝,我没生闷气。你以为就因为你说我是你父亲所以我才从酒店搬出去的?”

“换我就会。”

“是因为你恨你爸爸吗? 还是因为你也会替女儿觉得丢人?”

“都是。”

洁丝就是这样。当她觉得你让步了,她就会假装很体贴(所谓体贴,在她就是“自怨自艾”,在我看来,她只要多考虑一会,这就是唯一的结果)。我决定不能上她的当。

---

① 法语,“你”,后文是法语的“你们”,复数。

“我才不会中你的着呢。滚。”

“我又干什么了？我靠。”

“你假装良心有愧。”

“‘良心有愧’是什么意思？”

“就是说你觉得愧疚。”

“为啥？”

“走开。”

“为什么？”

“洁丝，我想度假。我最想过个没有你的假期。”

“所以你想让我喝个烂醉，还嗑药。”

“对，我太想了。”

“对，没错。我真照你说的做，又会挨顿臭骂。”

“不。不骂你。你走开就行了。”

“我好无聊。”

“那去找 JJ 和莫琳他们。”

“他们很无聊。”

“我就不无聊了？”

“你见过哪些名人？有没有见过痞子阿姆？”

“没有。”

“你肯定见过，就是不愿意告诉我。”

“哎，耶稣啊。”

我扔了些钱在桌上，站起身走了出去。洁丝跟着我走到了街上。“打盘台球如何？”

“不。”

“做爱呢？”

“不。”

“你不喜欢我吗?”

“不。”

“有些男人喜欢。”

“那你找他们去做好了,洁丝。这么说我很难过,可我觉得我们的关系结束了。”

“如果我整天这么跟着你就结束不了。”

“你觉得长远看来这样做会有效果吗?”

“我才不管长不长远。我爸还请你照应我呢。我还以为你挺乐意呢。我可以代替你失去的女儿。这样你就可以找到内心的平静了,明白吗?好多电影里都是这样。”

她最后这句说的挺实在,好像她想象出来的这番场景还有几分真实,其实事实正相反。

“你刚才还说要跟我做爱呢,这又算怎么回事?跟你说要代替我失去的女儿那些话,能是一回事吗?”

“这个就是另外一回事了。你知道,另一条路。另外一种选择。”

我们经过一家样子很吓人的酒吧,名叫“纽约城”。

“我就是在这里跟人打架被人家扔出来的,”洁丝骄傲地说,“如果我再想进去他们会要我的命。”

就仿佛是证实她的话一样,酒吧主人一副气哼哼的模样站在门口,表情好像要杀人。

“我要小个便。别走开。”

我走进了纽约城,在东南方位找到间厕所,把《快报》的电视版铺在马桶盖上,坐下去,闩上了门。接下来的一两个小时,我可以听到她隔着墙对我大嚷,后来叫声停了;我猜她大概是走了,可我还是待在里面,以防万一。我闩上门的时候是 11 点,我出去的时候是下午 3 点。这么消耗时光我倒不烦。这种度假就是这样。

JJ

我参加的最后一个乐队在伊斯灵顿的"希望与锚"酒吧演出之后解散了。那家酒吧离我现在住的地方只有几条街远。还没上台我们就知道大家要散了,可谁也没说起。前一天晚上我们在曼彻斯特演过一场,观众很少,到伦敦来的一路上,我们都有点火,但大多数时间大家都没讲话,各自郁闷着。那感觉就像跟你还爱着的女人分手一模一样——你胃里搅着难受,知道自己无论说什么都不会有任何作用——也许就算有用,作用也维持不了 5 分钟以上。乐队解散感觉更奇怪,因为你大概知道,你们不会像跟姑娘分手那样,就此彻底断了联系。第二天我还可能跟他们三个一起坐在酒吧里,一句也不吵,可乐队还是不存在了。乐队不仅是我们四个人;它是一幢房子,我们住在里面,而现在我们把它卖了,它就不再是我们的了。显然我这么说只是打个比方,因为谁也不曾给过我们哪怕一毛钱。

总之,在"希望与锚"的演出之后——演出带有一种伤心的紧张热情,就像情侣分手前最后一次做爱——我们走进一间又小又破的化妆间,坐成一排,然后艾迪说:"差不多就这样了吧。"然后他做了一件特别不像自己的事,特别不像艾迪做的事:他伸出双手,握住了我和杰西的手,使劲捏了两把。然后杰西握住比利的手,就这样,我们几个最后一次紧靠在一起,然后比利说:"我操,你个小屁精。"然后很快地站起身来,此举简单明了,对于鼓手,这就是你所需要了解的全部。

我跟度假的这几个同伴认识了才只有几个礼拜，但是在从酒店到机场的路上，我又出现了同样的症状，胃里搅着难受。我们马上要分手了，我闻得出分手的气味，可谁也没说什么。而且原因也无二，我们已经尽力走到了最远，再也无路可走。我猜人人都是因为这样才分手的，乐队也好，朋友也好，婚姻也好，都是一样。派对，婚礼，一切。

说来滑稽，乐队分手的时候我感到难过的原因之一是我担心他们几个人。你知道的，他们以后可怎么办啊？我们几个都没啥学历。比利读书写字都不大灵，你明白我意思吧，艾迪也一样，什么工作也做不长，杰西就喜欢吸一口……唯一一个我真正不担心的人是我自己。我会 OK，我聪明，个性稳定，我有女朋友，尽管我知道我他妈的一辈子都会怀念弄音乐的生活，没有音乐我还是可以成点事。结果呢？几个星期之后比利和杰西就跟家乡一个乐队一起演出去了，那个乐队原来的鼓手甩手走了。艾迪去替他老爸工作了，我在送比萨，差点从个倒霉的屋顶上跳下去。

所以，这次我下定决心不替我的同伴们瞎操心了。他们会 OK 的，我对自己说。也许看起来未必如此，但他们已经坚持活下来了，差不多算是吧，再说这也不关我的事。

在去机场的出租车上，我们说起自己都做了些什么，都读了什么书，回家第一件事打算做什么，诸如此类的废话，在飞机上我们都打盹，因为是早晨的航班。然后我们乘地铁从希思罗机场到了国王十字车站，然后从那里转公交车。就在公交车上我们才开始认识到，也许以后大家不会常在一起了。

“为什么不？”洁丝问。

“因为我们没有共同之处，”马丁说，“度假已经证明了这一点。”

“我觉得还算 OK 了。”

马丁不屑地哼一声。“我们互相都不讲话。”

“多数时间你都躲在卫生间里。”洁丝说。

“那又是为什么呢,你以为?因为我们是灵魂伴侣吗?还是因为我们的关系称不上是我最圆满的关系?”

“那什么才是你最圆满的关系?”

“你呢?”

洁丝想了一会,耸耸肩。

“跟你们几个。”她说。

一段沉默持续了许久,足够让我们明白,洁丝的结论对她自己确实适用。幸运的是,就在我们开始想到很可能这结论对我们也适用的时候,马丁开口了。

“对。不错。可事情不应该这样,对不对?”

“你这是推我离开吗?”

“如果你非要这么想的话。洁丝。我们度完了假。该是我们各走各路的时候了。”

“那情人节怎么办?”

“如果你愿意,我们情人节可以碰个头。我们说过要见一面的。”

“在房顶上吗?”

“你还觉得自己可能会跳楼吗?”

“我不知道。每天都会变的。”

“我想见一面。”莫琳说。

“我猜情人节对你肯定是挺重要个日子,莫琳。”洁丝说。她说得轻巧,仿佛没话找话说,但莫琳马上辨出了她掩藏起来的恶意,根本没有作答。其实洁丝说的每一句话都可以反过来说到她自己头上,可我们谁都没有力气跟她斗嘴了。我们看着窗外的车流，到了安琪儿我道别下了车。我看着公交车开走，看到莫琳请他们吃薄荷糖圈，连洁丝也不例外，她那手势真叫我心碎。

接下来的一个礼拜我什么也没做，基本上是。我一直在看书，在伊斯灵顿到处晃，看有没有什么糟糕的工作我可以做。有一个晚上，我花了 10 英镑买了张票去看一个叫“大机会”的乐队，他们在联合教堂①演出。他们跟我们差不多同时出道，现在签了家不错的公司，也有点小名气了，可在我看来他们还是比较弱。他们站在那儿弹奏他们的歌，大家拍手，他们应邀返场一次，然后我们就散了，我想不会有人觉得看了这场演出他们的人生更加丰富了。

出门的时候有人认出我来，那家伙至少得有 40 岁。

“还好吗，JJ？”

“我认识您吗？”

“我去年在‘希望与锚’看过你。我听说你们乐队散伙了。你住这儿吗？”

“是，暂时是。”

“你现在干什么呢？改独唱了？”

“对，是这么回事。”

“很酷嘛。”

情人节的晚上 8 点我们见了面，人人都准时到了。洁丝想晚些碰头，比如半夜什么的，那样可以取得完全的悲剧效果，可大家都不

① 位于伊斯灵顿中心位置的 Union Chapel 以举办各种文艺活动著称。教堂的高穹顶结构有利于表现出音响的最佳效果，是伦敦欣赏现场音乐的一个好去处。

觉得这是个好主意,而且莫琳不想回家太晚。我上楼的时候在楼梯上碰到她,我对她说很高兴听她说起见面之后回家的事。

“不然我还能去哪里?”

“不,我意思是……上次你没打算回家,你知道? 不是坐公交车回家,总之。”

“坐公交车?”

“上次你是打算抄近道从楼上下去的。”我用手指做了在悬空走路的手势,然后跌落,比画出从楼顶跳下来的样子。“但是今天晚上你好像打算绕点路下去。”

“哦。对。没错。我好些了,”她说,“我是说脑袋里觉得好过些了。”

“很好啊。”

“我还能感受到度假带来的益处,我觉得。”

“不错。”

随后她就不肯再讲话了,因为楼梯太长,她走得上气不接下气。

几分钟后马丁和洁丝来了,我们说完哈罗,就呆立在原地。

“说实在的,这有什么意义呢?”马丁说。

“我们说好要在上头见面,看看大家感觉怎样什么的。”洁丝说。

“啊。”我们慢吞吞挪了几步。“那么,现在我们感觉如何呢?”

“莫琳不错,”我说,“对不对,莫琳?”

“确实。我刚跟 JJ 说,我觉得我还能感受到度假带来的益处。”

“什么度假? 我们刚度的那个假?”他看看莫琳,然后大摇其头,表情既惊叹又不乏崇敬之色。

“你呢,马丁?”我说,“你过得如何?”可我似乎能猜到这个问题的答案大概会怎样。

“哦,你知道的,Comme ci comme ca①。”

“混账。”洁丝说。

我们又挪了几步。

“我看到篇文章,你们大家可能会感兴趣。”马丁说。

“是吗?”

“我在想……也许我们换个地方说会好一点。比如找个酒吧。”

“我觉得不错,”我说,“我说,也许我们应该庆祝一下,对不对?”

“庆祝什么?”马丁说,好像我发神经一样。

“没错啊,我是说,我们都还活着,而且……”

但“而且”后面我就没话说了。但是还活着就似乎值一圈酒的价钱了。活着似乎就值得庆祝。除非,当然,你不想活着,那样的话……哎,管他呢,总之我想喝酒。如果我们想不出别的理由,那么我想喝酒这一条就值得庆祝。一种普通人的欲望穿过抑郁和犹豫的浓雾出现了。

“莫琳?”

“好,我不介意。”

“在我看来大家没人打算跳了,”我说,“至少今天晚上不跳。对不对,洁丝?”

她根本没听见我的话。

“我靠,”她说,“耶稣基督啊。”

她眼睛盯着屋顶的一角,就是守岁夜马丁剪断铁丝网的位置。有个人坐在那里,就是当时马丁坐的地方,他正看着我们。他貌似比我年长几岁,看上去真是吓坏了。

---

① 法语,大意是“不过如此,一般”。

“嘿，哥们，”我平静地说，“嘿，待在原地别动。”

我开始慢慢朝他走过去。

“别再走近。”他说。他是惊恐万分，眼泪都快出来了，大口地抽着烟。

“我们都经过这种事，”我说，“回到这边来，你可以加入我们。我们在聚会呢。”我又试着往前走了几步。他什么也没说。

“对，”洁丝说，“看看我们吧。我们都还好。你以为你怎么也过不了今天晚上，其实你可以。”

“可我不想。”那家伙说。

“你有什么心事尽管告诉我们，”我说着，又走近了一点，“我说，我们他妈的是这方面的专家。这位莫琳……”

可我没能再往前走。他把烟头扔下去，随后轻轻哀叫一声，跳了下去。一阵寂静，随后传来了他的身体越过那么多楼层摔在水泥地上的声音。那两声，他的哀叫，还有落地的声音。从那以后我每天都会听到。我不知道哪一声更吓人。

第三部

马 丁

那个跳楼的家伙给我们大家留下了两种既深刻又互相矛盾的影响。首先，他让我们认识到，我们没有能力自杀。其次，知道了这一点我们又想死了。

这不是自相矛盾，如果你对人类的怪异天性有所了解就会认识到这一点。很久以前，我跟一个酒鬼一起工作过——我不能说他是谁，因为你肯定听说过他的名字。他对我说，他第一次戒酒失败的那天是他一生中最恐怖的日子。他一直以为如果他想做，总归能戒掉，所以他还有的选，戒酒的选择就仿佛藏在他脑子某个角落里一个放袜子的抽屉样的地方。但是，当他发现自己只能喝酒，戒酒从来都不是一种可以实现的选择的时候……他想把自己干掉，请容我暂时混淆话题。

直到亲眼看到那家伙跳下楼去，我才真正理解了他的意思。在那之前，跳楼一直被我认作是一种选择，一种出路，是银行里以备不时之需的存款。突然那钱没了——或者说，这钱从来都没属于我们过。它属于那个跳下去的家伙，还有他那一类人，因为除非你做好准备打算再往前迈那么两英寸，不然单把腿伸到悬崖边晃荡两下实在不算什么。我们几个没一个人做好了这番准备。我们可以对自己、对彼此说不是这么回事——噢，要不是那男的或者那女的来了我本来就做了，或者要不是某人坐到我脑袋上——但是事实上我们都还活着，而我们要是不想活机会有的是。那天晚上我们为什么又下来了？我们下来是因为我们以为我们该去找个叫查斯的笨蛋，结果那家伙跟我们的故事没多大关系。我不确定我们能说服那老伙计，跳楼的那个，跟我们走，去找查斯。他心里有别的事。我疑心他如果去做阿伦·T.贝克的自杀指数测验会得几分。我想肯定挺高的，要不然阿伦·T.贝克就要贻笑大方了。没人能说他没那意图。

他一跳下去我们马上离开了楼顶。我们决定最好不要在周围晃荡，解释我们怎样参与，或者说怎么没参与这可怜伙计的死亡事件。毕竟我们有过顶层大厦的小经历，如果坦白说出真相，只会让情况复杂化。如果大家知道我们几个在上头，那么这个故事的清晰明了——不幸男子跳楼自杀——就会被削弱了，大家对事件的了解会更少，而不是更多。这不是我们所希望的。

所以我们能多快跑多快地下了楼，直跑得肺部受损、腿上静脉曲张，随后各自散去。我们太紧张，以至于不敢就近在一旁找间酒吧喝酒，太紧张以至于不敢一起坐出租车，所以我们一到人行道上就散了。（回家的路上我在想，顶层大厦近旁的酒吧，晚上会是个什么样子？里面都是些打算上楼的不幸人呢，还是那些半是迷惑，半是轻松，刚从楼上下来的人呢？又或者是这两种人的尴尬混合？店主会不会意识到他客户群的独特之处呢？他会不会利用他们的情绪来牟利——比如说，人家店里有“欢乐时光”酒水打折时段，他会不会来个

“痛苦时光”呢？他有没有试图让上楼的人——在这种场景下即那些最不快乐的人——跟下楼的人交流呢？或者让上楼的人互相认识一下？有没有爱情从这里开始发生？这家酒吧该不该为某场婚礼负责，也许还会有孩子？)

第二天下午我们又在星巴克见面了，人人都很忧郁。就在几天前，我们刚刚共度的那个假期余孽犹在，大家心里都明确知道，几个人彼此都派不上什么用场了；可现在，很难想象还有别的什么人可以做伴。我扫了一眼咖啡厅里其他的顾客：推着婴儿车的年轻母亲，穿套装拿手机和文件的青年男女，留学生……我试图想象着去跟他们对话，但是根本不可能。他们不会想听别人跳楼的故事。除了跟我坐在一起的这几个人，没人想听这个。

“我他妈的整晚没睡，就想着那个人，”JJ说，“伙计，这到底算怎么回事？”

“很可能他只是，你懂的呀，就是那种作秀女王，一个男的作秀女王，作秀男王，”洁丝说，“他看上去就像那种一惊一乍的人。”

“你观察还真深刻啊，洁丝，”我说，“就凭他跳楼身死前那么一瞥，我倒没看出他有什么大毛病，反正跟你是没法比。”

“本地报纸上会有消息的，”莫琳说，“通常都有报道。我原先老看这种报道。特别是快到新年那段时间。我老拿自己跟那些人比。”

“结果呢？比较的结果如何？”

“哦，”莫琳说，“我还算OK。有些人我搞不懂为什么。”

“哪种你搞不懂？”

“因为钱。”

“我欠好多人钱。”洁丝骄傲地说。

“也许你该考虑下自尽。”我说。

“又不多，”洁丝说，“这边20块那边20块。”

“即便如此，欠债就是欠债。如果你还不上……也许你该体面地自行了断。”

“嘿，伙计们，”JJ说，“我们别跑题，哈？”

“我们讨论什么别跑题？这不正是我们的问题吗？没主题？”

“我们就讨论这家伙。”

“我们对他一无所知。”

“确实，但是，我不知道。他似乎对我很重要。我们本来就打算这么做的。”

“是吗？”

“我是。”洁丝说。

“可你没做。”

“你坐在我脑袋上了。”

“可那以后你什么也没做。”

“这个，我们去那个派对了。后来我们又去度假了。还有，你知道的。事一件接一件来了嘛。”

“太恐怖了，是吧，事情怎么会这样呢？你得在日记里专门留出时间来。不然生活老碍事。”

“闭嘴。”

“伙计们，伙计们……”

我又一次容许自己尊严扫地地陷入了跟洁丝的口角之中。我决定要拿出点政治家的派头来。

“跟JJ一样，我也花了一整晚在思忖。”

“混账。”

“我的结论是，我们这些人不是认真想死。我们从来没有认真过。我们比某些人更接近死亡，但跟另外一些人根本没法比。这样一来我们就落到个前不着村后不着店的境地。”

“我同意。我们算是他妈的倒霉，”JJ说，“抱歉，莫琳。”

“我就是缺。”洁丝说。

“正是如此，”我说，“我们就是这样。”

“哪样？”

“就这样，”我大致指了指周围的环境，我们一起的这几个人，外面的雨，所有这些都充分说明了我们现在的处境，“就这样了。我们没有出路。连死路都堵死了。我们死不了。”

“我操他妈的，”洁丝说，“我没啥对不起的，莫琳。”

“那天晚上，我本来打算跟你们说说我在杂志上看到的一篇东西。关于自杀的。你们记得吗？总之，那家伙言之凿凿地说危机持续时间有90天。”

“哪来这么个家伙？”JJ问。

“自杀学专家。”

“还有干这行的？”

“行行出状元。”

“那又怎么样？”洁丝说。

“那就是说，还差46天我们的90天就过去了。”

“那90天之后会怎么样？”

“不怎么样，”我说，“只不过……情形就不一样了。事情就变了。那些让你觉得活不下去的东西……就会分散开去。就像星象学说的一样。”

“你的事没啥可变的，”洁丝说，“你还会是个上不了电视的怪物，睡过一个15岁的姑娘，进过监狱。这些没人忘得掉。”

“没错。我得说这90天理论不适合我，”我说，“这样你就开心了吧。”

“这对莫琳也没用，”洁丝说，“或者JJ。我倒是可能会变。我老变。”

“总之，我的意思是要我们再次延长期限。因为……我不知道你们怎么想，但是今天早上我想明白了，我还没，还没准备好一个人往下过。这挺搞笑的，因为我说实在的，你们一个也不大喜欢。可你们就像是……像是我需要你们。你知道那种感觉吧，有时候你觉得自己应该多吃白菜？多喝水？就像这种感觉。”

大家各自踱步，我认为这就表示虽然他们不作声，但都赞同。

“谢谢你，伙计，”JJ说，“说得很动人。这90天什么时候到期？”

“3月31日。”

“还真巧哎，是不是？”洁丝说，“正好3个月。”

“你什么意思？”

“这样可不算科学，对不对？”

“什么意思，88天就科学了？”

“对，那样更科学。”

“不，我明白了，”JJ说，“3个月听起来正好。3个月差不多正好一季。”

“确实正好，”我表示赞同，“一年四季，12个月份。”

“那就是说我们要共度寒冬了。蛮酷的。冬天人确实容易伤感。”JJ说。

“看起来确实如此。”我说。

“可我们得做点什么，”JJ说，“我们不能坐等三月之期到头。”

“典型的美国思路，”洁丝说，“你想干吗？去找个又小又穷的国家狂轰滥炸？”

“好啊。那样我可以分分心，随便炸炸。”

“我们该干点什么呢？”我问他。

“我不知道，哥们。我只知道，如果我们把这六个星期全用来怨天尤人，那我们可算不上是自救。”

“洁丝说得对，”我说，“典型的操蛋美国思路。‘自救自助’这一套。自助。只要你下定决心，什么都能做到，对不对？你可以当总统。”

“你们这群傻逼什么毛病？我说的不是当总统。我说的是找个端盘子啥的活干干。”

“好极了，”洁丝说，“为了人家给我们半分钱的小费，我们都别自杀了。”

“他妈的在这个倒霉国家里这种操蛋机会也没有，”JJ 说，“抱歉，莫琳。”

“你随时想回老家都可以嘛，”洁丝说，“那样情形就变了。还有，你们那边楼更高，对不对？”

“那么说定了，”我说，“还有 44 天。”

我读的那篇文章里还有一段采访，对象是一个从洛杉矶金门大桥上跳下去自杀的幸存者。他说，跳下去两秒钟之后，他就想明白了，生活里没有什么麻烦是他所不能对付的，没有问题是他解决不了的——除了他刚跳大桥给自己惹上的这个大麻烦之外。我也不知道自己为什么没有把这一部分告诉他们几个；你可能会觉得这信息跟我们很相关。可我暂时还只想一个人留着这消息。也许迟些，故事结束的时候说出来更适宜，如果还能有个完的话。

莫　琳

本地报纸上登出来了，就在一个礼拜之后。我把那篇报道剪出来留下了，隔三岔五拿出来看看，就为了能多了解了解那个可怜的人。我无法把他赶出脑海。他名叫大卫·法奥利，他是因为老婆孩子的问题才跳楼的。他老婆跟别人好上了，跟人搬出去，还把孩子都带走了。他住的地方离我只差两条街，我觉得很奇怪，很巧合，到后来我才想明白，本地报纸上出现的人物都住在本地，除非有人来访，给新学校剪彩什么的。比如说，格兰达·杰克逊[①]就曾经去过马蒂他们学校。

马丁说得对。看到大卫·法奥利跳楼让我看清楚了，守岁夜的时候我并没有真准备好跳楼。我积极地筹划准备，是为了找点事来做——守岁夜还是很值得期待的，虽然这么说很奇怪。所以，一旦我碰到别人，可以聊天，我就很高兴地聊起来了，也不跳了。我想，我要是告诉他们我为什么会到这上头来，他们肯定会让我跳的。他们不会挡在我前头，或者坐到我脑袋上。可是即便如此，我还是走楼梯下去，去了那个派对。这可怜的大卫根本没想跟我们聊天，这一点我注意到了。他来就为了跳楼，不是来唠嗑的。我以为自己是去跳楼的，可我最后却唠起嗑来了。

如果你仔细想想，这个大卫跟我正好是两个极端。他自杀是因为孩子离开了他，我想自杀是因为我的儿子还在身边。这样的事肯定多得不得了。肯定有人因为婚姻结束而自杀，也肯定有人因为无法从现有婚姻里挣脱出去而自杀。我疑心这种比较是不是可以适合

---

① 格兰达·杰克逊（1936— ），英国女电影演员。自90年代起从政，工党议员，曾参选伦敦市长，未成功。

所有人,是不是所有不幸的状况反面都会有另一种不幸状况。可负债的人大概不适用这种理论。没听说谁钱太多所以去自杀的。那些石油大亨酋长们不大自杀。或者即便他们自杀,也没人谈论。总之,也许这种反面理论有点道理。我身边有人,大卫身边没人,所以他跳下去了,可我没有。说到自杀这事,没有个谁输谁赢,你明白我意思吧。又没有绳子拴住你不让你去。

我为大卫的灵魂祈祷,虽说我明知道根本没用,因为他犯了终极大罪,我的祈祷神听了也不予理会。后来,马蒂睡着以后,我留他一个人待了5分钟,沿路走去看大卫住过的地方。我不知道自己为什么会那么做,或者自己想看到些什么,总之那里当然什么都没有。那条街上满是大房子改造的公寓楼。我发现的就只是他住在公寓里。随后时间到了,于是我就掉头回家。

那天晚上,我看了一部电视剧,讲的是一个苏格兰侦探,他跟前妻处不来,于是我又想到了大卫,因为我想他大概跟前妻也处得不好。我觉得电视剧主要不是说这个的,里面没多少侦探跟他前妻吵架的内容,因为大多数时间侦探都得费劲查案子,一个女人被谋杀了,尸体扔在他前夫家门外,制造一种假象,好像是他杀了他前妻。(不是侦探的前妻。)在一个小时的节目里,大概只有10分钟是侦探跟前妻和孩子吵架,50分钟讲的都是他试图搞清楚谁把女尸放到垃圾桶里。也许40分钟,如果把广告时间也考虑进来的话。我注意到这点是因为我对他跟前妻的争执更感兴趣,超过对尸体的兴趣,可电视里不大演到这些。

但是我觉得这样正好,一小时里的10分钟。对这节目来说时间正好,因为他是个侦探,对他对观众都更加重要的是,他要把大部分的时间放在解决谋杀案上。可我觉得,就算不是在电视剧里,一小时里花10分钟来考虑自己的麻烦也就足够了。这个大卫·法奥利失业了，所以很可能他一小时60分钟考虑的都是前妻和孩子，这样的话，你注定要跑到顶层大厦房顶上去才算完。

我怎么早没想到这些呢。虽然没人跟我争执，可我的生活经常如此，我常常不由自主就让马蒂占据了我一小时的60分钟。我没别的事可想。最近我脑子里事情多了些，常想到另外几个人和他们的生活。可大多数的日子里，大多数时间我想的只是自己和儿子，这就麻烦了。

总之，那天晚上我脑子里纠结着好多事。我半梦半醒躺在床上，想着大卫，苏格兰侦探，还有我那天从楼顶上走下来去找查斯的事，最后终于把思路理清了。第二天一早我醒来就想出个好主意，我决定搞清楚马丁的老婆孩子住在哪里，然后上门去跟他们谈谈，看有没有可能让他们一家重新团聚。因为如果这招行得通，那么马丁就不会老为些别的事耿耿于怀，他身边也能有人，我也能给我一小时里的40或者50分钟找点事做，还能帮大家的忙。

可我做侦探真是一点希望也没有。我知道马丁的太太名叫辛迪，于是我就在电话本里找辛迪·夏普的名字，结果没登记，然后我就没辙了。于是我就问了洁丝，因为我觉得JJ不会赞同我的计划，结果她不出5分钟就把我们要找的资料都弄出来了，在电脑上找的。可她后来说想跟我一起去看辛迪，我说可以。我知道她是个什么人，可我也没办法。你倒跟她说说试试，看能不能阻止她去干自己想干的事。

洁　丝

我开了老爸的电脑，把"辛迪·夏普"的名字敲到谷歌里去搜索，找到了一篇某个妇女杂志做的采访，当时马丁还在坐牢。“辛迪·夏普首次敞开心扉，诉说伤心”之类的。你甚至可以点开看她和两个女儿的照片。辛迪看起来跟潘妮很像，只是比她老一点，胖一点，因为生过孩子什么的。我敢打赌潘妮跟那个15岁姑娘肯定长得也很像，无非就是那姑娘比潘妮还要苗条些，咪咪更大些，诸如此类？马丁这样的男人真是混账，你说对不对？他们把女人他妈的当成笔记本电脑一样，仿佛是，我那台旧机器该报废了，扔了算了，反正如今能买到更轻更薄、功能更强大的新机型。

于是我读了那篇报道，那里面说她住在伦敦城外40英里一个叫桃李村的地方。如果她想阻止像我们这样的人去敲她家门，劝她跟老公复合，那她可真是犯了个大错误，因为那篇文章详细描述了她住的房子在村里的准确位置——正对着一家老式店铺，跟村里的学校只隔着一户人家。她告诉我们这一切是为了让我们知道，辛迪如何生活得好像在世外桃源一样。只不过她老公因为睡了个15岁姑娘，正在监狱里坐牢。

我们决定不告诉JJ。我们几乎肯定，他一定会想出些个臭屁理由来阻止我们。他会说“这不关你们的事”，或者“你们只会把他最后一点机会也毁掉”。可我和莫琳觉得我们俩理由很充分。我们是这么想的：也许当初辛迪确实恨马丁，因为他当初就是个花花公子，见人就跟人跑，去哪儿都行。可现在他想自杀，可能不会跟任何人跑了，哪儿也不会去了，至少有段时间不会。所以，基本上，如果她不愿意让他回到身边，她必须得非常憎恨他，希望他去死。那可是刻骨的仇恨。的确，他从来没说过他想回到她身边，但他需要有个稳定的家庭环境，需要住在一个桃李村这样的地方。如果人没事做，住在一个没事可做的地方总比住伦敦城里要好些，城里麻烦多着呢——有十来岁的姑娘,有夜店还有高楼。反正我们感觉就是这样。

所以我们就一起出门转了一天。莫琳做了特难吃的老式三明治,里面鸡蛋什么的都有,反正我是不肯吃。我们坐地铁到了帕丁顿,然后乘火车到了纽伯利,然后换公交车到了桃李村。我一直担心我和莫琳路上会没话可说,会很闷,最后闷坏了我会做出傻事来。可事实没那么糟,多半是靠了我,我可是费了不少劲。我决定自己要当个记者型的,我要利用这一路的时间了解莫琳的生活,甭管她的生活多么枯燥,多么郁闷。唯一的麻烦在于听起来实在是太枯燥,太教人郁闷了,所以她讲话的时候我就关了大脑,开始想下一个问题该问什么。有几次她很奇怪地看着我,所以我猜经常是她刚跟我说过什么事,我马上又问了一遍。比如有一次,我调转频道,听见她在说怎么怎么怎么就遇见了弗兰克。于是我就说,你什么时候遇见弗兰克的,可我觉得她刚说的那句话正是,我就是那时候遇到了弗兰克。所以说,如果我真想当个记者去采访人家,我还得多练练。可我们实话实说,我也不可能去采访这种什么也没干过,只有个残废儿子的主儿,你说对不对?所以说其实采访的时候挺容易集中精力的,因为人家谈的都是新电影什么的,都是些你想要了解的东西。

总之,关键是我们经过了这么长的旅程,去到个他妈的兔子不拉屎的地方,我一路上都没问她当初做爱搞的是不是狗狗式,或者类似问题。那时我意识到,自打守岁夜以来,我已经走过了好长的路途。我已经长大成人了。这让我觉得,我们的故事似乎快结束了,而且还是个好结局。因为我已经长大成人,而且我们已经进入了替彼此分忧的阶段。我们不只是干坐着郁闷。故事到这里就该结束了,对不对?人们显示出学到了些东西,问题也解决了。我看过 N 多的电影都是这路数。我们今天就能解决马丁的问题,然后就帮 JJ 想办法,然后是我，然后莫琳。90天结束的时候我们在屋顶上见面，微笑，拥抱，知道我们都已经走出了阴影。

公共汽车站正好在杂志文章说的那家商店门口。于是我们下了车，站在商店门口往马路对面看去。我们看到一幢乡村风格的房子，外面一圈矮围墙，能看到墙里面的花园，花园里有两个小女孩，帽子围巾捂得严严实实正在跟一只狗玩。于是我对莫琳说，你知道马丁的小孩叫什么名字？她说，知道，她们叫波莉和梅西——我觉得这俩名字都还挺像那么回事。我能想象出马丁和辛迪生出的孩子叫波莉和梅西，这种有点过时的时髦名字会让大家以为达西先生或者什么人就住隔壁。于是我就喊，哎，波莉！梅西！她们看到我们，朝我们走了过来，我的侦探工作到这里就结束了。

我们上前敲门，辛迪来开门，看到我她仿佛有点认出来的样子，于是我说，我是洁丝。我是顶层四人组里的，你知道的，报纸上说我跟你丈夫什么的有关系。顺便说一句，那不是真的。（是我跟她说那不是真的，不是我跟读者你说的。我真希望自己能知道引号什么的该放哪儿。我现在知道这些东西有用了。）

她回答说，是我前夫。这样开头有点不大友好。

然后我说，问题就在这里，不是吗？

她说，是吗？

我说，是，没错。因为他不一定非得当你前夫。

她说，哦，他就是我前夫。

说这些话的时候我们一直都没进门。

这时候莫琳说，你能让我们进去跟你谈谈吗？我是莫琳，我是马丁的朋友。我们是从伦敦坐火车来的。

还有公交车，我说。我就是想让她知道我们费了好大劲来的。

这时辛迪说，对不起，快请进。我本以为她会说对不起，快滚回老家去吧，可她没有。她在为自己无礼让我们站在门外跟我们道歉。于是我想，哦，这下容易了。不出10分钟我就能把她吓唬回老公身边去。

于是我们进屋，里面挺舒服，可压根不像是杂志照片里的样子。家具都不配套，挺旧，屋里还有股狗味儿。她带我们进了起居室，一进去就看见一个怪里怪气的家伙坐在炉火旁。他长得挺好，比她年纪还小，我想，哎呀，他把脚放在桌子下面了。他是脱了鞋在听随身听。你如果是到人家去做客，决不会脱了鞋在人家里听随身听，你说是不是？

辛迪走到他跟前，拍拍他的肩膀，说，我们有客人，他说，哦，抱歉。我在听史蒂芬·弗莱读《哈利·波特》呢。孩子们都喜欢，所以我也想听听。你们听过吗？我说，听过，你看我像是才9岁吗？他就无言以对了。他把耳机摘下来，按了个随身听上的键。

辛迪说，我女儿是跟保罗的狗在玩。我心说，那又怎样？可没说出口。

辛迪对他说我们是马丁的朋友，他问辛迪要不要自己先回避一下，她说，不用，当然不用，不论他们打算说什么我都不想瞒你。我说，可我们是来劝辛迪跟马丁复合的，你可能不想听这个。他又无言以对了。

莫琳看看我，然后说，我们为他担心。辛迪说，这个，我并不感到惊讶。然后莫琳跟她讲了那个跳楼的家伙，他老婆孩子如何离开他所以才发生了这样的事，可是辛迪说，你知道是马丁甩了我们，不是我们主动离开他的？我说，对，所以我们才来的。因为如果是你甩了他，那我们这一趟纯粹是浪费时间。你知道，我们就是特地来告诉你，他改主意了，总之差不多这意思。莫琳说，我想他知道自己错了。辛迪说，我完全相信，他慢慢会认识到自己的错误，我还相信等他认识到自己错了一定已经无可挽回了。我说，啥时候学乖都不晚。她说，这话说给他听才对。我说，她该再给他次机会，她似笑非笑地说，她不赞同我的话，我说我不赞同她的不赞同，她说我们必须得赞同她的不赞同。我说，那就是说你要他死了？

这时她沉默了一会，我觉得我说动她了。可她又说，我也想过要自杀，就在不久前，那会儿一切都很糟糕。可我没的选，我不能死，因为有孩子。这样看起来似乎他有机会选择去死。他并不是家里的一员。他痛恨作为家庭的一员。就在那时我决定了，这是他的问题。如果他有权利在外面乱搞，那么他就有权利自杀。你说是不是？

我说，我明白你这么说也有道理。我这么说很不对，因为这么说对我的论点一点好处都没有。

辛迪说，他是不是告诉你们我不让他见孩子？

莫琳说，是，他确实说过。辛迪说，可事实不是这样。我只是不让他到这里来见孩子。他可以带孩子们去伦敦过周末，可他不肯。或者他说他会这么做，事到临头却总找借口。你明白吗，他不想那样做父亲。那样太费力。他只想下班回家，偶尔晚上给孩子们讲个故事，还不能天天晚上讲，还想圣诞节去看看孩子们演戏。别的事他都不愿意承担。然后她又说，我不知道为什么我要跟你们说这些。我说，他确实挺混的，是吧？她哈哈笑了。他犯过好多错误，她说，而且他还在继续犯错。

这时那个保罗说了，如果他是部电脑，我们得说他编程有错误，我就说，这跟你有什么关系？辛迪说，听着，我到现在为止对你们都很耐心。你们两个陌生人敲开我家大门,要我去跟前夫复合,可那人差点毁了我的一生,我还请你们进来,认真听你们讲话。可保罗是我的同居男友,是我家的一员,对我的孩子也是位很好的继父。这事跟他就是这么有关系。

这时保罗站起来说,我想我还是带着哈利·波特到楼上去吧,可他差点绊到我的脚,辛迪扑过去对他说,当心,亲爱的,这时我才弄明白,原来他是个瞎子。我靠!所以他才有条狗。所以她才想告诉我说他有条狗(因为我老说那种话,说什么难道我看起来才9岁吗这种蠢话。我的个天哪,天哪)。那就是说我们大老远跑到这里来,为的是让辛迪甩了这个瞎子,去跟搞15岁小姑娘,对她猪狗不如的前夫复合。可那人瞎不瞎本来应该跟这事不相干,对不对?他们整天到处嚷嚷,说要跟健全人一样,得到公平对待。所以我决定不管他看不看得见。我只说我们大老远跑到这里来,为的是让辛迪甩了一个还算OK的家伙,对她和孩子也不错的家伙,去跟一个混蛋复合。可这么说听起来还是不像话。

我还是跟你说说真正叫我为难的事吧。唯一能说明马丁跟辛迪还有关系的明证就是我们俩跑到她家来这一点,再就是他的孩子,可孩子非得去做DNA鉴定才能证明跟他的关系。总之我想说的是,就辛迪来说,有没有过马丁这么个人都没区别。他们的生活已经各自翻开了新的一页。辛迪现在有了全新的生活。在来的路上,我一直在想我自己如何走出过去,长大懂事了,可我所做的只不过是坐了一趟火车又坐了一趟公交,忍着没问莫琳的做爱姿势。我见了辛迪之后,方才觉得刚才我没走出多远。辛迪已经完全甩开了马丁,搬了家,遇见另一个男人。她的过去已经过去,可我们的过去,我不知道……我们的过去仍然无处不在。我们每天早上醒来都要面对过去的一切。相形之下仿佛辛迪住的是东京这样一个现代化都市，而我们住的是罗马什么的老地方。唯一比方不对的是，罗马这样的地方可能住着还挺酷，有时装有冰淇淋帅小伙什么的——反正不比东京差就是了。可我们住的地方一点都不酷。所以换个比方应该是这样，她住的是现代化的复式大房子，我们住的是猪窝一样的破地方，老多年前就该拆的地方。我们住的破屋墙上还有洞，随便什么人，只要乐意都能把脑袋伸进来冲我们做怪脸寒碜我们。我和莫琳却想说服辛迪从她很酷的大房子里搬出来，住到我们的破屋里去。我现在才看明白，这提议实在没啥吸引力。

我们要走了，辛迪说，如果他亲自来求我，我还会对他保留几分尊重。我说，求你干吗？她说，如果我能帮得上他，我愿意出手。可我不知道他想要怎样的帮助。

她说这话的时候，我才明白，我们这个下午的事全做错了，本可以有更好的办法。

JJ

唯一的麻烦在于，美国那个倡导自助的家伙压根不知道自助是怎么一回事。跟你说实话吧，我越是多想这个什么 90 天理论，就越觉得这理论对我不适用。在我看来，我倒霉的日子长着呢，90 天绝对完不了事。我永远放弃了音乐，伙计，放弃音乐可不像戒烟。情形只会越来越糟，没有音乐的每一天越来越难过。我在汉堡王工作的第 1 天还没那么糟，因为我会对自己说，你知道……其实我他妈的也不知道该对自己说什么，可我总会想出点什么来对自己说。可到了第 5 天我就会很痛苦，到第 30 年……伙计。可别想跟我提什么翻汉堡包30周年纪念。我那天肯定很郁闷。而且那时候我都60岁了。

这时，当这些想法在我脑子里一圈又一圈转了一阵之后，我就腾地站起来，心说，OK，去他妈的，我不如死了算了。这时我就会记起我们见过的那个当真去死的家伙，我就会重新坐下来，感觉真是难过，比我刚才站起来时还难受。这个什么自助理论真是狗屁不通。我他妈的自助来杯免费饮料都不成。

我们下一次见面的时候，洁丝跟大家说起她跟莫琳去乡下看过辛迪。

“我前妻就叫辛迪呢。”马丁说。他正啜着一杯拿铁咖啡看《每日电讯报》，根本没认真听洁丝在说什么。

“是啊，真是巧合。”洁丝说。

马丁仍然在啜着他的咖啡。

“切。”洁丝说。

马丁放下报纸，看着她。

“什么？”

“说的就是你家辛迪，你的小甜甜。”

马丁看看她。

“你绝对没有见过我家辛迪。我的前辛迪。我前妻。”

“我们刚就想告诉你。我和莫琳去了那个什么地方找她谈话了。”

“桃李村。”莫琳说。

“她就住那里！”马丁说，神情很是愤慨。

洁丝叹气。

“你们真去看辛迪了？”

洁丝拿起他那份报纸，开始翻看，对他先前那副漠不关心的表示来个有样学样。马丁一把把报纸从她手上抽走。

“你们他妈的到底为什么要这么干?”

“我们以为能帮你。”

“怎么帮?”

“我们去问她,愿不愿意让你回去。可她不肯。她已经跟一个瞎子怪人好上了。她过得不赖。对不对,莫琳?”

莫琳很明智地低头看着自己的鞋。

马丁瞪着洁丝。

“你疯了是不是?”他说,“谁给你权力这么做?”

“谁给我权力?我给的。这是个自由国家。”

“如果她哭着说,比如,‘我但求他能回来’,你们打算怎么办?”

“我们会帮你收拾东西搬家。你他妈的最好照我们说的办。”

“可是……”他咕哝一阵,又住了嘴,“耶稣基督啊。”

“反正没戏。她觉得你就是个不折不扣的混账。”

“如果我前面说我前妻的话你认真听过哪怕一句,就可以省了白跑这一趟。你以为她会让我回去?你以为我会愿意回去?”

洁丝耸耸肩。“试试总没错。”

“你,”马丁说,“莫琳。地板上什么也没有。看着我。你跟她一起去的?”

“本来就是她的主意。”洁丝说。

“那就是说你比她还蠢。”

“我们都需要帮助,”莫琳说,“我们都不知道自己想要的是什么。你们都帮过我。我也想帮你们。我以为这是最好的办法。”

“先前就行不通的办法,现在怎么会行得通?”

莫琳什么也没说,所以我开口了。

“可我们中又有哪一个不会想去试试先前行不通的办法？如今我们都看到了。另寻出路根本他妈的没有出路。”

“那么你想要回些什么，JJ?”洁丝问。

“一切，伙计。乐队，丽兹。”

“太蠢了。那个乐队是垃圾。”看到我的脸色，她又很快地说，“不能算垃圾，不过也不……你知道。”

我点头。我明白。

“丽兹不要你了。”

这个我也知道。后面的话我没说出口，因为听起来实在太傻，可我想说，如果可以倒回到从前，我愿意回到乐队解散前的最后几个礼拜，还有跟丽兹在一起的最后几个礼拜，即便那时候一切都已经搞砸了。可我那时仍然在做音乐，我还跟她在一起——没什么可抱怨的，对不对？OK，一切都快完蛋了。可还没完蛋呢。

我不知道为什么，但是说出你真正想要的东西，哪怕得不到，也让我有种解脱的感觉。当初我替莫琳造出这么个宇宙王托尼的时候，我给他的超能力做了些限制，因为我觉得我们可能看得出莫琳需要什么样的实际帮助。后来发现她需要休假，这个我们能帮忙，所以宇宙王托尼成了个值得相识的角色。可是如果他的超能力没有限制，那你就会发现其他各种混账事，我不知道，比如说发现你从一开始的问题所在。我们花了这么长时间，都没说出自己想要什么，因为我们知道自己得不到。还因为这听起来不愉快或不知感激，不忠诚，或太幼稚，或太平常。又或者因为其实我们太想假装一切 OK，对自己坦白说其实不然看起来并非明智之举。尽管开口说吧，说你想要什么。也许怕惹麻烦上身，那就不必说出声。“我希望我没跟他结过婚。”“我希望她还活在世上。”“我希望我没跟她生过两个孩子。”“我希望我能有一大堆钱。”“我希望阿尔巴尼亚人滚回他妈的阿尔巴尼亚去。”不论你想要怎样，说给自己听即可。真相会让你得到自由。再不然就会给你当头一拳。继续过当下这种生活在你来说就意味着撒谎，撒谎会腐蚀你的灵魂，所以从谎言中暂时脱身出来吧，哪怕只有一分钟也好。

“我想让乐队回来，”我说，“还有我女朋友。我想要我的乐队和女朋友回来。”

洁丝看看我。“你刚刚说过了。”

“我说的还不够多。我想要我的乐队和女朋友回来。**我想要我的乐队和女朋友回来**。你想要什么，马丁？”

他站起身。“我想再来杯卡布奇诺，”他说，“还有人要吗？”

“少来这套。你到底想要什么？”

“我告诉你对我有什么好处？”

“我不知道。说嘛，说出来我们再说。”

他耸耸肩，又坐了回去。

“你可以说三个愿望。”我说。

“OK，我希望自己有能力保住我的婚姻。”

“对，可这绝无可能，”洁丝说，“因为你没办法把老二老实关在裤裆里。抱歉，莫琳。”

马丁没理会她。

“当然我还希望自己从没睡过那个 15 岁的姑娘。”

“对，可是……”洁丝说。

“闭嘴。”我说。

“我不知道，”马丁说，“也许我只希望自己没那么混账。”

“瞧，说出来了吧。没那么难，对不对？”

我其实有点开玩笑，可谁也没乐。

“你为什么不希望你仍然睡过那姑娘，只是没被逮住呢?”洁丝说，“要我就这么想，要我是你的话。我觉得你还是在撒谎。你是为了自己好看才提这种愿望的。”

“可这种愿望并不能真解决问题，对不对？我还是一样混账。换个事我一样被逮住。”

“那么，你干吗不希望干什么都不会被逮住呢？为什么不希望……那个蛋糕什么的话怎么说来着?”

“你说什么呀?”

“吃蛋糕的那个什么话怎么说的?”

“又吃又有?”①

洁丝面露狐疑之色。“你肯定那话是这么说的？你如果没有蛋糕还吃什么吃啊?”

“寓意是这样的，”马丁说，“就是说好处都让你占全了。你把蛋糕吃了，可蛋糕还好好的放着归你。所以这里的‘有’意思是‘归属’。”

“神经病吗这不是。”

“确实。”

“怎么可能呢?”

“确实不能。所以我们才这么说，不能又吃又有，两头都占。”

“再说，如果蛋糕不吃掉还他妈的有什么意思?”

“我们有点跑题了，”我说，“我的意思是说说愿望，看什么能让我们高兴起来。我能明白马丁为什么想，这个，想做个不同的人。”

---

① 英语谚语，You can't eat your cake and have it。意思是说不能两头好处都占，不能两全其美。

“我希望珍回来。”洁丝说。

“不错。这个我能理解。还有吗?”

“没了。就这个。”

马丁不屑地哼一声。“你就不希望自己少混账一点?”

“如果珍回来我就不会这样了。”

“哪怕少犯点神经病呢?”

“我没病。只不过,有点,犯迷糊。”

一阵若有所思的沉默。看得出并非在座众人都相信她的话。

“那你打算把另外两个愿望浪费掉吗?”我说。

“不。我可以把它们用掉,呣……嗑不完的药,也许?还有,我不知道……噢。要能学会弹钢琴也不错,我猜。”

马丁叹息道:“耶稣基督啊。你统共就这么点问题?就只是不会弹钢琴而已?”

“如果我没这么迷糊,我就有时间弹钢琴了。”

我们都没接茬。

“你呢,莫琳?”

“我跟你说过。当时你跟我说宇宙王托尼的超能力也有个限度。”

“再跟大家说一遍吧。”

“我希望他们能有办法帮助马蒂。”

“你就不能再强点吗?”洁丝说。

我们都有点怕。

“怎么?”

“不,我是说,我刚还想你会怎么说呢。因为你可以希望他生出来就是个正常的孩子。那样你就可以省了这么多年替他擦屎擦尿的麻烦。”

莫琳沉默了一分钟。

“那我会是谁呢?”

“啊?”

“我不知道我会是什么人。”

“你还是莫琳啊,你个老蠢驴。”

“她不是这个意思,”我说,“她的意思是说,正是我们的经历造就了今天的我们。如果你拿走我们过去的经历,那么,你知道……”

“不,我他妈的不知道。”洁丝说。

“如果没有珍的事,还有别的那些个……”

“比如查斯什么的?”

“正是。就是这些重大事件。那么你会是个什么样子?”

“我肯定会是个完全不同的人。”

“正是。”

“妈的那就太棒了。”

于是我们结束了这个愿望的游戏。

马　丁

我觉得这一切就像一个超大的姿态,为了给一切划上个圆满的句号,就仿佛这些事情可以有个圆满结局一样。现如今的年轻人就是这样,不是吗?他们看了太多的大团圆结局。一切都得有个圆满的结局,要有微笑、眼泪,还要挥挥手。人人都学到了些东西,发现了爱情,看清楚了自己的错误,发现了忠于配偶的喜悦、身为人父的喜悦,或者尽孝道的喜悦,也许是生活本身的喜悦。在我那个年代,电影结束的时候人们学会的就只是人生空虚，苦闷，残酷而且短暂，然后就被开枪打死。

事情发生在星巴克那场“我希望”的谈话过去两三个礼拜之后。洁丝竟然口风挺紧，一点没透露出她的鬼主意。这在她可是个不小的成就——她一贯的谈话技巧就是有什么说什么，话还很多，哪怕还没发生的事都得说出来，就像广播里的体育节目解说员一样。现在回想起来，她确实偶尔透露过一点半点——或者说差点露出马脚，如果我们预先知道她在打什么鬼主意的话。

有天下午，莫琳说她得回家看马蒂了，洁丝屏不住笑了一声，神秘兮兮地说她很快就能见到马蒂。

莫琳看看她。

“如果我运气好，公交车不用等太久，大概20分钟后我就能见到他。”她说。

“没错，可那之后呢。”洁丝说。

“是够快的，可那之后怎么了？”我说。

“没错。”

“我几乎每天随时都能看到他。”莫琳说。

然后我们就把这事抛到脑后了，洁丝说的很多话我们都如此对待。

大概过了一个星期左右，她开始表现出迄今为止一直隐藏的、对于JJ前女朋友丽兹的兴趣。

“丽兹住哪里？”她问JJ。

“国王十字站。不用你说，她不是妓女。”

“她是干吗的，妓女吗？哈哈。我逗你玩呢。”

“不错。你这笑话很有劲。”

“那她住国王十字干吗呢？不当妓女干吗住那里？”

JJ白她一眼。“我不会告诉你她住哪里的，洁丝。你以为我傻吗？”

“我不想去找她说话。那个老破鞋。”

“凭什么说人家是破鞋？”我问她，“就我们所知，她这辈子就只跟一个男人睡过。”

“那个词怎么说来着？那个屌词怎么说的？抱歉，莫琳。”

“‘隐喻性的’。”我说。当有人说“那个屌词”，你马上就知道这是“隐喻性的”同义 词，你就有理由疑心是不是自己跟讲这话的人太相熟了些。你还有理由疑心自己是不是压根不认识此人才好。

“正是。她是隐喻性的破鞋。她甩了JJ，很可能跟别人约会去了。”

“确实，我不知道，”JJ说，“我倒不知道甩了我就得从此守贞。”

于是我们转换话题，开始讨论如何才是对我们前妻前情人恰当的惩罚，让他们去死是不是便宜他们如何如何，丽兹的那一刻就这样不知不觉中过去了，跟这些日子许多别的时刻一样。但是如果我们有心去挖掘一下洁丝的内心，那像青少年卧室一样丢满垃圾的空间，总能找到些蛛丝马迹。

那个大日子当天，我跟泰奥一起吃午饭——当然了，我跟泰奥一起吃饭的时候，根本不知道这天会是个大日子。跟泰奥一起吃饭就够不同寻常的了。自从我出狱以来，还没跟他面对面说过话呢。

他想跟我谈谈是因为，用他的话说，有家声誉不错的出版社有“明确”意向要给我出本自传。

“多少钱？”

“他们还没谈到钱呢。”

“那么容我问一句，怎么才算是明确意向？”

“这个，你明白的，就是意向很明确。”

“什么意思？”

“就是说是真的，不是凭空想象出来的。”

“‘真的’到底是什么意思，说真的？”

“你越来越难搞了，马丁。希望我这么说你不要生气。你不是个容易合作的客户，现在你的情况也不大好，这事那事出了不少。事实上我为你这个项目做得一直相当辛苦。”

我突然意识到脚下有干草，刹那间有点走神。我们吃饭的饭店叫“农场”，所吃的东西都来自农场。真不错，是不是？肉！土豆！绿叶色拉！多好的概念！我猜他们确实需要干草，没了这东西这家店的主题看起来就好像灵感有点欠缺。我倒乐得跟大家汇报说女服务员都喜气洋洋，身条粗壮，脸色红润，腰缠围裙，可实际上不出所料她们全都板着脸孔，细瘦苍白，一身黑衣。

“可你有什么非受累不可的呢，泰奥？如果照你说的，有人打电话来，提出要出我的自传，无可名状的意向明确？”

“其实是我打电话给他们，跟他们提议，问他们要不要出。”

“是这样啊。他们表示有兴趣？”

“他们回电话了。”

“意向明确。”

泰奥屈尊一笑。

“你其实对出版行业并不大了解，对不对？”

“确实不了解。我所知道的仅限于今天午饭中你告诉我的这一点，就是有人打电话来，提出明确的出版意向。显然我们今天就是为了这才来这里的。”

“事情得一步步来，我们得先学会走路，不然没法开步跑。”

我开始觉得泰奥很烦人。

“OK，同意。只管把走路那部分告诉我就好了。”

“不行，你瞧……即便走路那部分也是跑步。你知道，事情不是那么简单，里面很多策略。”

“你跟我说走路就是开步跑，这里面有策略？”

“柔声细语慢步走，才能逮到大马猴。”

“我的天哪，泰奥。”

“这种反应可不能算是柔声细语，容我批评一句。这是疾风骤雨，甚至是大抓狂。”

我再也没听到任何别的关于那个出版计划的内容，并且永远也没弄明白那顿午饭到底是为什么吃的。

洁丝召集大家四点钟开个紧急会议，地点就在厄坡大街星巴克那巨大又毫无例外是空荡荡的地下室里，里头的房间都有很多沙发和矮几，感觉跟自家起居室毫无二致，如果你家里也没窗户，并且永远用纸杯喝饮料，而且纸杯从来不扔的话。

“为什么要在地下室？”她打电话来的时候我问道。

“因为我有私事要谈。”

“什么样的私事？”

“性方面的事。”

“噢，老天哪，其他人也都会在场，对吗？”

“你以为我有啥性爱私事只想跟你一个人说吗？”

“我希望不是。”

“没错，你以为我整天做梦都想跟你嘿咻呢。”

“我们待会见，OK？”

我乘19路公交车从西区到了厄坡大街，因为钱终于用光了。我们当初上访谈节目得的那些钱，我从次大臣那儿得的钱，都零打碎敲用光了，我现在又没工作。所以，虽说洁丝曾经阐述过一番道理，说出租车是世上最便宜的交通工具，因为出租车会免费载你到任何地方，到了地方才需要付钱，我还是觉得用我的贫穷去打击人家出租车司机恐怕不是个好主意。再说，出租车司机无一例外一路上都跟我说我进监狱是受到了多么不公平的对待，我当初想做那事绝对正常，谁叫她穿成那样招摇过市，她活该如何如何。我这段时间都宁肯坐小公司的出租车，因为他们的驾驶员对伦敦人物跟对伦敦地理一样一无所知。我坐公交车有两次被人认出来，其中一次那家伙还想给我念一段《圣经》，那段内容跟我的经历有点关系，而且显然有赎罪意义。

我走到星巴克门口的时候，两个年轻人刚好在我前面进去，一进去就往楼下走。当然我一开始还挺高兴，因为这就意味着洁丝得压低声音说她那点性爱私事了，如果还能说的话；可是后来，我排队等着拿我那杯印度奶茶的时候，我才想起来，就凭洁丝这么个绝不知道尴尬为何物的人，这根本算不了什么；一想到这里我的胃就开始了我40岁以来它的常规运动。并不是翻腾。老肠胃不会因为紧张而翻腾，这点是肯定的。更像是胃的一个侧壁是人的舌头，另外一侧是块电池。紧张的时刻两边相触，带来灾难性的后果。

我沿楼梯走到底见到的第一个人是马蒂，坐在轮椅上，两侧各站了一个身材魁梧的男护士，我猜肯定是他们把他弄下来的，其中一个护士在跟莫琳讲话。正当我费劲捉摸是什么风把马蒂吹到星巴克来的时候，两个金黄头发的小姑娘朝我跑过来，一边还喊着“爹地，爹地”。虽说我当时并没立刻认出她们是我的女儿，还是一把把她们抱了起来，忍住眼泪，然后环顾室内。潘妮在对我微笑，辛迪坐在远处角落里一张桌边，没有对我笑。JJ 伸出双臂搂着刚才走在我前面的那两个年轻人。洁丝跟她父亲和一个女人站在一边，我猜那女人是她母亲——她一看就是位工党次大臣夫人。她个很高，打扮得很贵气，面带丑陋的笑容，这笑容决不会透露她半点心思，真正是竞选之夜的笑容。她手腕上戴着一小串红绳子，就是麦当娜手上戴的那种①，也就是说，无论她看起来多么不像，其实她显然是个性灵之人。考虑到洁丝那超强的煽情本领，我就是看到她姐姐也丝毫不会奇怪，可我仔细找了一遍，没有见到她的踪影。洁丝穿了条裙子，罩了件外套，难得有这么一次，你得走到她跟前才会被她眼睛上的妆吓到。

我把女儿放下地，引她们到妈妈身边。路上我朝潘妮挥挥手，希望她不要觉得落了单，受冷落。

“哈罗。”我上前亲亲辛迪的脸，她动作轻巧地躲开了。

“什么风把你吹来了？”我说。

“那边那个疯丫头似乎觉得这样可能会有好处。”

“哦，她有没有解释过怎么个有好处？”

辛迪哼了一声。我有种感觉，仿佛我说什么她都会哼一声作答，她就喜欢这么哼哼地来跟我交流，于是我蹲下身，去跟孩子们讲话。

洁丝拍拍手，走到了屋子中央。

“我在网上读到，”她说，“这叫作行为干预。在美国他们老这么干。”

---

① 这红绳子出自犹太教神秘主义信仰，认为它可以帮佩戴者抵挡“恶眼”。所谓“恶眼”指生活中人们会遭遇的各种不友好眼光和注视。

“没错，”JJ 喊道，“我们整天就干这个。”

“是这样，如果有人很操蛋……整天吸毒、酗酒什么的，然后他的朋友、家人什么的，就都聚到一起来跟他当面对质，对他说，快别这么着了，我靠。抱歉，莫琳，抱歉，老爸老妈，抱歉，小姑娘们。我们这次有所不同。在美国，他们有专业的……靠，我把那个词给忘了。我上的那个网上他叫史蒂夫。”

她在外套口袋里掏了一阵，拿出一张纸。

“指导师。应该有个专业的指导师，可我们没有。说真的我也不知道该去找谁。我一个专业人士都不认识。而且，我们这种行为干预方式好像跟人家正好相反。因为是我们请你们来干预。是我们来求你们，而不是你们找上我们。我们对你们说，我们需要你们帮忙。”

两个陪马蒂来的护士听到这里开始有些不自在。洁丝注意到了。

“你们俩不算，”她说，“你们什么都不用做。说实在的，叫你们来只是为了帮莫琳凑人数，因为，我说，她实在是什么人都没有，是不是？我觉得你们俩再加上马蒂总比什么都没有要强些，明白吗？那样的话你肯定会挺难受的，莫琳，看到这么多人团聚，你却只能一个人待着。”

洁丝这家伙，绝对不懂得见好就收。她要是张开嘴说点什么，不说多了她是决不会罢休。莫琳勉强做出一个感激的笑容。

“总之，让我来介绍一下。JJ 那边我们请来了他的前女友，还有他的老朋友艾德①，以前跟他一起玩乐队来着。艾德是特地从美国飞过来的。我这边是我老爸老妈，难得能在同一间屋里逮到他们俩

① 艾德即艾迪。

人，哈哈。马丁那边是他的前妻，两个女儿，还有他的前女朋友。也许不是前妻前女友，这谁说得准？也许今天这事完了以后他可以把老婆女朋友都弄回来。”

大家听了都笑，看到辛迪，知道笑话人家后果严重，又赶紧止住笑。

“莫琳那边是他的儿子马蒂，还有两个护理中心的哥们。我的主意是这样的。我们先跟自己这边的人聊一会，交流一下近况，然后互换，去跟别人的人聊。就像是把美国式的做法跟学校家长会结合起来，因为我们的亲友团都坐在角落里，等着人去找他们。”

“为什么？”我说，“这有什么意思？”

“我不知道。管他呢。就图个乐呗。而且我们会学到些东西，对不对？彼此增进了解？增进自我了解？”

她又来了，还是她那套大团圆结局。我确实增进了对其他几个人的了解，可我了解的只是些事实，仅此而已，别无他物。我可以跟艾德聊他以前弄的那个乐队叫什么名字，我可以跟克里奇顿夫妇说他们失踪的女儿叫什么名字；可我看不出他们会觉得这样的谈话有用，甚至很难说能让他们感到安慰。

再说了，除了背背乘法表，学学西班牙首相姓甚名谁，人又能学到些什么呢？我倒希望自己能学会不要睡 15 岁姑娘，可这个我很久以前就学过——早在我睡 15 岁姑娘几十年之前就知道了。可问题是她跟我说她 16 岁。那么，我有没有学会不去睡 16 岁姑娘，或者是任何漂亮妞呢？没有。然而几乎我采访过的每一个人都对我说过，不管是做什么事——战胜癌症，登上高山，出演电影里一个连环杀手的角色——他们都学到了些东西，增进了对自己的了解。我总是点头，若有所思地微笑，可我真心想的是要按住他们，问问：“你到底从癌症中学到了什么？知道自己不喜欢生病？不想死？假发搞得你头皮痒痒？说，说详细点。”我猜他们对自己说这种话就是为了让自己的经历显得有点价值，而不完全是浪费时间。

在过去的几个月里，我蹲过监狱，最后的一点点自尊也消失殆尽，众叛亲离，非常认真地考虑要自杀。我说，这些心理历程跟癌症也算相当了，对不对？肯定比出演个什么狗屁电影事更大些。那么我怎么会压根什么都没学到呢？我应该学到些什么呢？的确，我发现自己太看重自尊心，时而还会感到后悔。我还发现，监狱和贫穷根本不适合我。可你知道，我本可以黑夜里使劲想想，也能得出同样的结论。你要说我死心眼尽管说好了，可我觉得如果人不生癌症，可能更有机会增进对自己的了解。那样他们时间会多些，精力也充足。

“那么，”洁丝接着说，“谁往哪边走？”

就在这时，几个法国小朋克端着咖啡杯出现在我们中间，朝马蒂轮椅旁边一张空桌子走过去。

“嘿，”洁丝说，“你们要去哪儿？都给我上楼去。”

他们瞪着她。

“快点，我们可没那么多工夫。快快快，Schnell, Plus vitement①。”洁丝赶着他们到楼梯口，于是他们就乖乖走了，丝毫没有抱怨；洁丝只不过是这个不可理喻并且凶巴巴的国度里又一个不可理喻而且凶巴巴的居民。我在前妻的桌旁坐下来，又朝潘妮挥下手。就像拥挤的派对里做个手势，可以表示一切意义，既可以是“我走开下，去拿杯饮料”，也可以是“我回头打电话给你”，也许还可以是“伙计，买单”。潘妮点点头，仿佛她明白我的意思。这时我又做了个同样不合时宜

① 德语，大意是“快走，赶紧”。

的动作，我搓搓两手，仿佛对自己即将获得的增进自我了解的美味和营养充满期待。

莫　琳

我觉得我肯定没多少可说的。我是说，我实在没什么好跟马蒂说的。可我觉得跟护理中心那两个小伙子我也找不出什么话说。我问他们要不要喝茶，他们说不用；然后我问他们把马蒂搬下楼是不是很费力，他们说不，因为他们有两个人。我说就是十个我也没力气把他弄下来，他们都笑了，然后我们就站在那里大眼瞪小眼。后来那个矮个的就问这个小集会是为了什么。他是澳洲人，身材就像马蒂有过的一个机器人玩具，脑袋方方的，身体也方方的。我倒从来没想到他们会不知道。

"我一直在想来着，可实在是想不出。"

"没错，"我说，"肯定是挺让人费解的。"

"那你就说说嘛。别让我们蒙在鼓里。史蒂芬认为你们肯定是缺钱了。"

"有些人缺钱，我不缺。"

说真的，我从来都不需要担心缺钱。我有护理补贴，住的是我妈的房子，她还有一小笔钱留给我。而且如果你哪儿都不去什么都不干，过日子还是挺便宜的。

"可你有难处。"那个方方的小伙说。

"对，我们都有难处，"我说，"可困难各不相同。"

"对，我们都知道他有麻烦，"另外那个小伙，叫史蒂芬的说道，"那个上过电视的人。"

“没错，他是有麻烦。”我说。

“可你是怎么认识他的？我很难想象你会跟他去同一家夜总会。”

最后我把一切都告诉了他们。我本来没想说。可话到嘴边就拦不住了。我一开始，说多说少似乎就没多大关系了。后来，我讲到结尾的时候，突然想起来了，虽说他们很友好，一直说他们为我难过什么的，可我还是不该把这些说给他们听。

“你们不会去跟护理中心说吧？”我说。

“我们干吗要说？”

“因为如果他们发现我一直计划着要把马蒂扔给他们不管了，他们可能会拒绝再接收马蒂。可能以后我一打电话请你们来接他，他们就会以为我又打算去跳楼什么的。”

于是我们做了个交易。他们告诉我附近另外一家护理中心的名字，那家是私营的，他们说比他们这家条件要好，我跟他们保证说，如果我想自行了断，我就打电话给那一家。

“并不是说我们不想知道，”那个方方的、叫肖恩的说道，“也不是说我们不想让马蒂一直待在我们中心。我们只是不想每次你打电话来都以为你有麻烦了。”

我也不知道为什么，但这话让我很开心。两个我不认识的人刚刚告诉我说，我如果想自杀的话，不要打电话给他们。我真想抱抱他们。我不想别人为我难过，你明白吗。我希望他们帮我，哪怕这种帮助就是对我说他们不肯帮忙，也许这样不大符合我们爱尔兰人的做法。有趣的是，洁丝召集这次活动想要的正是这个效果。她决没料到我会有任何进展。她叫这两个小伙子来只是因为他们不来马蒂就来不了，结果他们一来，不出 5 分钟我感觉就好多了。

我和史蒂芬还有肖恩看了一会别人的进展。JJ 最好，因为他和朋友们其实还没打起来。马丁和前妻默默地看着女儿们画画，洁丝和父母正在大声争吵。这可能是个好现象，如果他们吵的主题对路的话，可是每隔一会你都能听到洁丝扯着嗓子喊一句什么，听起来喊的内容都没什么用处。比如，“我从来没碰过什么傻逼耳环”。房间里每个人都听到这句话了，我和马丁还有 JJ 互相看了一眼。大家都不知道耳环到底是怎么回事，所以我们不想妄下断语，可是很难想象洁丝的问题根源就出在耳环上。

我为潘妮感到难过，因为她还是一个人坐着，所以我问她愿不愿意坐到我这边来。

“你们肯定有很多话要谈。”她说。

“没有了，”我说，“我们说完了，真的。”

“这个，你们那边的小伙子是这里最帅的。”她说。她指的是史蒂芬，那个高个子的男护士。我从房间另外一头看过去，立刻明白了她的意思。他长着一头浓密的金发，头发留得挺长，还有一双明亮的蓝眼睛，他的笑容让整个房间都温暖了起来。我之前居然没有注意到，真是让人难过，可我现在真的已经不再想这些事了。

“那就过来跟他聊聊嘛。他肯定会很高兴认识你。”我说。我其实不确定他会高兴认识潘妮，可你如果只是站在轮椅旁边守着个孩子，我想你肯定会乐得认识一个上电视的漂亮女人。这事我也没帮多大的忙，只是说了那么几句话而已；就因为潘妮绕过咖啡吧走过来跟史蒂芬讲话，居然引发出那么许多的故事，这很滑稽。

洁　丝

似乎除了我之外，人人过得都还算 OK。我他妈的难受死了。这真不公道，因为是我花了大把的时间来组织这次行为干预家长会。我上网去查到了JJ他们乐队以前经纪人的电子信箱地址。他给了我艾德的电话号码，我一直等到半夜三点，等他下班回家才给他打电话。我一告诉他JJ现在混得如何惨，如何问题大了，他就说他要过来，然后他还打电话给丽兹把事情告诉她，于是她也愿意来。还有辛迪和她的两个孩子我也费尽周折请了过来。我他妈就像找了份全职工作一样忙了一个礼拜，可最后我得到了什么？我靠。我怎么会以为跟我那个倒霉爹和我那个倒霉妈谈谈竟然会有什么用处？我他妈的每天都跟他们讲话，什么也没改变过。我为什么会认为这次就会不同？就因为马蒂潘妮他们都在场？因为是在星巴克？我猜我是希望他们会听我讲，尤其是我说到我们聚在一起是因为我们需要他们帮助；可我妈一提到耳环那事，我就知道，我还不如跑到大街上，拖住个谁请人家领养我算了。

耳环这事算是没个完了。到她临死我们说的肯定还是这个事。她说这事就当作骂脏话一样的意思。我跟她发火的时候，老说我靠我靠，她跟我发火的时候，就老说耳环如何如何。那根本不是她的耳环；是珍的，我跟她说过，我从来没碰过那副耳环。她认定了，在事情刚发生的那几个礼拜，那副耳环就放在珍的床头桌上。当时我们都只是守着电话干坐着，等警察来告诉我们说找到了她的尸体。我妈非说她每天晚上都去坐在那张床上，她脑子就像照相机一样，清楚记得她每天晚上看到的一切，说她现在还能看到那副耳环摆放的样子，紧挨着一个空咖啡杯，旁边还有几本简装书。后来，当我们渐渐开始恢复正常生活，或者说跟我们后来生活类似的所谓正常生活，该上班上班，该上学上学，这时那副耳环不见了。所以一定是我拿走了，因为我老偷东西。确实，这点我承认，可我偷的一般都是钱，偷他们的钱。这副耳环是珍的，又不是他们的，况且她只是从卡姆登市场买的，大概才值五块钱。

我没把握说事情一定如此，也不想做出一副自怜自哀的架势。可是父母总归偏心，对不对？他们怎么可能不偏心呢？比如说，米洛先生和太太怎么可能不偏爱凯丽比其他孩子更多些呢[①]？珍从来不偷他们的东西；她老在读书，在学校里成绩也好，还跟爸爸谈机构改革还有种种政治话题，从来也不曾干出类似当着财政大臣的面吐在地板上这等事情。就拿那次呕吐来说吧。我吃了坏豆泥三明治，明白吗？我那天逃课，出去大概抽了两根大麻，喝了两瓶冰锐酒，所以真不是那种所谓神经大发作的日子。我当时真不能算过量。后来临回家的时候我吃了那个豆泥三明治。就在我转动钥匙开家门的时候，我感觉到那三明治又翻腾上来了，所以我知道是那东西害我难受的。我当时根本不可能跑进卫生间，对不对？我爸跟那个财政大臣一起待在厨房里，我想跑到水槽跟前，结果没跑到就吐了，三明治冰锐酒吐得到处都是。如果没吃那个三明治我会不会吐呢？不会。他相不相信这事跟坏三明治有关系呢？不相信。如果换了是珍他们会不会信呢？会。就因为她不喝酒，也不抽大麻。我不知道。事情就是这样——三明治和耳环。人人都知道怎么说，可没人知道该说什么。

我们又把耳环这点破事念叨一遍，完了之后我妈说，你到底要什么？于是我说，你难道没听我说吗？她说，你想让我听哪一句？我说，我刚才说过，我们需要你们帮助，她说，可这话什么意思？还有什么该做而我们没做的？

---

① 她这里提到的是著名女星凯丽·米洛，大众偶像。

我不知道。他们给我吃，给我穿，给我零花钱，让我受教育，等等等等。我说话他们都听着。我只是想，如果我要他们帮我，他们就会帮我。我从来没想到我会无话可说，他们会无话可说，什么也做不了。

所以，当老妈问我他们该怎么帮我的时候，我感觉就跟那家伙跳楼的那一刻很类似。我是说，当然没那么可怕，没那么吓人，因为谁也没死掉，而且我们在室内，等等等等。可你知道人常常在脑袋深处某个地方藏着个盒子，不如意的时候拿里头的招数救命。比如说，你觉得万一有一天自己实在是再也搞不定了，那我就自杀算了；如果有一天我实在是搞砸了，日子过得不能再烂，那我就束手投降，请老爸老妈把我保出去。总之，现在我脑袋里那盒子空了，可笑的是，那里头其实一直以来根本什么都没有。

于是，我就像往常这种情况下会做的那样，让我妈滚远点，让我爸滚远点，然后我就走了，虽说我接下来本应该跟其他人的朋友家人谈谈。走上楼梯之后，我又觉得自己挺傻，可再下楼去有点来不及了，于是我就径直出了大门，沿着厄坡大街到了安琪儿地铁站，跳上了第一班进站的列车。没人在后面追我。

JJ

我一进地下室看到艾德和丽兹，立刻感到一种不可抑制的希望的小火花在迸发。就好像，没错，就该如此！他们来救我了！乐队其他成员在准备今天晚上演出，过后我和丽兹会一起回到她为我们俩租的甜蜜小屋！这么长时间以来她就是在忙这个！在找房子，忙装修！还有……那边跟洁丝讲话的老头是谁？会不会是哪家唱片公司的经理？艾德又帮我们签了新东家吗？不，没有。那老家伙是洁丝的爸爸，后来我又发现丽兹已经交了个新男朋友，那家伙在汉普斯特德有幢房子，还自己开了个平面设计公司。

我很快就缓过神来了。他们的言谈神情中没有什么兴奋的意味，所以我知道他们没有什么好消息要告诉我，没有关系到我未来的大事件要宣布。我看到他们的爱和关切，说实话这让我有点泪汪汪的；我跟他们久久拥抱，不让他们看到我脆弱的样子。其实他们来到星巴克的地下室是因为有人叫他们来星巴克的地下室，两人都不知道为什么。

"怎么了，兄弟？"艾德说，"我听说你过得不大好啊。"

"确实，"我说，"会有转机的。"我想说说狄更斯小说里那个密考伯，又怕他还没跟我说话就先烦了我。

"这里什么都不会有，"他说，"你得回家。"

我不想费劲再从头跟他解释一遍 90 天什么的那些事，于是赶紧换个题目。

"瞧你打扮的。"我说。他穿了件小羊皮外套，看上去好像挺值钱，下面一条白色条绒裤子，虽然头发还是很长，却长得健康有光泽。他看起来他妈的就像是跟《欲望都市》里那些女人约会的混账一个德行。

"我从来没真心喜欢过我以前那副德行。我穿成那样是因为我没钱。况且我们住的地方从来没有个像样的浴室。"

丽兹礼貌地笑笑。他们俩同时在场挺尴尬的，就好像你第一个老婆跟你第二个老婆一起去医院里看你一样。

"我没想到你竟然是个懦夫。"艾德说。

"嘿，说话当心啊，我们这里可是懦夫俱乐部总舵。"

"我知道。可据我听来的，人家理由都很充分。可你呢？你根本没理由啊，兄弟。"

"正是，差不多就是这样。"

"我不是这意思。"

"有人想要杯咖啡吗？"丽兹说。

我不想让她走开。

"我跟你一起去买。"我说。

"我们一起去。"艾德说。于是我们一起都去了。我和丽兹一直没讲话，艾德一直在讲话，就好像我过去的几年都浓缩在排队等着叫拿铁的这点时间里了。

"对我们这样的人来说，摇滚就像大学一样，"我们叫了咖啡以后，艾德说，"我们是工人阶级。除非我们组乐队，不然没机会像那些大学生社团的人一样乱搞。我们玩了几年然后就受不了乐队，受不了整日奔波在路上，受不了穷。所以你就去找份工作。生活就是这样，兄弟。"

"就是说，到我们觉得什么都受不了的那一刻……就像是我们的大学毕业证，那就是我们毕业的时候。"

"说得好。"

"那么什么时候鲍勃·迪伦开始觉得一切都受不了？斯普林斯汀呢？"

"也许当他们住的宾馆晚上6点以后才允许用热水的时候。"

确实，在我们最后一次巡演的路上，我们在南卡罗来纳州住过一个像这样的宾馆。可我记得那场演出，现场火得冒烟，可艾德记的是那里的浴室热水都没有。

"总之，我认识斯普林斯汀。至少我看过他的E大街乐队重聚巡演。还有，JJ议员，你可不是斯普林斯汀。”

“谢谢你，伙计。”

“靠，JJ。你想让我说什么？OK，你就是斯普林斯汀。你是音乐史上最成功的艺人之一。你同时上了《新闻周刊》和《时代》周刊的封面。你他妈在体育场演出夜夜爆满。这么着你就感觉好了？天哪，成熟点吧，兄弟。”

“哦，是嘛，你成熟了就是因为你家老爷子可怜你，给了你份工作，让你去找人上钩，盗装有线电视？”

艾德即将出手打人的时候，他的耳朵会变红。这一信息可能除了我对世界上任何人都没用，原因很明显，他难得跟被他打的人有很深的交情，所以那些家伙从来没机会知道他耳朵这点事——那些家伙不会在他身边待得太久。可能我是唯一一个知道什么时候该闪的人。

“你耳朵红了。”我说。

“我操你妈。”

“你大老远的飞过来就是为了跟我说这个？”

“我操你妈。”

“你们俩都给我住嘴。”丽兹说。我不能确定，但是我仿佛记得，我们三个最后一次在一起的时候，她说过同样的话。

那个帮我们做咖啡的家伙一直在小心看着我们。我认识他，见了会跟他打招呼，他人还不错；是个学生，我们以前还聊过一两次音乐。他很喜欢白条乐队，我一直试图劝说他去听听“混水”还有“狼”。我们有点吓到这孩子了。

“听我说，”我对艾德说，“这里我常来。你想揍我的话，咱们去外边。”

“谢谢，”那个白条小子说，“我说，你知道我意思。如果这里没别人你们尽管在这里开打，因为你是常客，我们希望能多照顾常客。可是……”他抬手示意排在我们后面的人。

“不用，不用，我能理解，伙计，”我说，“谢谢。”

“我把你们的咖啡留在柜台上好吗？”

“当然。不会很久的。一般他打过瘾很快就会恢复冷静。”

“我操你妈。”

于是我们就出门来到了大街上。外面又冷又黑又潮湿，可艾德的耳朵在阴暗处亮得就像一对小火炬。

马　丁

自从那天我们看到天使的事见报以来，我既没见过潘妮，也没跟她通过话。想到她的时候我觉得她挺好，可其实没有想念过她，作为朋友也罢，情人也罢，都没想过。我的里比多缺席不在（人得做好准备，没准这东西会提前退休，再也不回到工作岗位上来了）；我的社交圈子是由JJ、莫琳和洁丝组成，这可能跟我的性冲动缺乏一样不健康，何况眼下我觉得有他们就足够了。可是，当我看到潘妮在跟马蒂的一个男护士调情，我还是感到不可抑制的怒火。

如果你能了解人类本性的荒唐之处，就会发现这其实并不矛盾。（我相信我之前说过这话，可能再说一遍的结果就是这话显得没那么权威、没那么一针见血。下次我只消坦白承认自己荒唐并且前后不一，再不提什么人类本性的话了。）妒忌随时都会攫住男人，再说了，那个金发护士又高又年轻又晒得健康黝黑又是一头金发。即便是他一个人站在星巴克的地下室里，或者哪怕伦敦随便什么地方，都会引起我无法抑制的怒火。

回想一下，我几乎可以肯定自己当时就是在找借口想离开我家庭的怀抱。不出所料，在过去的几分钟里我并未多了解自己几分。我前妻的嘲讽和我女儿的蜡笔并没有像洁丝希望的那样富有教益。

“谢谢。”我对潘妮说。

“哦，这没什么。我也没别的事，洁丝觉得这样大概会有帮助。”

“没有，”话一说完我就发现自己站到了一处道德低位，“不是谢这个，是谢谢你到这里来当着我的面跟别人调情。换句话说就是谢谢你什么都没做。”

“这位是史蒂芬，”潘妮说，“他在照顾马蒂，没人跟他讲话，所以我过来打个招呼。”

“嗨。”史蒂芬说。我怒视他。

“我猜你肯定自我感觉不错。”我说。

“您刚说什么？”他说。

“马丁！”潘妮说。

“我说什么你听得见，”我说，“你个饭桶还挺得意。”

我有种感觉，仿佛那边孩子们在画画的那个角落里，还有另外一个马丁——那个马丁善良，温柔——正惊恐又着迷地看着，瞬间我想是否能够变回那个马丁。

“趁你没出丑，赶紧走吧。”潘妮说。这充分说明了潘妮宽以待人的精神，她认为我还没到丢人现眼的地步，我还有退路；没她那么偏心的人一定会发现，我已经颜面尽失，仿佛脑门上写着“白痴”二字，瘫倒在地动弹不得。可这没关系，因为我才不走呢。

“当男护士挺容易的，对不对？”

“没那么容易。”史蒂芬说。他老实回答我的问题就已经犯了一个基本错误，他回答得仿佛我是就事论事，语气中没有怒意。“这工作确实挺有收获，当然，但是……工作时间长，收入低，还要上夜班。有些病人挺麻烦的。”他耸耸肩。

“有些病人挺麻烦，”我拿腔作调地说，“收入低。夜班。”

“肖恩，”史蒂芬对他的同伴说，“我到楼上等。这家伙没事找事。”

“你给我待着听我把话说完。我给你面子，听你吹大牛说得自己跟个国家英雄一般，现在你乖乖给我听着。”

我觉得他倒不介意继续留在原地待那么几分钟。我这种突如其来的恶行恶状会引起别人很大的兴趣，这个我看得出，而且，希望我下面的话不至于显得不谦虚，可我得说我的名人效应，或者说我名人效应的残余影响，对这出闹剧的成功起到了关键作用：通常电视上的名人只有在酒吧夜店里，周围也都是电视名人的时候，才会失态出丑，所以，我决定在自己尚且清醒的时候，在星巴克的地下室里，对一个男护士大发作起来，这不可谓不勇敢——甚至可以说是开天辟地之举。其实说实在的史蒂芬不需要把我的发作太当真，不用以为我是专门冲他来的，这就跟我把大便拉到他鞋上差不多。这种内在爆发的外在表现通常都不针对特定目标。

“我特恨你们这种人，”我说，“你把个残废小孩推来推去，就想得奖章了。说句实话，这能有多难？”

接下去，说来惭愧，我就抓过马蒂轮椅的抓手，前后推他。这时候我觉得特好的一个主意，就是把一只手背到屁股后面，来显示弄张轮椅推着个残疾人来来去去是件多么女人气的事。

“妈咪，看爹地，”我的一个女儿开心地叫道（说来惭愧，我不知道是哪个女儿），“他好好玩哪。”

“怎样?”我对潘妮说,“怎么样?现在你又觉得我有魅力了吧?”

潘妮瞪着我,眼光仿佛我当真是拉到史蒂芬的鞋上了,这眼神足以解答我的提问。

“嘿,大家看哪,”我叫道,虽说我已经吸引到了所有可能吸引到的注意力,“我是不是很了不起?是不是很了不起?你以为这很难是不是,金发小子?我告诉你怎么才叫难,阳光小子。难的是……”

可说到这里我卡壳了。事实是,在我的职业生涯里,还真没有什么困难事例我能张口就说得出的。而我最近经历的困难都起源于我睡了个未成年少女,就是说用这个来争取同情恐怕不大好办。

“困难就是……”我只需完成这句话就成。说点什么都成,哪怕是我没有亲身经历过的事都行。生孩子?参加国际象棋锦标赛?可我什么也说不出来。

“你说完了吗,伙计?”史蒂芬问道。

我点点头,努力做个手势,想表示我气极了,受够了,不想再争下去。随后我就作出了显然唯一可能的选择,跟随洁丝和JJ的步伐,走出门去。

莫　琳

洁丝动不动就会夺门而出,所以她走我并不太介意。可后来JJ也出去了,再后来马丁也走了……跟你说句实话,这时候我开始感觉有点恼了。大家费那么多周折赶了来,这么一走了之实在太失礼了。还有马丁特奇怪,推着马蒂来回跑,还问大家他是不是很有魅力。为什么会有人觉得他有魅力呢?他看上去真是一点魅力都没有。他看上去就像是疯了。说句对JJ还算公道的话,他走的时候还知道把自己的朋友带上——没把他们扔在咖啡馆饮料台,就像马丁和洁丝两个所做的那样。可是后来我才发现,他是把他们带到外面打架去了,所以很难判断他到底算不算失礼。一方面说,他跟朋友们在一起,另一方面说,他跟他们在一起是因为他想揍他们一顿。我觉得这大概还得算失礼,但没有其他两个人严重。

剩下的人又站了一会,护士,洁丝的父母,还有马丁的家人和朋友,随后我们都意识到他们不会回来了,即便是JJ和他的朋友也不会回来了。这时大家都有点无所适从。

“这就算结束了吗?您觉得呢?”洁丝的父亲说,“我是说,我不想……我不想显得很没有同情心。我知道洁丝花了很多精力来准备这次活动。但是,这个……没剩下什么人了,是吧?莫琳,你希望我们留下来吗?有没有什么是我们几个联合起来可以做到的?因为,显然,如果有什么……我是说,您认为洁丝想得到什么结果呢?也许我们可以帮她缺席实现?”

我知道洁丝想要什么。她想要爸爸妈妈来解决一切问题,就像父母该做的那样。我也曾经有过这样的梦想,很久以前,当我刚开始单独跟马蒂一起生活的时候,而且我觉得这是人人都会有的梦想。至少是每个生活遇到严重问题的人会有。

所以,我告诉洁丝的爸爸说,我认为洁丝只是希望别人能更理解她,如果没有达到这个结果我也很难过。

“都是为了那对倒霉的耳环。”他说,于是我就问起了耳环的事,他就讲给我听了。

“耳环对她有什么特殊意义吗?”我说。

“对珍?还是洁丝?”

“对珍。”

“我还真不知道。”

“是她最喜欢的。”克里奇顿夫人说。她脸长得很奇怪。我们讲话的时候她一直面露微笑，可笑得就好像她是那天下午才发现世上有微笑这么种表情一样——她的脸好像不大习惯显出高兴的表情。她脸上的皱纹是为了丢失的耳环感到愤怒而留下的痕迹，她的嘴唇很薄，紧紧闭着。

“她回来拿走了。”我说。我不知道自己为什么会这么说，我也不知道此话是真是假。可我觉得应该这么说。这么说感觉像真的。

“谁干的？”她说。现在她的脸看上去不一样了。这表情她显得很不习惯，因为她突然看起来那么绝望，必得听我说完了才行。我觉得她不习惯于倾听。我挺喜欢让她的脸有点新表情，这也是我继续说下去的部分原因。我觉得自己仿佛开着一部除草机，在草长得过高的地方开出一条小路来。

“是珍。如果她那么喜欢这副耳环，可能就回来拿走了呢。你知道她这个年龄的女孩是怎么回事。”

“上帝啊，”克里奇顿先生说，“我倒从来没想到过。”

“我也没有。但是……这样的话事情就说得通了。你记得吗，克里斯？那时候我们还丢了另外几样东西。钱就是那时候不见了的。”

对他们丢钱我却有不同的看法。我看得出对这事可能会有其他解释。

“我当时还说，我觉得有几本书不见了，你记得吗？我们知道洁丝肯定没拿书。”

这时他们俩都笑了起来，仿佛他们很喜欢洁丝，喜欢她宁肯跳楼也不会去读书。

我看得出,也感觉得到,为什么珍回家拿过耳环的这种想法对他们会这么重要。这就意味着她是失踪了,去了得克萨斯、苏格兰或者诺丁山,而不是被谋杀了,或者自杀了。这就意味着他们可以想象珍现在在哪里,过着什么样的生活。他们可以猜想她是不是生了孩子,尽管这孩子他们从来没见过,也许永远都见不到,又或者珍找了份他们听都没听说过的工作。这就意味着在他们的脑海里,他们可以继续把自己想成是普通的父母。当初我给马蒂买海报买磁带,做的是同样的事情——我在自己的想象中当一个普通的父母,哪怕只有刹那时间。

如果你愿意,不出一秒钟就可以毁掉他们的这点幻想,从故事里找出巨大庞大无比大的漏洞。说实在的,就算知道了这些又有什么用呢?珍回来可能是因为她想戴着那副耳环去死,她也许根本没有回来过。再说无论她有没有返回家中待过5分钟,她现在仍然不见踪影。哎,只不过我知道人需要什么才能让自己坚持下去。这听起来可能搞笑,先想想我们是为了什么才会到咖啡馆里来的吧。但事实是到目前为止我都还坚持活下来了,哪怕我非得爬到顶层大厦屋顶上才能做到这一点呢。有的时候你就需要给一切来点小小的变动。你就需要这么想,也许有人回来拿走了自己的耳环,这样,你的世界就会看来能让你再活上那么一阵子。

可这些都是为了克里奇顿夫妇,不是洁丝。洁丝对这耳环理论是丝毫都不知情,而洁丝的世界才是需要变化的。她才是那个跟我一起来到楼顶的人。克里奇顿夫妇各自都有工作有朋友有一切,因此你可以说他们根本不需要什么耳环的故事。你可以说耳环的故事说给他们听真是对牛弹琴。

随便你怎么说,但这都不是真的。他们需要这故事——你从他们脸上就能看出来。世上我只认识一个人,不需要编造故事让自己坚持下去,那个人就是马蒂。(也许甚至他也需要。我不知道他脑子里有什么。他们说,要对他讲话,于是我就照做,谁知道我说的一切对他有没有用处?)有时候人不用自杀也会死去。你可以让自己局部死亡。洁丝的妈妈就让自己的脸死掉了,现在我眼看着她的脸重又恢复了生命。

洁　丝

进站的第一趟列车是往南的,我乘到伦敦大桥下来,漫步乱走。如果你看到我靠在墙上,眼睛望着河水,肯定会想,哦,她在想事情,但其实我不是。我是说,我脑子里确实有些词儿,但是,仅仅是你脑子里有词儿,并不能表示你就在思考,就好像说,如果你口袋里装满了硬币并不代表你就很有钱。我脑子里那些词都是些狗屁、混账、臭狗屎、靠、贱货、傻逼等等,这些词儿在我脑子里转得飞快,即便是我,也没办法把它们组成句。这可算不上是思考,你说是不是?

于是我看了一阵河水,又去桥边的小店里买了点烟草、纸和火柴。随后我又回到先前站的地方,坐下来给自己卷几支烟来抽,算是找点事来做。说句实话,真不知道为什么我不是特爱抽烟。我想我是忘了有抽烟这码子事。如果像我这样的人都忘记了要去抽烟,抽烟还有什么前途?瞧瞧我,掏多少钱你都愿意打赌,说我肯定整天烟不离嘴,可我不是这样。我的新年计划:要多抽烟。这比跳大楼容易多了。

总之,我就背靠着墙坐在那里卷烟,这时我看到我们学校一个老师，一个老家伙，就是那种艺术学校出来的，从 60 年代就在到处乱搞的人。他教的是版式设计，我上过他几次课，后来烦了就不上了。我倒不讨厌他，这人叫考林。他不把花白的长头发扎成马尾巴，也不穿褪色牛仔夹克。他从来也不想跟我们成为朋友，大概这就表示他有自己的朋友圈子。可有些人你就不能这么说他。

说实话，恐怕是他先看见我，然后我才看见他的，因为当我从卷烟的空当抬起头的时候，他正朝我走过来。再说句实话，恐怕我当时正在做的事，换句话说就是我脑子里说的那些脏话恐怕也不全是在我脑子里，你明白我意思吧。我没打算说出来，可脑袋里头词太多了，有些词从我嘴巴里溜出来了，就好像水从龙头里流到桶里（=我的脑袋），桶满了可我却没费心去把龙头关上，这些骂人的脏话就从我脑袋里涌出来了。

从我的角度来看事情就是这样。从他的角度来看，就好像我是坐在人行道上卷大麻，还自言自语在骂人，这情形可有点不大好看，对不对？于是他就走到我旁边蹲了下来，视线跟我齐平，然后就开始小声对我讲话。他说，洁丝，你还记得我吗？

我大概两个月前才见过他，所以我当然记得他。我说，不，然后笑了，我是想逗他乐的，可他却没有当笑话来听，因为他还是用很轻的声音对我说，我是考林 · 威尔因，过去在艺术学校教过你。我说，对，对。他说，不，我确实教过你。这时我才明白，他以为我的意思是"对，随你怎么说"。可我不是那意思，我说了两遍"对"只是想告诉他我前面是开玩笑来着，可我只是把事搞得更砸了。我这么一说就好像我以为他假装自己是考林 · 威尔因，这么做就太神经病了。于是我们的对话彻底偏离了正轨。就好像超市里的手推车有个轮子不好使，我总是想，这东西应该很容易推，结果我说的一切都把我引到错误的方向。

他又说，你为什么待在这里，坐在路上？我告诉他说我跟我那个倒霉的老妈吵了一架，吵什么破耳环的事。他又说，所以你现在不能回家了对吗？我说如果我想回家可以回去。我大可以坐上北上的列车回到安琪儿，然后坐公交车回家。可我不想回家。他说，我觉得你不该坐在这里。你有地方去吗？这时我才明白，他把我当成神经病了，于是我马上站起来，吓了他一跳，然后我骂了他一通就走开了。

后来我开始想事了，跟前面在脑袋里骂人不是一回事。我首先想到的是，我确实很容易就能变成个神经病。我不是说当神经病这活容易干——我真不是这意思，我只是想说，我跟你看到的那些神经病有很多共同之处，他们坐在人行道上骂脏话，一边卷烟。有些看起来痛恨其他人，我基本上也痛恨所有人。他们大概也把亲戚朋友都给气跑了，这点我差不多算做到了。况且谁知道珍现在是不是成了个神经病呢？也许这东西就在你的基因里，会遗传，虽然我老爸是个教育部次大臣，也许这种基因隔代遗传呢。

我不知道所有这些想法会落到何处，可我突然想明白，我麻烦大了，没想到我麻烦这么大。我知道这听起来很蠢，我还想过要自杀呢，现在又觉得没想过麻烦这么大。可我想跳楼只是一笑了之的事情，即便我真跳了，也就一笑了之了。可是如果在这世上我还有未来，那可怎么办呢？那又会怎么样呢？我还能气跑多少人，从多少地方跑开，就会发现自己当真坐在河边骂人？答案是要不了多久了。

所以我该做的是回去——回星巴克，回家，回到什么地方去——随便什么地方，只要不继续往下走。如果你走着走着，迎面碰上一堵砖墙，那你就得掉头往回走。

可就在这时，我似乎找到一个办法越过这堵墙。也许应该说我发现了墙上有个小窟窿，可以钻过去。我碰到一个家伙，带着一只很不错的狗，于是我没回去，却跟他走，上了他的床。

JJ

于是我就站在人行道上，对艾德说如果那样会让他好受些，尽管打我好了。

“除非你打我，不然我不想揍你。”他说。

有个无家可归的流浪汉站在旁边看着我们。

“打他呀。”他对我说。

“你他妈闭嘴。”艾德说。

“我不过是想你们快点开始。”那个流浪汉说。

“你越过他妈的大西洋飞过来，是因为 JJ 有了麻烦，”丽兹对艾德说，“现在倒好。一言不合你就想揍他。”

“事到如今该怎么样就得怎么样。”艾德说。

“是不是就像你们说的，‘男子汉该干吗就得去干吗’？因为这话在我听来怕是毫无意义。”丽兹说。她背靠着一家折扣商店的橱窗，做出一副不耐烦的样子，可我知道她并非不耐烦。她也很愤怒，可她不想表现出来。

“他跟我意见一致，”艾德说，“所以你怎么想无所谓。他理解就行。”

“不，我不理解，”我说，“丽兹说得对。你为什么要跑这么老远过来揍我？”

“这就像布殊·卡西迪跟日舞小子[1]的关系，对不对？”丽兹说，“你们想跟对方睡觉却做不到，因为你俩都不是同性恋。”

这话真把旁边那个流浪汉给逗乐了。他就像土狼一样怪笑起来。“你有没有看过宝琳·凯尔[2]评论布殊·卡西迪的影评？我的老天，她可真是讨厌这片子。”他说。

丽兹和艾德两个对宝琳·凯尔都毫无概念，可我有她一两本集子，从前老放在卫生间里，因为蹲坑的时候看她的文章挺对味。总之，在这么一个特殊时间，从这么一个特殊家伙口中听到她的名字，我是真没想到。我看着他。

“哦，我知道宝琳·凯尔，”他说，“你知道，我并非生来就无家可归。”

“我真是一点都不想跟他睡觉，”艾德说，“我是真想揍他。可他得先揍我才行。”

“你瞧，”丽兹说，“这就是同性爱，还夹带点虐恋意味。亲他一口就算完了。”

“亲亲他，”那个流浪汉对艾德说，“亲他或者揍他。总之干点什么，看在上帝的分上。”

艾德的耳朵红得不能再红了，我不禁怀疑它们会不会突然着起火来烧成黑炭。那样的话至少我可以说长了点新见识。

“你想让他杀了我吗？”我对她说。

---

① *Butch Cassidy and the Sundance Kid*，1969 年的名片，中文译名《虎豹小霸王》，又译《神枪手与智多星》，是保罗·纽曼和罗伯特·雷德福首度携手主演的西部片经典，描述美国西部盗匪史中确有其人的布殊·卡西迪和日舞小子携手闯荡江湖的传奇故事。两人原是 19 世纪末著名的火车大盗，他们都喜欢上同一名女子，带着她到处作案和逃亡，最后在南美洲的玻利维亚被军队歼灭。

② 宝琳·凯尔（1919—2001），著名影评人，1967 至 1991 年间为《纽约客》撰写影评，以风格犀利刻薄著称。

“你们干吗不回到一起算了?”丽兹说,“至少你们还可以共用一个麦克风,还有其他那些大个的电子阴茎替代品。”

“哦,所以你才不想让他待在乐队里对不对?”艾德说,“你吃醋。”

“谁说我不想让他待在乐队里?”丽兹问他。

“没错,这点你是大错特错了,艾德,”我说,“她没那么深情。她甩了我恰恰是因为我不做乐队了。我要成不了摇滚巨星赚一大堆钱她才没兴趣跟我在一起呢。”

“你就是这么想我的吗?”丽兹说。

我几乎能看到我的生活重新又恢复了完整。一切都是一场可怕的误会,现在终于误会要解除了,在大笑和眼泪中解除误会。丽兹从来都没想要跟我分手,艾德也从来没想要跟我分手。我跑到人行道上来等着一顿臭揍,结果我却得到了想要的一切。

“你们不打架了对吗?”那个流浪汉伤心地问道。

“除非我们一起揍你,把你揍出屎来。”艾德说。

“让我知道结局嘛,”那流浪汉说,“别回里头去。我什么故事他妈的都听不到结尾,就卡在这外面。”

结局肯定是皆大欢喜,我能感觉到结局的到来,我们四个全在里面。我们复合以后第一场演出的时候,可以把一首歌献给流浪汉。嘿——他也许可以当我们的路演经理。还有呢,我们婚礼的时候他可以起来献词。“大家都应该复合。”我说,我是当真的。这就是我的总结性发言。“每个解散的乐队,每对分开的情侣……这世上已经有太多的不幸,何况每10秒钟还有人在分手。”

艾德看着我,仿佛我神经不正常。

“你不是说真的吧。”丽兹说。

也许我错误地判断了当时的情绪。世界还没有准备接受我的总结性发言。

“得，”我说，“这个，你知道，只是……我的一个想法。我设想的一种理论，其中好多问题我也还没想清楚。”

“你们看他的脸色嘛，”那流浪汉说，“哦，他是当真的，没错。”

“那你怎么解释那些别的乐队解散以后又成立的新乐队？”艾德说，“比如，我也不知道。如果涅槃复合，那喷火战机①就得解散。那他们就该不开心了。”

“不是人人都难过。”我指出。

“还有那些再婚的呢？世上再婚的人幸福的很多。”

“那样就没有碰撞乐队②了，因为乔·斯特鲁默必须得待在他第一个乐队里。”

“你第一个女朋友是谁？”

“凯西·格尔奇！”艾德说，“哈！”

“那你还得跟她复合。”丽兹说。

“没错，”我耸耸肩，“她挺好。那样生活也不坏。”

“可她寸土不让！”艾德说，“你连把手伸到她胸罩里面都休想！”

“果真照你说的，我肯定到现在已经做到了。我们在一起都15年了。”

“哎，兄弟，”艾德说，口气好似我们听到莫琳说了什么教人心碎的话时一般，“我下不了手打你。”

我们沿路走了一段，进了间酒吧，艾德请我喝了杯健力士黑啤，

---

① 是涅槃乐队随着科特·柯本的自杀而解散之后，其鼓手大卫·格鲁创办的新乐队。
② 英国1970年代著名朋克乐队，主唱兼节奏吉他手是乔·斯特鲁默。

丽兹从自动售货机上买了包香烟，放在桌上请大家抽，我们就坐在那儿，艾德和丽兹看着我，仿佛在等我缓过神透过气来。

“我不知道你难受到这等地步。”过了一阵，艾德说。

“我想自杀——这不说明问题吗？”

“哦。我知道你想自杀。可我不知道你这么难受，居然想跟丽兹复合让乐队重组。这完全是另外一种不同层次上的痛苦，比自杀严重多了。”

丽兹忍着不笑，结果发出一种很怪的哼哼声，我长灌一口健力士。

突然，有那么一会，我感觉很不错。我真心喜欢喝健力士；我也是真心爱着艾德和丽兹。或者说我曾经爱过他们，或者说我对他们爱恨交加，甭管怎么说吧，这一切都对我有所裨益。也许这是我在最近几个月来第一次承认一些事情，这些情感一直隐藏在我内心深处，也许是头脑深处，总之是个我视而不见的地方。我坦白：我想自杀并非是因为我痛恨生活，而是因为我热爱生活。事实是这样的，我想，许多想要自杀的人跟我的感受一样——我认为莫琳、马丁和洁丝都有这样的感受。他们热爱生活，但他们的生活都搞得一团糟，所以我才会遇到他们，所以我们才会活到现在。我们跑到楼顶上是因为我们没有办法重建自己的生活，就这样被生活关在门外……这种情况真会毁了你，兄弟。这是一种绝望之举，而非四大皆空一死了之。这就像安乐死而不是谋杀。我不知道为什么自己突然想到这点。也许是因为我跟我爱的人们一起在酒吧里喝着健力士，我知道这话我前面说过了，可我真他妈的爱喝健力士，就像我爱喝几乎所有的酒类——把它们当作上帝光荣的造物之一，爱得毫不含糊，恰如其分。刚才我们在大街上还演了这么一出闹剧，即便是闹剧，也还让我感觉不错，因为有的时候，在这样的时刻，在这种真正复杂的时刻，发人深省的时刻，这让你认识到，即便是在艰难的时候，其中也有东西让你感觉到自己还活着。况且还有音乐，有姑娘，有毒品，还有看过宝琳·凯尔的流浪汉，有哇哇踏板①，有英国式的炸薯条口味，况且我还没看过《马丁·瞿述伟》②，还有……总之世上遍是诱人之处。

我不知道这种突然闪现的灵光会带来什么不同。你知道，我不曾想立刻把生命一把抱在怀里，发誓除非它放弃我，否则我绝不离弃它。从某种角度说，这让情况更糟，而非变好。一旦你停止假装，说一切都烂得不能再烂，你等不及要撒手一走了之，就像我这阵子一直告诉自己的；这时我感觉更痛苦，而非相反。告诉自己说生活很糟糕就像是服麻醉剂，什么时候你不再吃这玩意，你才能真正知道这种痛苦有多剧烈，到底痛在哪里，这种痛苦对人可没什么好处。

我认识到这一点的时候正跟我的前女友和从前的兄弟在一起，这样似乎也合情合理，因为我对他们的感情也是一样。我爱他们，并且将永远爱他们，可现在他们走出了我的生活，我对他们的感情无处归置。我不知道该如何对待他们，他们也不知该拿我怎么办才好，难道生活不正是如此？

"我从没说过我跟你分手是因为你成不了摇滚明星，"过了一会丽兹说，"这个你知道，对不对？"

我摇摇头。我不知道，对不对？你们可以替我作证。这篇小说里我一次也不曾坦白过这样的误会，无论是故意为之，还是其他。在

---

① 哇哇踏板实际上是一个带通滤波器。当它被置于一定位置时，可以用来控制低音吉他的音调；而不断踩动它时，则会由于高低音的交替增减而产生出特殊的效果。

② 狄更斯的小说，出版于1844年，以狄更斯本人去美国的经历为背景，其中对美国报业多加批评。

我看来,她甩了我纯粹因为我在音乐上是个大输家。

“那你当初怎么说的？再说一次吧。这次我一定努力听明白。”

“现在说什么也没用,因为我们都往前迈进了,生活掀开了新的一页,对不对?”

“算是吧。”我可不打算承认自己还待在原地,或者甚至倒退了几步。

“OK,我当时说的是,如果你不是个音乐人,我就无法跟你在一起。”

“当时这对你没什么大不了。你甚至不怎么喜欢音乐。”

“你没听懂我的话,JJ。你就是个音乐人。音乐不仅是你的工作,它就是你本人。我也不是说你会成为一个成功的音乐人。我甚至不知道你算不算是个好音乐人。只是我能看出来,如果你停下来不做音乐,那你对任何人都没用。瞧瞧现在,你把乐队解散了,5 分钟之后你就站到楼顶上去了。你跟音乐绑在一起。没有音乐你就活不了,宁肯死了算了。”

“这么说……OK。这跟我成不成功没关系。”

“上帝啊,你把我看成什么人了?”

可我这话并非说她,是说我自己。我从前从未这么看过问题。我以为这一切都是我的失败引起的,可其实不然。这一刻我只想哭他个天昏地暗,真的。我想哭是因为她说得对,有时候真相就是这么犀利。我想哭是因为我又打算重新开始做音乐了,而我曾经那么怀念音乐。我想哭是因为我知道做音乐不会让我成功,所以丽兹的话刚把我打入 35 年的赤贫生活,漂泊无定,绝望,没有健康保险,没热水的宾馆,糟糕的汉堡。唯一不同的是我将去吃汉堡,而不是做汉堡。

马　丁

我走路回家，关掉电话，接下来的48小时里我把窗帘放下，喝酒，睡觉，一有说古董的节目我就看。在这48小时里，我得说我很有陷入玛丽·普雷沃斯特景况的危险，这位好莱坞女演员死后若干时间才被发现，尸体残破不全，部分已经被她养的德国猎狗吃掉了。我没养德国猎狗，事实上什么宠物也没养，这几天想到这点我还觉得挺安慰的。等到有人发现我的时候我肯定已经腐烂了，但至少是个全尸，除了因为自然原因脱落的部分之外。那倒没问题。

事情是这样的。我问题的根源就在我脑袋里，我个性所在。（辛迪和其他人肯定会说我的个性和我麻烦的根源都在我腰线以下而非以上，可你得听我的。）我的生活中得到过好多机会，由于我一连串的错误决定，我把它们一个接一个全抛掉了。每个决定都足以产生灾难性的后果，可每个在我看来都是好主意——在我和我的脑袋看来——至少当时是。可我唯一能够拿来用以改正我人生灾难历程的工具，正是当初造成我把一切搞砸的同一个脑袋。我还有什么机会？

洁丝搞的那场杰瑞·斯普林格[①]大戏几个礼拜过后，我读了那两天我写的笔记。如果说我醉到这番程度，根本不记得自己写过这些笔记，那肯定不是真的，况且它们就摆在我公寓里，一眼就能看到。可直到两个星期以后我才鼓起勇气去读它们，而一读完，我立刻有冲动想重新拉下窗帘，再去找我的格兰杰牌苏格兰威士忌。

做这番练习的目的是为了用我唯一可用的脑袋来分析一下，为

---

① 美国谈话节目，将家庭冲突各方请至现场展开矛盾，以激烈冲突著称。

什么那天下午我会举止失常，并且列出这种荒唐举止可能引起的种种反应。替我的脑袋说句公道话，正如体育权威们说的那样——它至少还能看出这种举止实在荒唐。只是它拿这些也没办法。是所有人的脑袋都如此呢，还是只有我的不行？

总之，在几个没打开的信封背面——多数都是些账单——罗列出了令人沮丧的证据，说明人类行为之循环往复，无可救药。“为何对护士发威？”我写道。然后下面列出来：

1. 混账？是他？还是我？

2. 勾搭潘妮？

3. 年轻漂亮——所以我受不了？

4. 见人就烦。

这最后一条解释我刚想到的时候可能具有明确无误的意义，但现在看来却是惊人的含混不明。

在另外一个信封上我胡乱写道，“行动计划”（另外，请注意我从数字换成了字母，这应该用以表示这一工作的科学性）：

a. 自杀？

b. 请莫琳以后不要再用这位护士

c. 不要

C 条目到这里就打住了，要么是因为我接下来陷入了一种恍惚状态，要么就是因为“不要”正是对我所有麻烦根本的解决之道的准确描述。想想吧，如果我不做、没做、坚决不去做那些事，对我该有多少好处。

两个信封对我的认知能力都没有激发起多大的信心。我看得出这些笔记都出自同一个人，这家伙最近还想要告诉某个特定人群——人群里还包括他的两个年幼女儿——说所有的男护士都是娘娘腔并且自以为是：法庭心理专家据此足以得出结论，一言以蔽之，“混账”。同样，这个人在守岁夜还颇花了些时间试图想清楚是否该从高楼顶上跳下去，正是这种人才会在“行动计划”中写下“自杀？”这样的条目。如果兜圈子琢磨事是奥运会项目，那我拿的金牌可能比卡尔·刘易斯还多呢。

很显然，我需要俩脑袋，俩脑袋总比一个好。其中一个得是我原来那个旧脑袋，纯粹因为那个旧的知道人名电话号码，我喜欢哪个牌子的早餐麦片什么的；第二个脑袋应该能观察并且解释第一个脑袋的行为，就像电视里的野生动物专家那样。请我现在的脑袋来解释我自己的思想就像是用自家电话拨自家号码，怎么拨听到的都是忙音，或者是你自己的应答留言，如果你家电话有留言功能的话。

我花了好长时间，长得教人不好意思，才想明白原来别人也有脑袋，而且随便哪个别人的脑袋都能更好地解释出我大爆发的目的所在。我猜想这正是人类坚持要有朋友存在的原因。我进监狱期间自己的朋友似乎都失去了，可我认识很多人，都可以告诉我他们对我的看法。事实上，我这种辜负人、疏远人的倾向在这事上对我更有利。朋友和爱人可能会好心帮我说话，可因为我只有前朋友和前爱人，我的处境可以说非常理想。我认识的人都恨不能直指着我鼻子骂个痛快。

并且我也知道该从何开始。的确，我的第一个电话就非常成功，以至于我当真不需要找其他人再说了。我的前妻正是不二人选——言语犀利直接，目光敏锐一针见血——到最后我甚至同情那些跟爱人生活在一起的家伙了，因为说到底跟痛恨你的人在一起才是最适合的做法。如果你生活里有个辛迪,你绝不会有任何的快乐时光要费力度过:有的只是不快,而不快是学习的基本组成部分。

“你哪去了?”

“在家。喝酒。”

“你听过留言吗?”

“没有。为什么?”

“哦,我只是留了些那天下午我的想法。”

“啊,你瞧,我正是想谈谈那天的事。你觉得那天到底是怎么回事?”

“这个,你显然心理失衡,是不是?心理失衡并且心怀恶毒。你就是个心理失常、心怀恶毒的混账。”

这个开端很不错,我觉得,但有点缺乏重点。

“听我说,我很感激你肯这么说,我也不想失礼,可我对心理失常的混账这部分更感兴趣,超过心怀恶毒这点。你可以就这点展开再多说点吗?”

“也许你该花钱请人帮你这个忙。”辛迪说。

“你是说找个心理医生?”

她哼一声。“心理医生?不。我想到的是你多出点钱她就肯往你身上撒尿的那种女人。你想要的不就是这个吗?”

我想了想。我不想错过任何东西。

“我想不是,”我说,“以前我从来没觉得这样很诱人。”

“我是打比方。”

“抱歉,我没听明白。”

“显然你觉得自己差劲极了,所以不介意受虐待。他们的问题不就是这样吗?”

“谁?”

“那些需要女人那啥的男人……算了。”

我大概开始明白她想说的意思了。确实被人骂感觉不错。或者应该说我觉得我活该如此。

“你知道你为什么要针对那个可怜的人,对吗?”

“不!你瞧,我打电话给你为的就是这个。”

如果辛迪知道自己这时候挂掉电话会造成多大的损失,那对她来说这诱惑可实在太大了。幸运的是,辛迪是下定决心要说个痛快才算完。

“我的意思是,他比你年轻15岁,长相也比你好得多。可问题不在这里。他那一下午所做的事,你这辈子加起来都赶不上。”

没错!就是这样!

“你整天在电视上卖笑,回头就去搞小姑娘,而他却推个轮椅带着残疾小孩到处走,也许还只能拿最低工资。难怪潘妮会去跟他聊天。对潘妮来说,这就像是从一个道德上的弗兰肯斯坦怪物换到了布拉德·皮特。”

“谢谢你。说得太好了。”

“你休想挂我的电话。我才刚开了个头。这种话我说上12年也不够。”

“哦,我保证还会回来继续听。但眼下这些够用了。”

你瞧,前妻:真的,人人都该有,至少一个。

莫　琳

我觉得要我来解释干预活动那天下午后来的事有点傻,因为事情听起来太多巧合了。可我想也许只是我会觉得这里面巧合太多。我知道我以前说过,说我开始认识到一些事情的分量,就是说我知道什么该说什么不该说,好不让人们为我感到难过。所以如果我说,在我碰到其他人之前我的生活里什么事都没有发生过,我不想说得好像我在抱怨一样。其实事情就是这样。如果你整天待在一个安静的房间里,有人跑到你背后去说一声"嘣!",你肯定会吓一跳。如果你整天跟一群矮子待在一起,突然看到一个身高6英尺的警察,肯定觉得他像个巨人。如果一直没事发生,那么当有事发生的时候,这事肯定看起来挺奇怪,几乎像是上帝的旨意。这种终日无事会把发生的任何事情扯得变了形。

事情是这样的。史蒂芬和肖恩帮我把马蒂带回了家;我们叫了辆出租车,我们四个人勉强挤了进去,我和两位护士挤在后排座位上。即便这点事对我来说也很值得一提。若是在几个月前,要不是马蒂跟我一起回家,我回去肯定会跟马蒂说起这事。不过当然了,如果他没跟我在一起那就没什么可说的了。那样我就用不着史蒂芬和肖恩,我们也就不会一起乘出租车了。我肯定会一个人坐公交车回去,这还得假设我的确出了趟门。你明白我说的有事没事之说了吧?

我们都坐好以后,史蒂芬对肖恩说:"你那儿还有别人吗?"肖恩回答:"不,我想我叫不到别的人了。"史蒂芬又说:"那就只有我们三个人了,对吗?那我们死定了。"肖恩耸耸肩,然后我们都望着窗外沉默了一会。他们说的什么我根本不知道。

这时肖恩说:"莫琳,竞猜你在行吗?想跟我们一起来吗?你什么都不会也没关系。我们实在没办法了。"

瞧,这算不上是你听过最神奇的故事,对不对?我老听洁丝、JJ和马丁说,这种事他们经常碰到。他们在电梯里或者酒吧里碰到了什么人,这个人说:“你要来一杯吗?”甚至可能会说:“你想做爱吗?”也许他们确实有点想做爱,所以在他们正好想做爱的时候有人提出要跟他们做爱,这简直是神奇的巧合。可在我印象里他们似乎不是这么想的,好多人都不是这么想的。生活就是这样。一个人碰到另外一个人,这个人想要做某件事,或者知道某人想做某件事,结果事情就做成了。或者换个角度说,如果你不出门,从来不碰到什么人,那么就什么事都做不成。怎么会做得成呢?可是在那一刹那,我几乎说不出话来。我很想参加一次竞猜,而这些人正需要找个人加入他们的竞猜小组,我激动得后脊梁一阵激灵。

所以我们没有回家,而是将马蒂送到了护理中心。史蒂芬和肖恩不当班,可当班的都是他们的朋友,于是他们只需跟朋友们说马蒂当晚在那里过夜,其他人连眉毛都没皱一下。我们约好了在竞猜的酒吧里碰头,然后我先回家换衣服。

接下来的故事我真不知道先说哪件了。这里头还有件巧事,我不知道是在这里集中先把巧合都说出来呢,还是按顺序说,先把竞猜的事说完了再说。也许如果我把巧合分开来说,你会更容易相信。可转念一想,我倒不介意你信还是不信,因为事实就是如此。况且不管怎么说,我还是想不清楚这到底算不算是巧合:也许你想要什么就来什么这永远不可能是巧合。如果你想要奶酪三明治,结果就得到了一个奶酪三明治,这不能算是巧合,对不对?照这个标准,如果你想要份工作,果然就得了份工作,这也不能算是巧合。只有当你觉得对自己的生活毫无把握的时候才会把这些事看作是巧合。所以我还是现在就说了吧:队里另外那个人是个老先生,名叫杰克,他在拱门区不远处有家书报亭,他给了我份工作。

这算不上份正式工作——一个星期三个上午。工资也不高,一小时 4.75 英镑。他跟我说我得先经过一段试用期。可他其实挺着急,他想早上开张以后,报纸分拣完,忙过一大早最忙的时段就回家睡觉。他给我工作就跟史蒂芬和肖恩邀请我参加竞猜游戏一样,都是随口一说,没办法了才找到我的。就在玩到电视题和运动题之间的空当,他问我是干什么的,我说我除了照顾马蒂之外什么也不干,他就问:“你不会想找份工作吧,想不想?”我后脊梁又是一激灵。

我们竞猜没赢。11 个队我们得了第 4,可那几个男的已经很满意了。况且我还答出了一些他们不知道的谜题。比如我知道玛丽·泰勒·摩尔[1]的老板是娄·格兰特,约翰·梅杰的儿子娶了爱玛·诺贝尔,我还知道凯瑟琳·库克森[2]写了提莉·特劳特和玛丽·安·肖奈西的故事。所以这三分他们没我就得不了。可能就是因为这个他们才会说我以后可以再来。第四个队员显然很靠不住,因为他刚交上个女朋友。我告诉他们,我可能是他们找得到的最可靠的人选。

几个月前,我从图书馆借的一本书里读到,一个姑娘发现她爱上的是失散多年的哥哥。但是当然了他根本不是她失散多年的哥哥,他当初那么说只是因为他喜欢她的长相。最后还发现他根本不穷,其实很有钱。这些还不算,他们还发现,他的狗的骨髓跟她那只得了白血病的狗配对成功,于是他的狗救了她的狗的命。

说实在的,故事没有我说得这么好听。其实故事有点傻。可我想说的是,我怕自己这么说自己的事,会不会听起来像这故事一样,

---

① 玛丽·泰勒·摩尔(1936—2017),1970 年代著名的美国电视演员,以她本人命名的电视系列片,以讽刺美国文化为主题,上演七年之久,广受欢迎,剧中她的老板是娄·格兰特。1977 年又有以娄·格兰特命名的系列片问世。下文中莫琳提到的爱玛·诺贝尔是节目主持人。

② 凯瑟琳·库克森(1906—1998),英国著名浪漫小说作家,发表过 90 多部小说,作品多被改编为影视作品,上文提到的两个都是库克森原作改编作品的主要人物。

所以我有两点得说清楚。首先我得指出，请人照顾马蒂的花费一小时可不止 4.75 英镑，所以说有了工作反倒不如以前有钱了，如果一个故事讲到结尾你比开始时候穷了，这可真算不上是个童话故事，对不对？其二我还得指出他们队里那第四个成员有时候还是会参加，所以我不能每个礼拜都参加竞猜。

我在酒吧里喝着杜松子酒配苦柠檬汁，其他人甚至不肯让我请他们喝一圈；他们说我是特邀队员，理应得到报偿。也许是这杯酒让我感觉很不错，总之这天晚上结束的时候，我知道当我们在 3 月 31 日再碰面的时候，我将不会再想从楼上往下跳了，至少一段时间之内不会。而这种感觉，觉得眼下我还能过的感觉……我想让这种感觉尽量长地停留。现在一切都还不错。

竞猜的第二天早上，我又回到了教堂。自从我们去度假以来，我还一次也没有进过任何一个教堂，我以前去的那个教堂我已经好多好多礼拜都没去过了，自从我跟其他几个人在房顶上遇见以来都没去过。但是现在我可以回去了，因为我想一段时间之内我都不会再犯绝望的罪过，所以我现在可以回去请求上帝原谅。只有当你停止绝望的时候上帝才能帮你，一想到这个……算了，我没必要去想这些个。这是一个安静的礼拜五早晨，里面几乎没什么人。那个从不错过任何一次弥撒的意大利老太太在，还有几位我从没见过的黑人妇女。里面没有男人，没有年轻人。我进忏悔室之前有点紧张，结果还好。我讲了自己上次忏悔距现在有多久之遥，我忏悔了自己绝望的罪过，神甫要我念 15 套玫瑰经，这个我觉得太苛刻了点，即便我犯的是绝望之罪这也太严厉了些，可我不会抱怨。有时候你会忘记上帝的仁慈宽大无边。可别忘了，如果我当初跳下去了，他就不会宽大无边了，可我没跳。

这时安东尼神甫说："我们能帮你吗？我们能有办法免去你的负担吗？因为你要记得，你还是这个教堂社区的成员呢，莫琳。"

我回答说："谢谢您，神甫，可我有朋友，他们能帮我。"可我没说我这些朋友属于什么社团。我没告诉他，说我这些朋友也都是绝望的罪人。

你还记得《诗篇》第50章吗？"要在患难之日求告我，我必搭救你，你也要荣耀我。"我到了顶层大厦是因为我曾一遍一遍又一遍地求告，却无人搭救，我的患难之日持续太久，仿佛永远不会结束。但最后上帝还是听到了我的求告，给我送来了马丁、JJ还有洁丝，然后又给我送来了史蒂芬和肖恩还有竞猜，然后又给我送来了杰克和这家书报亭。换句话说，上帝向我证明，他的确听到了我的求告。有这些明证，我怎么还能怀疑主呢？所以我还是尽我所能地荣耀主吧。

洁　丝

这个带条狗的家伙没有名字。我是说，他肯定曾经有过名字，可他说现在他不用名字了，因为他不赞同姓名这东西。他非说名字会阻止你成为自己想成为的人，当他向我解释了这番道理以后，我似乎能明白他的意思了。比如说你叫托尼，或者乔安娜。那么你昨天是托尼或者乔安娜，明天还会是托尼或者乔安娜。这样你就完蛋了，真的。别人就永远可以说，哦，乔安娜向来如此。可这家伙，他一天之内可以是百十号不同的人。他告诉我，我脑袋里想到什么就叫他什么，所以一开始我叫他狗，因为他有狗，后来叫他没狗，因为我们一起去酒吧喝酒，他把狗放门外头了。所以在我们相处的第一个钟头，他就是两个完全不同的人,因为狗和没狗应该说是相反的两种人,对不对?带狗的人跟不带狗的人不一样。带狗的人跟酒吧里那家伙是两个不同的形象。这样你就不能说,哦,没狗向来就是这样,老让他的狗在别人家花园里拉屎。这根本说不通,是不是?没狗怎么可能有只狗在别人家花园里拉屎呢?他根本没狗,对不对?他的道理就是,我们都可以一天之内既是有狗又当没狗。比如说老爸上班的时候可以是非老爸,因为他上班的时候就不是老爸了。我知道这些太深刻,可是如果你使劲想想,这其实有道理。

同一天里,他还是花,因为当我们一起散步到南华克桥附近的时候他给我采了一朵花,后来他又是烟灰缸,因为他闻起来跟烟灰缸一个味,而花跟烟灰缸也正好相反。你明白了吧?人类一天之内有成千上万种不同的样子,他的方法比西方的思维方式让人更容易理解这一切。这之后我只叫过他一个名字,可那是个脏字,所以我得保密。我说是个脏字,是因为根据上下文什么的我知道你听来会觉得这是脏话。其实只有当你对男性身体缺乏尊重的时候这词才真是脏话,而那样的话在我看来你这人才脏呢,我们不脏。

所以这个家伙……事实上,我看得出西方式思维还是有一个好处的,那就是如果人有名字你就知道该叫他什么了,对不对?只有这么一点小好处,却有成千上万的大坏处,比如最大的一条,名字这东西其实是法西斯主义,不允许我们作为人自我表达,把我们变成了一成不变的样子。但是我在这里老说到他,我想还是给他固定一个名字为好。叫没狗就好,因为这名字很不寻常,你也能明白我说的是谁,这比管他叫狗好,因为你可能以为我他妈说的是条狗呢,其实不是。

于是出去喝了杯酒之后,没狗带我回了他家。说实在的,有了狗和前面的那些事，我倒没想到他还有个家。他看上去就像那种前不着村后不着店的人，但显然我碰到他的时机正好。可他住的也不是个正常的地方。他住在罗瑟希德站后面一家店里。而且还不是间住房改建的店——就是一爿店面，可现在什么也不卖了。这里曾经是那种老式的街角小店，有货架有柜台，还有个大橱窗，他挂了张床单把橱窗挡起来了。没狗的狗在后面有间自己的卧室，那间过去肯定是储藏间。如果你能忍受一点点不舒服，商店其实还是蛮舒服的。你可以把你的衣服搁到货架上，把你的电视摆到柜台上原来摆收款机的位置，把你的床垫铺在地板上，然后你就走了。店里有厕所，有水，但是没有浴缸也没有淋浴。

到了以后，我们马上就做爱，先把这个解决掉。我以前只跟查斯有过全套性行为，做得并不好，但是跟没狗挺不错的。许多别的东西也都搞定了，你明白我意思的吧，因为跟查斯在一起的时候，他的家伙不灵，我的家伙其实也不灵，所以那次只能算是勉强。总之这次不一样，没狗的家伙很不错，我的也不错，这样就很容易理解为什么那么多人想再做。大家都说第一次如何如何重要，但其实第二次才算数。或者就是第二个人，总之。

瞧第一次的时候我有多傻，哭哭啼啼，要死要活的。你瞧，如果我再这么闹一回，我就知道自己要出问题了。但我真的不在乎以后还会不会见到没狗，所以我肯定是进步了，对不对？事情就应该这样，如果你想生活继续下去的话。

完事之后，他打开那个小小的黑白电视，我们躺在他的床垫上看电视，后来我们开始聊天，最后我就把珍、顶层大厦还有别的事都告诉他了。他一点也不吃惊，也没有同情什么的表示。他只是点点头，然后说，哦，我老想要自杀。于是我说，你干这个肯定不在行，他说，可这不是目的,对不对?我说,怎么会不是目的?他说,这样做的真实目的在于常常把自己献给生死之神,这些神都是异教的神,所以跟教堂一点关系都没有。如果生命之神要你,那么你就活下来,如果死亡之神要你,那你就活不了。所以他认定守岁夜我是被生命之神选中了,所以我才没跳成。于是我说,我没跳是因为有人坐在我脑袋上,他解释说是生命之神通过这些人来说话,我觉得这样讲非常有道理。因为如果没有看不见的力量指引,他们干吗多此一举?然后他又跟我说,那些脑死亡的人,比如乔治·布什和托尼·布莱尔,还有《美国偶像》[①]的评委,这些人从来不会把自己献给生死之神,所以根本无法证明他们有权活在这世上,所以我们不应该遵守他们的法律,或者承认他们做的决定(比如《美国偶像》的评委)。所以如果他们叫我们去炸别的国家,我们也不一定得照做,如果他们说肥蜜雪儿或者什么人得了《美国偶像》的冠军,我们也不用听他们的。我们只需说,不,她没赢。

他说的一切都那么有理,以至于我都有点后悔前头几个礼拜的事了。因为虽然JJ、莫琳和马丁对我还算不错,可你怎么也不会觉得他们很有头脑,对不对?他们没有像没狗这样给我一些解答。但是换个角度想想,如果没有他们,我就决不会碰到没狗,因为我肯定不会费心去组织什么干预活动,也就没什么非走出不可的困境了。

我想这就是生命之神在说话,如果你仔细想想就会明白。

我回家后,老爸老妈想跟我谈谈。一开始我的反应是,随便你们,可他们很认真,妈妈给我端来一杯茶,安顿我在厨房餐桌旁坐下,

① 美国一档广受欢迎的选秀节目,是前些年国内《超级女声》等系列选秀节目的模板。

然后对我说，她要跟我道歉，说耳环的事她对不起我，说她知道谁偷走了耳环。我说，是谁呢？她说，是珍。我瞪着她说不出话。她说，没错，真的，就是珍。我说，这怎么讲得通？她开始说莫琳如何向她指出了一个非常明显的情况，你一想就能明白。那是珍最喜欢的一副耳环，如果耳环不见了可别的东西没少，那就不可能是巧合。一开始我没明白这有什么意义，因为珍还是没找到。但是，当我发现这对她有多么大的意义，想明白了这一点让她变得多么平静，我就不管了。关键是她想对我好。

这时我对没狗的感激更深了。因为是他教会了我这种深刻清晰的思维方式，让我看清楚事情的真相。所以即便妈妈没有看清楚事情的真相，她也不知道这其中的道理，比如说《美国偶像》的评委无法证明他们有权活着，妈妈还是看清了什么能让她安心，不那么招人讨厌。

如今，因为没狗的教导，我有了这样的智慧，愿意接受她的说法，而不是告诉她这想法多蠢、多没意义。

马　丁

你可能会问，谁会给自家孩子起名叫帕西诺呢？答案是帕西诺的父母，哈利和玛夏·考克斯，就是他们。

“容我问一句，你的名字是怎么来的？”我刚认识帕西诺的时候问过他。

他看看我，一脸茫然，可我得指出，几乎任何问题都会问得帕西诺一脸茫然。他个高，龅牙，还斜视，所以他的智力欠缺尤为不幸。如果说有人因为欠缺魅力和好相貌需要得到赔偿，那帕西诺肯定算一个。

“你什么意思?”

“你名字怎么来的?”

“怎么来的?”

显然,他以前从来没想过名字还要有个来由;我倒不如问问他的脚指头是哪里来的。

“有个著名演员叫帕西诺。”

他看看我。

“是吗?”

“你没听说过他?”

“没有。”

“所以你觉得自己名字不是来自那个演员对吗?”

“不知道。”

“你没问过吗?”

“没。我从来不问人家名字的事。”

“是这样。”

“你名字哪来的?”

“马丁吗?”

“对啊。”

“这名字哪来的?”

“是啊。”

我盯着他看了一阵,有点迷惑。除了最明显的答案之外——即我的名字来自我的父母,正如帕西诺的名字是他父母起的一样(即便是这条消息可能也会令他大吃一惊)——我只能告诉他说我的名字源自法国,而他的来自意大利。结果呢,我发现自己很难说出口,说他的名字搞笑而我的名字却正常。

“瞧，这个问题很难。我不会不表示我就很笨。”

“对，当然不是。”

“不然你也很笨。”

这种可能性我不能完全排除。我开始觉得自己很笨，原因真是一言难尽哪。

帕西诺是我们社区小学一个 8 岁的学生，我来是帮他提高阅读能力的。我跟辛迪那次谈话之后，在当地报纸上看到一个小广告，于是报名来当了志愿者。帕西诺是我通往获得自我尊重道路上的第一站。这条路会很漫长，这一点我能接受，可我还是希望帕西诺能够让我走得比较远。比如我们假设自尊远在悉尼，而我是从好洛威大道地铁站开始出发，那么在我的想象中帕西诺应该位于我航班加油过夜的地方。我已经很现实地看明白了，他不会一下子把我带到目的地，但是自愿跟一个毫无魅力的小孩坐一个小时绝对能代表好几千英里的航程，对不对？但是在我们第一次课上，当我们碰到哪怕是最简单的单词都得打个磕绊的时候，我才认识到，他不像是航程过半的新加坡中转站，倒像是卡利多尼恩路，我恐怕得再过二十几个地铁站才能到他妈的希思罗机场。

我们一开始看的是一本非常可怕的书，因为他想读关于足球的书，所以找了这本大字印刷的故事书，说的是一个只有一条腿的姑娘，克服了自己的残疾和队友的性别歧视，终于当上了校队的队长。替帕西诺说句公道话，一旦他看出苗头不对，立刻很恰当地表示出了不屑。

“她肯定会在重大比赛里踢进关键一球，对不对?”他不无嫌恶地问。

“恐怕是这样，对。”

“可她只有一条腿。”

“的确。”

“再说她还是个女的。”

“确实，她是个女的。”

“那这是个什么学校？”

“这倒得问问。”

“我在问呢。”

“你想知道这学校叫什么名字？”

“对。我想跟兄弟们去那儿笑话他们队里居然有个独腿女生。”

“我不知道是不是真有这么个学校。”

“就是说这故事根本不是真的？”

“不是。”

“那他妈的我就不费这个事了。”

“好。那就去找点别的来吧。”

他喘着粗气走回到图书馆的书架旁，却找不到任何自己感兴趣的书。

“那你到底对什么感兴趣呢？”

“没什么，其实。”

“什么都没兴趣？”

“我蛮喜欢水果。我妈妈说我是吃水果冠军。”

“是吧。我们就围绕这个来学习吧。”

我们的一个小时还剩下 45 分钟。

你还能怎么办呢？人该多么喜欢自己才会愿意继续活下去？为

什么我跟帕西诺的一个小时就起不到作用呢？我觉得部分原因得怪他。他根本不想学习。他也不是我想象中那种孩子。我原本希望碰到个聪明出色的孩子，只是因为家庭环境拖累未能成材，每星期多加一个小时的辅导这孩子就能出落成个工人阶级出身的天才少年。我希望我每周付出的一个小时能够把一个未来的吸毒犯变成牛津大学英文专业的高材生。我想要的是这样的孩子，相反他们却给了我个志在吃水果的孩子。我是说，他干吗需要读书呢？男厕所的标志全世界都一样，他要想知道总能问他妈，说电视上演的那是啥。

也许关键就在这里，就在于这种彻头彻尾的、折磨人的无用之感。也许，如果你知道自己在做的事显然毫无价值，你会比那些确定无疑在帮助别人的家伙更喜欢自己。也许到后来我会感觉比那个金发男护士还强些，那样我就可以再奚落他一番，只是下次正义就会站在我这边了。自我价值就像有价货币一样，你存了好多年，如果你愿意大可以一夜之间挥霍殆尽。我把四十几年的存款在几个月中挥霍光了，现在只好从头开始存。教帕西诺大概相当于一星期存一毛钱，这样算来我还得过老长时间才能有钱再进城去玩一夜。

你瞧，我现在可以完成这个句子了："难事就是教帕西诺读书。"或者应该说："难事是一点一点试图重建自己的生活，既无书籍可供参考，一片一片该归到何处也无人指导。"

JJ

丽兹和艾德给我买了把吉他、一把竖琴，还从丹麦街上那些挺酷的店里给我配了条肩带；当艾德和我一起去希思罗机场的时候，他对我说他打算替我买张机票回家。

“我还不能回家,兄弟。”

我跟他去机场只想道个别,不料这段地铁旅程太长,结果我们没有谈他该买份什么杂志路上读读,而是说起别的事了。

“这里没什么你能做的。回家吧,再组支乐团。”

“我这儿有个团。”

“哪儿?”

“你知道。那些人。”

“你觉得跟他们是一伙的?我们在星巴克见到的这群倒霉蛋,还有他妈的……变态?”

“我以前的团队里也有过倒霉蛋和变态。”

“我的团里可从来没有变态。”

“那美元比尔算什么?”

美元比尔是我们的第一个贝斯手。他比我们年纪都要大,后来他跟我们高中门卫的儿子出了点事,我们只好开除了他。

“至少他妈的美元比尔能弹琴。可你这帮伙计能干吗?”

“这不是那种团队。”

“这根本什么团队都不是。这算怎么着?难道永远这么下去吗?你就打算跟他们混到他们死?”

“不,兄弟。只要等到大家都没事。”

“等到大家都没事?那丫头是个神经病。那男的休想再在公众面前抬起头来。那老太太的孩子他妈的连气都不大会喘。他们什么时候才会没事?你还是希望他们变得更糟吧。那样他们就可以从他妈的楼上跳下去,你就可以回家了。你只能盼着这么一个欢喜大结局了。”

“那你呢?”

“他妈的这一切跟我有什么关系？”

“你的欢喜大结局是什么？”

“你说什么呀？”

“我想知道对其他人来说怎么才算是个欢喜大结局。告诉我到底有什么不同？因为马丁、莫琳和洁丝都没救了，可你呢……你的工作是哄骗人家装有线电视。你会走到哪里去？”

“我该上哪儿上哪儿呗。”

“对。跟我说说是哪儿。”

“操，伙计。”

“我只不过想说明一个问题。”

“没错。我明白了。到最后我跟你这帮朋友的欢喜大结局没什么不同。谢谢你。你介意不介意我到家以后再开枪自杀？还是说你想让我现在动手？”

“嘿，我不是这个意思。”

其实我就是这个意思，我猜。当你到过这样的地方，就是守岁夜我去的地方，你会觉得那些没上过楼顶的人离你十万八千里之远，简直是远隔重洋，但其实不然，没有远隔重洋。这之间基本只有干燥的土地，伸手就能够到的距离。我想说的不是幸福距离我们有多么近，只是我们一叶障目看不见，或者其他这种废话。我不是想说自杀的人跟那些坚持下来的人其实没有那么大的不同；我想说的是，那些坚持下来的人距离自杀也没那么远。也许我不该觉得这话让人安慰。

我们的 90 天约定快到期了，我猜马丁那位自杀专家确实有他的道理。情形确实变了。这变化不快，也不剧烈，也许我们并没有做许多事来促成这些变化。就我个人情况来看，事情甚至不能说是变好了。我坦白说，我的境遇和前景到 3 月 31 号比守岁夜更加不令人羡慕。

“你真打算坚持下去?”到机场的时候艾德问我。

“坚持什么?”

“我不知道。生活。”

“我看没理由不活下去。”

“真的吗,伙计。肯定只有你一个看不出。我是说,如果你当初跳了我们都能理解。我说真的。你知道,肯定没人会想说,多可惜啊。大好人生他就这么撒手去了。因为你扔下了什么呢? 什么也没有。没什么可惜的。”

“谢谢你,伙计。”

“别客气。我是实话实说。”

他面带笑容,我也笑着,我们就像从前一样在谈论生活中的问题;只是这次仿佛比往常更恶毒一些,我猜。就像从前他曾经跟我说,那个刚刚伤了我心的姑娘其实还是喜欢他,或者我跟他说他刚费了好几个月写出来的那首歌简直臭不可闻,只是如今赌注更高了些。可他说得对,也许比他以往的话都更有道理。真没什么可惜的。可你得看到,你照样有权享用你的 70 年人生。

卖艺还不坏。OK,没什么好,可不算糟。其实,OK,确实糟糕,但是,还不算……我下次再来完成这句话,要说得既充满希望,又实事求是。第一天出去感觉他妈的太棒了,因为我已经很久没有抱过吉他了,第二天还不错,因为那种手生的感觉已经去得差不多了,我能感觉到有些东西回来了,况且卖艺比送比萨感觉好多了。

而且真有人把钱扔在毯子上。我在杜莎夫人蜡像馆门外弹《失去信仰》给一帮西班牙小孩,得了大概 10 英镑,第二天从一帮瑞典还是哪儿的游客那里得的钱只比前一天略少一点(弹的是泰特 · 摩登的《威廉，这真的没什么》）。如果我能把那个家伙弄死，那么卖艺就是我能想到最好的工作。至少，能抱把吉他坐在人行道上弹就是最好的工作，反正。那家伙叫杰瑞·李·小道，他的毛病在于，他把摊子就铺在你旁边，跟你弹一模一样的曲子，只是慢两个小节。于是我一开始弹《失去信仰》，他也开始《失去信仰》，我赶紧停下，因为这太难听了，然后他紧跟着也停了，这时大伙都笑，因为这他妈的实在太可笑了哈哈哈，然后你换个地方，结果他马上又跟着你来了。而且，不管你弹的是什么歌，他跟着就来，这点我倒得坦白，确实挺厉害。我以为我弹 Replacements 的《航线》会甩掉他，我特地挑了这么首曲子，就想气气他，这歌全世界大概只有 19 个人听过，可他跟上了。噢，人人都把硬币丢给他，因为很显然嘛，他是个天才，而我不是。有一次在莱斯特广场我冲他发火，周围的人都嘘我，因为大家都爱他。

可我猜人人工作里都会碰到一个处不来的人。如果你的职业生涯里缺这样的人，他们的存在无时无刻不提醒你，说你的工作如何愚蠢无用——许多人有我同样遭遇，谢谢同情——那么你得承认，这个杰瑞·李·小道确实很难打败。

莫　琳

我们在顶层大厦对面的酒吧里碰头，进行我们的 90 天派对。计划是大家喝上几杯，到楼顶上去，想想事情，然后下来到好洛威大道上的印度洋餐馆去吃咖喱。对咖喱这部分我有点拿不准，可他们说会帮我点我爱吃的。

可我不想到楼顶上去。

“为什么?”洁丝问。

“因为人们到上头去自杀。”我说。

“切。”洁丝说。

“哦,这么说情人节那天晚上你还挺享受的?”马丁问她。

“不,我并不是享受,严格说来。但是,你明白我意思。”

“不,我不明白。”马丁说。

“这都是生活的组成部分,不是吗?”

“碰到不开心的事人们总是这么说。‘哦,这部电影讲的是一个人眼睛被螺丝锥挖出来了。可这都是生活的组成部分。’我告诉你生活里还有什么组成吧:没事找事。从来没人想看这个,有没有?没人在电影里演这个。走,我们今天晚上去看人跳楼吧。”

“谁会让我们看呢?”洁丝说,“人家把门锁了。”

“但是如果门没锁你就要看。”

“如果门没锁那就更加是生活的组成部分了,对不对?所以,没错,我会看。”

马丁哀叹一声,翻个白眼。你肯定觉得他比洁丝聪明多了吧,可他俩吵架他老也赢不了,这次又被她说得没话了。

“但是人家把门锁上是想要保持隐私,”JJ说,“也许人家想自杀的时候需要私密。”

“所以你说我们应该由着他们去吗?”洁丝说,“因为我觉得这样不对。也许今天晚上我们就能阻止什么人。”

“可这不是跟你朋友的观点反了吗?据我的理解,你现在赞成的是,自杀这事应该由市场说了算。”马丁说。

我们刚刚谈到的是一个没名字的人,他叫没狗,这人告诉洁丝说想要自杀是完全正常健康的心理,人人都该一试。

“我从没说过这种混——”

"抱歉,是我在复述你的意思。我以为我们不该干预。"

"不,不。我们可以干预。干预也是过程的一部分,明白吗?你需要的只是考虑自杀,这之后就由它去了。如果我们阻止了什么人,那就是神明说话了。"

"如果我是位神明,"马丁说,"肯定最想用你这样的人为我代言。"

"你说怪话呢吧?"

"不,我恭维你呢。"

洁丝看起来挺高兴。

"那么我们找找看?"她说。

"怎么找?"JJ 问她。

"从这里开始,也许这儿就有。"

我们望望酒吧里。现在 7 点刚过,里面人还不多。在男厕所旁边的角落里,有两个穿西装的小伙子在看一部手机,边看边笑。在离吧台最近的桌子旁坐着三个年轻女子,一起在看照片,也在笑。我们旁边的桌上坐着一对年轻人,自顾自也在笑,吧台边坐着一个中年人在看报纸。

"笑声太多了点。"洁丝说。

"看手机短信乐成那样的人肯定不会想自杀,"JJ 说,"他们没有那么多内心活动。"

"我也看过不少搞笑的手机短信呢。"洁丝说。

"好了,"马丁说,"我真没觉得这跟 JJ 的观点有什么矛盾。"

"闭嘴,"洁丝说,"那个读报纸的家伙呢?他一个人待着。我们要找的最合适的人就是他了。"

JJ 和马丁对视一眼,哈哈大笑起来。

“最合适就是他了?”马丁说,“那就是说我们得在这屋里找出个人来,劝他不要自杀,不管他有没有想过要自杀?”

“对,反正,那些嘎嘎乐的傻瓜肯定不会到上头去,对不对? 他看上去还比较深沉。”

“他读的是他妈的《太阳报》的赛马版!”马丁说,“一会他的朋友就会出现,他们肯定会喝上15杯啤酒,再叫份咖喱来吃。”

“势利小人。”

“哦,刚才是谁还想说比较深沉的人才会自杀?”

“我们都这么想,”JJ说,“不是吗?”

我们每人喝了两杯。马丁喝的是大杯威士忌兑水,JJ喝了两杯健力士,洁丝喝的红牛配伏特加,我喝的白葡萄酒。也许这要是在三个月前我会有点晕了,可我现在似乎挺能喝的,所以当我们出来走在路上的时候,我只觉得身上暖暖的,心情不错。刚过去的星期天时钟已经向前调快了一小时①,尽管我们走在街上的时候天色已暗,上到屋顶却觉得城市里还有些地方有光照。我们靠在墙边,就在上次马丁剪开铁丝网的地方,朝南望着河。

“那么,”洁丝说,“有人想过去吗?”

谁也没说话,因为我们都不觉得她是当真这么问,所以大家只是微笑。

“这算是件好事吧,对不对? 我们都还活着?”JJ说。

“切。”洁丝说。

“不,”JJ说,“我这不是个反问句。”

---

① 英国从每年3月最后一个星期天至10月的最后一个星期天期间实行夏令时,夏令时期间人们把时钟向前拨快一个小时,夏令时结束时再把时钟往回拨慢一个小时。

洁丝骂了一句，问他到底是个什么意思。

“我是说，我是真心想知道答案，”JJ说，“我真想知道是不是……我不知道。”

“我们活着比不在了强些？”马丁问。

“对。就是这个。我猜。”

“对你的孩子是强些。”洁丝说。

“我猜是这样，”马丁说，“虽说我没再见过她们。”

“对马蒂也好些。”JJ说，我什么也没说，大家都意识到这对马蒂没什么特别好的。

“我们都有爱的人，”马丁说，“我们心爱的人都希望我们活着，不希望我们死掉。总而言之吧。”

“你肯定吗？”洁丝说。

“你是问我是不是认为你父母希望你活下去？没错，洁丝，你父母希望你活着。”

洁丝做个鬼脸，仿佛根本不相信他的话。

“怎么我们以前就没想到这一点呢？”JJ说，“守岁夜的时候？我一次也没想到过我父母。”

“因为那时候情况太糟糕，我想，”马丁说，“家人就好像，我不知道，重力。有些时候重力特别大，有时不明显。”

“对。重力对你而言就是如此。这就是为什么早晨我们轻得仿佛可以飘起来，到晚上却几乎提不起脚迈步。”

“那换个比方，像潮汐。有时候你感觉不到它的力量……管他呢。你明白我意思就行。”

“如果今天晚上有人上这里来，那你会对他说什么？”JJ说。

“我会告诉他这个90天理论，”洁丝说，“因为这是真的，对不对？”

“没错，”JJ 说，“确实我们今天晚上谁都不想自杀了。但是……比如说他问我们为什么，如果他对我们说，你们倒说说看，自从你们决定不从那边跳下去以来，都发生了什么了不起的好事……你们会对他说些什么呢？”

“我会告诉他我有了份工作，在书报亭，”我说，“还有竞猜游戏。”

其他人低头看着自己的脚。洁丝刚要说话，可 JJ 跟她对了个眼神，她又转念闭了嘴。

“确实，你是不错，”过了一会 JJ 说，“可我他妈的在街上卖艺，兄弟。抱歉，莫琳。”

“而我，在教世上最迟钝的孩子读书，眼看成功无望。”马丁说。

“别对自己太苛刻，”洁丝说，“你做别的事也是成功无望。你跟孩子的关系不成，你的婚姻……”

“哦，没错，而你呢，洁丝……你他妈真是个了不起的成功啊。你什么都有了。”

“抱歉，莫琳。”JJ 说。

“对，抱歉，莫琳。”

“90 天以前我不认识没狗。”洁丝说。

“啊，对了，”马丁说，“没狗。这项成就我们谁也比不了。当然莫琳的竞猜小组除外。”

我没有提醒他我还有书报亭的事。我知道这没什么了不起，可我要说的话倒好像特当回事一样。

“我们跟那位想自杀的朋友说说没狗好了。‘哦，对了，这位洁丝碰到过一个人，这个人不相信名字，他认为我们大家随时都应该准备自杀。'这肯定会让他高兴起来。"

"他不是这么认为的。你这是蓄意歪曲。你提这茬是什么意思，JJ？我们只想出来好好玩一晚上，可现在他妈的大家都很沮丧。"

"对，"JJ说，"我很抱歉。我只是在想，你知道，为什么我们还活着。"

"谢谢，"马丁说，"谢谢你说这个。"

远处我们可以看到河边大轮子上的灯光。伦敦眼①。

"我们不需要现在做决定，对不对？"JJ说。

"当然不需要。"马丁说。

"那么我们再给它6个月的期限如何？看看我们过得怎么样。"

"这东西真的在转吗？"马丁说，"我看不出。"

我们盯着它看了好长时间，想看明白。马丁说得对，它看起来确实没动，但其实肯定在动，我想。

---

① 建于1999年伦敦的世界最大摩天轮，在上面可以观赏城中大部分景致。

译后记

这是一个抑郁的季节，空气里都是抑郁的味道。没有人能终生躲过抑郁的困扰——人总有抑郁的时候。但愿这本书能陪伴你度过抑郁的片刻阴霾，看完这本书你会像我一样，觉得偶尔想死也是热爱生活的一种表现，骂人讲脏话有时比满口仁义道德来得真诚，有情有义。

《纽约时报》的评论说尼克·霍恩比是这样一个作家，他聪明机智，满口俏皮话，感情上却毫不吝啬。这话说得如此精准，一下抓住了这小说的核心意义。马丁是个失了名誉的电视节目主持人，JJ 是个失败的音乐人，莫琳除了一个植物人儿子之外一无所有，而洁丝是个四处碰壁的青春期叛逆少女，故事通过这四个人的嘴讲出来，他们一起组成了所谓的“自杀俱乐部”。虽然百般不情愿，却还是互相搀扶着走出了抑郁的低谷。没有造作的大欢喜结局，风雨过后未必阳光灿烂，但总算可以过得下去。而生活这东西，只要你愿意往下过，总归有希望。

抑郁,自杀,这些都是当代这个异化世界的沉重话题,但霍恩比举重若轻,时时教读者忍俊不禁,却不曾失去对角色的同情——即便是公认加自认的混账马丁,也不会让人觉得太讨厌——他抑郁,他想死,正是因为他后悔自己的所作所为,又无力改变已经发生的一切。莫琳看得人心碎,她的生活真苦,当她为自己生活里丁点的小事而兴奋激动的时候,你会忍不住感慨,跟她相比,我是不是过得太轻松了,再抑郁是不是有点不知感恩?JJ 你一定不陌生,在这个选秀的时代,型男秀女各领风骚五分钟,怀揣着这样那样的梦想,破灭之后他们会怎样?洁丝——也许每个都市少女的心里都住着一个洁丝,生活里的一些挫折纠缠成了心结,挡在她跟生活之间,许多事她看不清楚,想不明白;她忽而狂躁,忽而反省,忽而异想天开。你不需要熟知伦敦和它错综的地铁线路也一定可以理解书中的感觉,他们相会的大楼可以是顶层大厦,也可以是北京上海或者深圳 CBD 钢筋水泥群里的任何一幢。

尼克·霍恩比是个音乐狂人,对 20 世纪以来的欧美音乐了如指掌。对流行音乐和流行文化的深入了解是他最显著的特征之一。这是他的第 4 部长篇小说,也是最新的一部,发表于 2005 年。他生于 1957 年 4 月 17 日,不像网上许多资料说的那样,他并非出生在伦敦,虽然他的小说和生活都围绕着这个丰富生动的大都市,他生在萨里地区一个叫"红山"的地方,毕业于剑桥,教过英语,做过记者,先以一部非小说《极度狂热》声名鹊起,接着第一部小说《失恋排行榜》又一炮而红。这两部作品,还有后来的《非关男孩》都被改编成电影,广受好评。

他有一个患自闭症的儿子,虽然跟孩子的妈妈已经离婚,但为了照顾孩子,两人仍然保持密切联系。

作为一个还算年轻的译者，我自诩对流行文化还有几分了解，所以特地求了这本书来翻译。霍恩比借了四位主角的口来讲故事，每个人性格口气全然不同，JJ 有点酷，马丁是所谓时髦人士，莫琳常会有点尴尬，而洁丝却从来不知尴尬为何物。我尝试着把他们不同的语气腔调表现出来，但倘若读者觉得哪里口吻不对，谁讲话不符合人物特征，那么抱歉，一定是我没把细处处理好，霍恩比的原文无可挑剔。

文中出现了无数的乐队名称，音乐和影视作品。不才实在是见识有限，上穷 Google 下 Answers. com，也只能尽量做注，有遗漏错误之处，还请宽大为怀。

图字：09-2018-1256号

图书在版编目(CIP)数据

自杀俱乐部 /（英）尼克·霍恩比(Nick Hornby)著；
张坤译. —上海：上海译文出版社,2020.9
（尼克·霍恩比作品）
书名原文：A Long Way Down
ISBN 978-7-5327-8407-3

Ⅰ.① 自… Ⅱ.①尼… ②张… Ⅲ.①长篇小说—英
国—现代 Ⅳ.①I561.45

中国版本图书馆 CIP 数据核字(2020)第 156844 号

自杀俱乐部
〔英〕尼克·霍恩比　著　张　坤　译
责任编辑/宋　玲　装帧设计/人马艺术设计·储平

上海译文出版社有限公司出版、发行
网址：www.yiwen.com.cn
200001　上海福建中路 193 号
上海信老印刷厂印刷

开本 890×1240　1/32　印张 9.5　插页 2　字数 163,000
2020 年 11 月第 1 版　2020 年 11 月第 1 次印刷
印数：0,001—10,000 册

ISBN 978-7-5327-8407-3/I·5158
定价：67.00 元